왓슨력

WATSONRYOKU

© Seiichiro Oyama, 2020

All rights reserved.

Original Japanese edition published by Kobunsha Co., Ltd. in 2020

Korean translation rights arranged with Kobunsha Co., Ltd.

through Eric Yang Agency, Inc., Seoul.

이 책의 한국어판 저작권은 에릭양 에이전시를 통해

저작권자와 독점 계약한 한즈미디어(주)에 있습니다.

저작권법에 의해 한국 내에서 보호를 받는 저작물이므로 무단 전재와 복제를 금합니다.

왓슨력
ワトソン力

오야마 세이이치로 지음
이연승 옮김

한스미디어

한국 독자분들께

여러분은 명탐정을 더욱 돋보이게 하는 것이 왓슨의 역할이라 생각하실지도 모릅니다. 그러나 왓슨 역할을 맡은 캐릭터가 있으니 비로소 명탐정이 존재할 수 있는 게 아닐까요. 이 작품 속 주인공은 주변 사람들의 추리력을 높여주는 능력을 지녀 어떤 의미에서는 최강의 왓슨 역이라 할 수 있습니다. 그가 매번 처하게 되는 색다른 상황과, 그 덕분에 추리력이 향상한 '벼락 명탐정'들의 다채로운 추리를 모쪼록 재미있게 즐겨주시기를 바랍니다.

오야마 세이이치로

차례

✧ 본문의 모든 주는 옮긴이 주입니다. ✧

프롤로그

"사건 해결을 기념하며, 건배!"

"건배!"

계장의 건배사에 부하들이 복창하며 잔을 치켜들었다. 술을 한 모금 마신 뒤 잔을 내려놓고 손뼉을 친다.

모든 이의 얼굴에 안도와 해방감이 엿보인다.

계장은 부하 한 명 한 명에게 일일이 다가가 어깨를 두드리고 격려했다. 말석에 앉은 와토 소지에게도 다가와 "고생했네." 하고 말했다.

와토는 "아뇨, 전 딱히 한 일도 없는데요."라고 답했다.

그러자 계장은 "없기는." 하고 고개를 흔들었다. "자네가 옆에 있으면 웬일인지 좋은 발상이 떠올라. 자네가 쉬는 날에는 이상하게 수사 회의 분위기도 가라앉고."

와토는 속으로 '그건 제 왓슨력 때문이겠죠' 하고 중얼거렸지만 입에 담지는 않았다. 그런 말을 하면 이상한 사람 취급당할 게 뻔하기 때문이다.

거기서 와토는 눈을 번쩍 떴다.

투박한 콘크리트 천장이 보인다. 형광등이 빛을 발하고 있다.

낯선 천장이었다. 집 천장도, 사건이 터지면 자주 묵는 관할 경찰서 강당의 높은 천장도 아니다.

'아아, 꿈을 꾸고 있었구나.'

자신이 소속된 3계에서 사건을 해결할 때마다 여는 술자리 풍경이 그대로 꿈에 나온 듯했다.

와토는 상반신을 일으킨 뒤에야 자신이 침대 위에 있다는 사실을 깨달았다.

4평 남짓한 방이었다. 벽과 바닥, 천장이 온통 콘크리트고 창문은 하나도 없다. 문은 두 개 있다. 한쪽 구석에 수도꼭지와 싱크대가 있지만 다른 집기는 없어서 휑한 느낌이다. 천장 귀퉁이에 환기구가 하나 보였다.

여기가 어딜까. 1월 20일, 오후 8시 좀 지나서 일을 마치고 집으로 향하는 밤길을 걷고 있었던 것까지는 기억한다. 등 뒤에서 다가오던 승합차가 천천히 옆을 지나쳐 10미터 정도 앞 왼쪽 갓길에 멈춰 섰다. 차 옆을 지나갈 때 차 문이 열리는 소리가 들렸다. 그 후 누군가의 발소리가 다가

오는가 싶더니 갑자기 파지직 하는 소리가 들렸고, 목덜미에서 통증을 느낀 뒤 정신을 차려보니 이곳이었다.

목덜미를 만져보니 작은 화상 자국 같은 게 있었다. 파지직 소리가 들렸던 걸 생각해보면 전기충격기에 당해 기절한 듯했다. 시중에서 판매되는 전기충격기 중에는 그렇게 위력이 강한 게 없으니 아마 불법으로 개조한 물건일 터였다. 누군가가 승합차에서 내려 자신을 기절시킨 뒤 차에 실어 이리로 데려온 것이다.

와토는 납치될 당시 입었던 양복 차림이었다. 코트는 침대 옆에 있지만 들고 있던 가방이 보이지 않는다. 가슴 주머니에 들어 있던 스마트폰과 왼쪽 손목에 찼던 손목시계도 사라졌다.

침대에서 내려가 문 하나를 열어보니 안은 좁은 화장실이었다. 다른 문도 열려 해봤지만 잠겨 있었다. 세차게 두드리며 "열어줘!"라고 몇 번이나 외쳐도 열리지 않았다. 시간이 지날수록 손과 목이 아파와, 와토는 결국 다시 침대에 털썩 주저앉았다.

문득 깨달았다. 이곳은 혹시 지하에 있는 핵 방공호 같은 시설 아닐까. 사방이 콘크리트인 데다 창문은 하나도 없는데 수도꼭지와 싱크대, 화장실은 있다는 점이 그럴 가능성을 뒷받침했다.

그때 침대 밑에서 웬 골판지 상자를 발견했다. 열어보니 블록 모양의 영양보조 식품이 서른 상자, 2리터짜리 생수병이 열 병, 종이컵이 한 팩 들어 있다. 이곳에서 며칠간 지내라는 뜻일까.

와토는 고함을 지르느라 목이 타서 망설이다가 생수를 마시기로 했다. 페트병 뚜껑을 돌릴 때 반발력이 느껴졌으니 뭔가를 집어넣은 뒤 다시 닫아둔 건 아닌 듯했다. 물을 마시자 마음이 조금 가라앉았다.

이곳이 정말 방공호라면 자신은 왜 이런 곳에 갇힌 걸까.

지금껏 수사 1과에서 일해왔으니, 사건을 수사하다 어떤 관계자의 원한을 산 걸까. 그러나 자신은 평소 1과 안에서 가장 조용하고 눈에 띄지 않았다. 그러니 원한을 샀을 리는 없다.

지금이 몇 시일까. 창문이 없고 스마트폰과 손목시계까지 빼앗긴 바람에 시간을 가늠할 수가 없었다. 마지막으로 기억하는 시점으로부터 반나절은 지났을 테니 다음 날 낮 정도 됐을까. 그렇다면 수사 1과 동료와 상사들이 자신이 출근하지 않은 걸 보고 이상하게 생각할 것이다. 여러 번 연락해도 받지 않으니 집으로 찾아갔을지도 모른다. 그러면 자신이 행방불명됐다는 사실이 밝혀지고, 그 시점부터 수색이 시작될 터였다.

하지만 수색이 시작된다고 해도 지금 이곳에 갇힌 자신을 찾기는 매우 어렵지 않을까.

와토는 '다른 사람과 함께 있었으면 좋았을 텐데' 하고 아쉬워했다. 만약 지금 이곳에 다른 사람이 있었다면 여기가 어디고 그들이 왜 이곳에 감금됐는지 알려줄 수 있을지도 모른다. 와토의 특수한 능력 덕분에 향상된 추리력을 발휘해서.

와토가 남들에게는 없는 기묘한 능력을 확실히 깨달은 것은 초등학교 5학년 때였다.

어느 날 반에서 퀴즈 대회가 열렸다. 총 다섯 개 팀으로 나눠 팀 대항전을 펼쳤는데, 와토가 있던 팀은 똑똑한 아이들만 모여 있어 모의전 때 와토가 한 문제도 풀지 못했는데도 손쉽게 1등을 기록했다. 그러나 대회 당일 다른 팀 학생 두 명이 결석하는 바람에 와토는 급히 팀을 옮기게 되었다. 와토가 옮겨 간 팀은 모의전에서 최하위를 기록한 팀이었다. 와토는 그때도 단 한 문제도 풀지 못했지만, 기이하게도 팀은 1등을 거머쥐었다. 와토가 옮겨 간 팀 아이들은 믿을 수 없다는 듯이 "뭔가 머리가 엄청 맑아진 느낌이야." 하고 입을 모아 말했다.

와토는 처음에는 그저 우연이라 생각했지만, 그전에도 이와 비슷한 일이 몇 번이나 있었다는 걸 떠올렸다. 그리고 한참을 생각한 끝에 놀라운 결론에 도달했다.

자신이 어떤 수수께끼에 직면하는 순간, 무의식중에 특수한 능력이 발휘돼 자신에게서 일정 거리 안에 있는 사람들의 추리력이 비약적으로 향상되는 것이다. 물론 그때는 초등학교 5학년이었으니 조금 더 쉬운 말로 정의를 내리기는 했다. 주의 깊게 관찰한 결과 능력이 미치는 범위는 자신을 중심으로 반경 2미터 남짓 되는 원의 안쪽이라는 것도 알 수 있었다.

자신이 지닌 능력의 정체를 더 정확히 파악하고 싶은 마음에 도서관에서 이것저것 찾아봤지만, 그런 능력은 어느 책에도 적혀 있지 않았다. 주변 사람들에게 이런 능력이 있다고 하면 이상한 아이 취급할 게 뻔해서 부모님이나 선생님, 친구들에게도 상의할 수 없었다.

그러나 '어쩌면 이 사람도 나와 같은 능력의 소유자는 아닐까' 하고 생각되는 인물이 한 명 있기는 했다. 현실이 아니라 픽션 세계에.

그 무렵 와토는 셜록 홈스 이야기에 푹 빠져 있었다. 홈스는 친구인 왓슨을 항상 수사에 동행시켰다. 베이커가 221번지에 같이 살 때는 물론이고 왓슨이 결혼해 독립한 이후에도. 그 이유는 아마 우정 때문이거나 괴짜 같은 홈스에게 상식적으로 판단하는 왓슨이 필요해서였을 것이다. 하지만 실은 왓슨이 옆에 있으면 홈스의 추리력이 비약적으로 높아져서는 아니었을까. 왓슨 자신은 추리력이 빈약하지만, 옆에 있는 사람의 추리력을 높여주는 특수한 능력이 있지는 않았을까. 홈스는 그걸 알고 있어서 수사할 때마다 왓슨을 데려간 건 아닐까.

그렇게 생각한 와토는 자신의 특수한 능력에 '왓슨력'이라는 이름을 붙였다.

와토가 성장하면서 왓슨력이 영향을 미치는 범위도 조금씩 넓어졌다. 힘의 존재를 확실히 인식한 초등학교 5학년 때는 반경 2미터 남짓 되는 원 안이었지만, 범위는 어느새 점점 넓어지더니 성인이 될 무렵에는 반경 20미터 정도까지 힘이 미쳤다. 이 힘은 전방위로 작용하므로, 정확히 말하자면 반경 20미터 정도의 구球 안이라고 하는 게 맞았다.

와토는 반 아이들에게 늘 인기가 많았다. 그들은 와토가 옆에 있으면 왠지 일이 잘 풀린다고 했는데, 이는 물론 왓슨력 덕분이었다. 안타깝게도 와토 스스로는 자신의 힘이 상대의 추리력을 얼마나 높여주는지 실감하지 못했지만, 힘의 영향을 받은 친구들의 말을 들어보면 전에 없을 정도로 두뇌 회전이 빨라지는 듯했다. 어떤 친구는 그 느낌에 대해 "시력이 갑자기 2.0이 된 것 같다."라고 평가했다. "장대비가 쏟아지던 하늘이 어느 순간 구름 한 점 없는 파란 하늘로 바뀐 것 같다."라고 한 친구도 있었다.

왓슨력의 작용 덕에 이득을 보는 사람은 늘 옆에 있는 사람들이었고, 와토 자신은 별 영향이 없었다. 그래도 와토는 뒤에서 남들을 돕는 역할에 나름 만족했다. '왓슨력'이라는 이름도 홈스보다 뒤떨어진다는 비하의 의미가 아니라 홈스를 뒤에서 든든하게 떠받친다는 자부심을 담아 만든 이름이었다.

대학에서 슬슬 취업 활동 시즌이 다가오자 와토는 자신의 능력을 활용할만한 일자리를 구하고 싶었다. 주변 사람들의 추리력이 향상되는 만큼 추리 자체가 중요한 일이어야 했다.

가장 먼저 떠오른 직업은 경찰이었다. 그것도 중대 사건을 도맡는 수사 1과 경찰. 다행히 와토는 시험을 치러 운 좋게 경시청에 채용되었다.

물론 처음부터 원하는 부서에 배치되지는 않았다. 우선 경찰학교에서 교육훈련을 받았고, 동네 파출소에서 여러 경험과 성과를 쌓고 나서야 비로소 원하는 부서로 갈 수 있었다.

본청의 수사 1과에 들어간 지는 2년째였다. 와토는 오쿠타마 파출소에서 근무할 때 눈 쌓인 건축 현장에서 일어난 불가능 범죄를 맞닥뜨렸는데, 그때 사건 관계자 중 한 명이 왓슨력 덕분에 사건을 해결했다. 와토는 뒤늦게 현장에 도착한 수사 1과 형사에게 그 이야기를 전했다. 그런데 어째서인지 와토가 사건을 해결한 게 되어 윗선의 찬사를 받았고, 그 결과 꿈에 그리던 수사 1과에 배치됐다.

이후 수사 1과 소속 형사로 수사에 임할 때마다 왓슨력이 발동됐다. 다만 그 영향을 받는 사람은 사건 관계자가 아니라 바로 옆에 있는 동료들이었기에 진실에 해당하는 추리가 나와도 와토가 아니라 동료들의 공으로 간주됐다. 덕분에 와토가 속한 수사 1과 제2강력범죄수사팀 3계의 검거율은 전대미문인 100퍼센트에 달했고, 경시청은 물론이거니와 전국 경찰 조직에 그 이름을 널리 알렸다. 3계 형사 한 명의 실력이 다른 반 형사 모두와 필적할 수준이라는 말까지 들었다. 그 안에서 오직 와토만은 별 성과를 올리지 못하는 평범한 수사관 취급을 받았지만, 어째서인지 와토가 있으면 모두 뛰어난 추리력을 발휘하는 통에 3계에 계속 머물렀다.

와토의 능력은 근무를 쉬는 날에도 묘한 형태로 발동될 때가 있었다. 쉬는 날 들른 장소나 여행지에서 자신도 모르는 사이에 클로즈드 서클[*] 상황이 만들어지고 사건이

---

[*] 고립된 환경에 한정된 인원 속에서 발생하는 범죄 사건을 가리키는 말. 범인은 같이 고립된 사람 중에 하나일 수밖에 없다.

일어난 적이 여러 번 있다. 그때마다 왓슨력이 관계자들에게 작용해 자연스럽게 추리 대결이 펼쳐졌고, 사건은 경찰이 현장에 도착하기도 전에 해결돼버렸다(그중 한 건은 경찰과 무관했지만).

와토는 순간 머릿속이 번뜩였다. 수사 1과 형사로서 지금껏 다룬 사건 때문에 원한을 사지는 않았어도, 쉬는 날 우연히 휘말려든 사건 관계자의 원한을 샀을 가능성은 없을까.

창문 없는 방 안을 둘러보며 그때를 떠올려보기로 했다. 지금 여기서 할 수 있는 일이라곤 생각뿐이었다.

와토는 눈을 감고 쉬는 날 겪은 사건들을 회상하기 시작했다.

1화 붉은 십자가

I

와토 소지가 식당에 들어가자 가타세 쓰구미가 창가 쪽 테이블 자리에 부루퉁한 얼굴로 앉아 있었다.

와토가 "안녕하세요." 하고 인사하자 쓰구미는 무뚝뚝하게 "안녕." 하고 대답했다. 나이는 20대 후반쯤 됐을까. 쇼트커트 헤어스타일에 미인이라고 할 만한 생김새지만 눈빛이 날카로워 왠지 표범을 연상케 하는 여자였다.

식당에는 테이블석이 총 네 자리 있었다. 벽에는 봉선화 그림이 걸려 있다. 와토가 묵는 방 벽에도 장미 그림이 걸려 있었다. 섬세한 터치를 보면 같은 사람이 그렸다는 걸 알 수 있다. 어젯밤 저녁 식사 자리에서 와토가 그림에 대해 언급하자 서빙을 하던 호텔 주인 가이에다가 쑥스러운 얼굴로 "실은 제가 그린 겁니다."라고 밝혔다. 그는 모든 객실에 자신이 그린 꽃 그림이 걸려 있고, 본인의 방에만 그의 이름을 따서 바다(가이에다는 海江田라고 쓴다) 그림이 있다고 했다. 수염을 길러 그야말로 산적 같은 남자의 뜻밖의 취미에 투숙객들은 놀라움을 감추지 못했다.

쓰구미에게 "앉아도 될까요?"라고 와토가 묻자 이번에도 "그래." 하는 쌀쌀맞은 대답이 돌아왔다.

창밖에는 온통 은세계가 펼쳐져 있다. 와토가 "화이트 크리스마스네요."라고 하자 쓰구미는 초조한 목소리로 말했다.

"화이트 크리스마스든 블랙 크리스마스든 상관없어."

"혹시 무슨 일이라도 있나요?"

"이제 곧 8시인데 아무리 불러도 주인이나 여동생이 안 나오잖아. 주방을 보니 아침 준비도 전혀 안 한 것 같고."

"그래요? 이상하네요."

식당 옆에 있는 주방을 언뜻 들여다보니 쓰구미가 말한 대로였다. 안은 텅 비었고 누군가가 식사를 준비하던 흔적도 없다.

"가이에다 씨와 도시코 씨가 늦잠을 주무실 것 같지는 않은데……. 혹시 갑자기 몸이라도 안 좋아진 걸까요? 함께 가서 확인해보면 어때요?"

쓰구미가 "그래." 하고 고개를 끄덕여서 와토는 재빨리 일어섰다. 식당에서 나갔을 때 둘은 복도를 걸어오던 남자 두 명과 마주쳤다.

"안녕하세요."

키가 크고 호리호리한 사람이 하품을 참으며 말했다. 서른은 넘어 보이는, 왠지 종잡을 수 없는 느낌이 드는 남자였다. 이름은 하하키기 신페이라고 했다.

와토가 사정을 설명하자 또 한 명의 남자가 "나도 같이 갈게." 하고 나섰다. 그의 이름은 구리스 히데키다. 30대 중반 즈음에 안경을 껴서 지적인 분위기를 풍긴다. 이로써 '론도장'의 모든 투숙객이 모였다.

론도장은 절벽 끝에 지어진 알파벳 L자 모양의 펜션이다. L의 세로줄 상단에 현관과 건조실이 있고, 거기서부터 아래로 뻗은 복도 좌우에 각각 네 개씩 총 여덟 개의 객실이 있다. L의 세로줄 하단에는 남녀 화장실과 목욕탕, 세탁실이 있고 복도를 꺾어 L의 가로줄에 접어드는 곳 부근에 식당, 라운지, 주방이 있다. 가로줄 위쪽에는 펜션 주인인 가이에다와 그의 여동생 도시코의 방이, 아래쪽에는 보일러실과 창고가 나란히 있다. (그림 1 참조)

와토는 가이에다의 방문을 두드렸다. 대답이 없다. 몇 번이나 더 두드려봤지만 역시 대답은 들리지 않았다.

손잡이에 손을 대고 잡아당기자 그대로 문이 열렸다. 순간 눈에 들어온 광경에 와토는 무심코 숨을 집어삼켰다.

그림 1

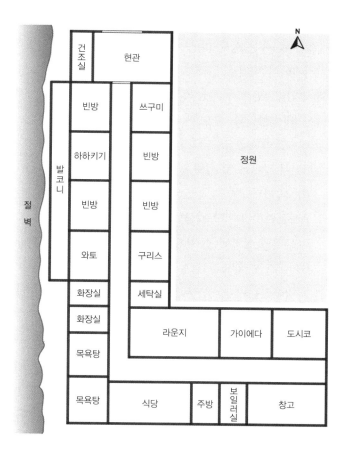

정사각형 모양의 방이었다. 바닥이 앤티크한 무늬로 마감된 객실이나 식당과 달리, 베이지색 카펫이 깔린 방의 정중앙 부근에는 둥근 나무 탁자가 있다. 방 왼편 안쪽에 가이에다가 머리를 문 쪽으로 향하고 엎드린 자세로 쓰러져 있었다. 와토가 황급히 달려가 손목을 짚어봤지만 맥박은 뛰지 않았다. 손도 싸늘히 식어 있었다.

"……돌아가셨습니다."

뒤이어 들어온 세 사람을 향해 와토가 말했다.

"뭐? 죽었다고?"

구리스가 헐떡이며 되물었다.

"아무래도 살해된 것 같습니다."

가이에다는 흰색과 검정 체크무늬 스웨터에 파란 청바지 차림이었는데, 등 부분 오른쪽 절반이 마른 피로 검붉게 얼룩졌고 구멍이 뻥 뚫려 있었다. 총에 맞은 것이다. 그러나 주변을 둘러봐도 권총 따위는 보이지 않았다.

시체는 오른팔을 앞으로 내밀고 있었는데, 주변 카펫에 검붉은 십자가 다섯 개가 나란히 그려져 있었다. 꼭 잘 마른 페인트처럼 보이는 그것의 정체는 피였다. 가이에다는 총에 맞은 후 잠시나마 살아 있었던 것이다. 상처에서 흐르는 피로 십자가를 그린 듯했다. (그림 2 참조)

"이건…… 십자가네요."

그림 2

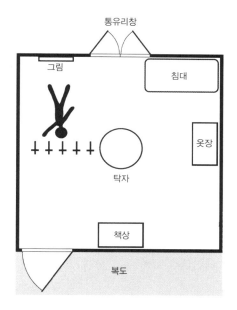

와토가 지적하자 옆에서 하하키기가 "그러네요." 하고 동의했다.

구리스는 "그런데 왜 피로 이런 걸 그렸을까?" 하고 고개를 갸웃했다.

"범인을 지목하고 싶었던 것 아냐?" 쓰구미가 말했다.

"범인을?"

"추리 드라마 같은 데 자주 나오잖아. '다잉 메시지'라는 거."

"네? 다잉 메시지요? 이게 정말 다잉 메시지라면 뭘 의미하죠?"

"그것까진 잘 모르겠는데."

그때 와토가 시신을 뒤집으려고 팔을 앞으로 뻗자 구리스가 "어이, 멋대로 만지지 마." 하고 제지했다.

"경찰이 오기 전까지는 그대로 둬야지. 뭘 하려고 그래?"

"제가 경시청 수사 1과 형사입니다만."

"뭐? 형사라고? 그럼 경찰수첩을 보여줘."

"오늘은 비번이라 서에 두고 왔습니다."

"거짓말 마."

"제가 여기서 거짓말을 해서 무슨 이득이 있나요?"

와토는 개의치 않고 시신이 위를 향하도록 뒤집었다. 구리스가 또 말릴까봐 걱정했지만 이번에는 그도 노려보기만 하고 와토를 내버려뒀다.

시신의 오른쪽 가슴 역시 검붉게 물들었고 구멍이 뚫려 있었다. 관통상이다. 등에 있는 총상이 가슴에 난 총상보다 큰 걸 보니 정면에서 총에 맞은 것으로 보였다. 그렇다면 몸을 관통한 총알은 어디에 있을까. 와토는 시신 뒤에 있는 정원 쪽 벽으로 시선을 돌렸다.

벽은 정중앙에 있는 통유리창을 통해 정원으로 나갈 수 있게 돼 있었다. 유리창 왼쪽 벽에는 나팔꽃 그림이 걸려 있었는데 총알은 그림의 한가운데, 정확히 말하면 줄기 정도 되는 위치에 박혀 있었다.

다시 한 번 실내를 둘러봤다. 정사각형 모양의 방 넓이는 약 4평. 복도 쪽 벽을 바라보면 오른쪽 끝 부근에 문이 있다. 정원 쪽 유리창에는 걸쇠형 자물쇠가 달렸고 커튼이 쳐져 있었다. 정원 쪽 벽의 오른쪽 절반은 침대가 차지하고 있다. 침대의 왼쪽 끝, 즉 베개가 있는 머리 부분이 유리창 오른쪽 끝에 맞닿아 있는 형태다. 유리창을 바라보고 오른쪽 벽에는 옷장, 복도 쪽 벽에는 책상이 있다. 카펫에는 다섯 개의 피 십자가 외에 다른 흔적은 없었다.

"가서 여동생분께 알려야……."

하하키기가 문득 떠오른 것처럼 말했다.

"설마 여동생까지 살해된 건 아니겠지?"

쓰구미가 뒤숭숭한 말을 꺼냈다.

불길한 예감에 사로잡힌 네 사람은 도시코의 방으로 향했다. 노크를 했는데 이번에도 대답이 없었다. 문을 열어보니 잠옷 위에 가운을 걸친 도시코가 문 바로 앞에 천장을 바라본 자세로 쓰러져 있었다. 와토는 황급히 도시코 곁으로 달려갔다.

왼쪽 가슴이 검붉게 물들었고 구멍이 뚫려 있었다. 도시코도 총에 맞았다. 시신을 뒤집어보니 오빠와 달리 등 쪽에는 총상이 없어서 총알이 몸을 관통하지는 않은 것으로 보였다. 즉사했는지 마지막으로 남긴 메시지 같은 것도 없는 듯했다.

그때 불현듯 근처 바닥에 떨어진 베레타 권총이 눈에 들어왔다. 총구에 소음기가 달려 있었는데, 범행에 쓰인 흉기라 추측됐다.

와토는 휴대폰을 꺼내 경찰에 신고했다. 론도장의 주인과 여동생이 살해됐다고 알리고 현장 상황을 대략 설명한 후, 마지막으로 자신이 경시청 수사 1과 형사라고 덧붙였다. 전화를 받은 담당관은 즉시 수사팀을 보내겠다고 답했다.

2

시신이 있는 방에 가만히 있기도 뭐해서 네 사람은 식당으로 이동했다.

그때 와토의 휴대폰이 울렸다. 화면에 낯선 번호가 떠

있었다.

　"경시청 수사 1과의 와토 형사님 맞습니까?"

　전화를 받자 귀청을 찢을 듯 우렁찬 목소리가 들려서 와토는 무심코 얼굴을 찌푸렸다.

　"그렇습니다만."

　"전 아오이 경찰서의 히가시다라고 합니다. 이번에 거기서 일어난 사건의 수사 지휘를 맡게 됐습니다만, 지금 거기 가는 길이 완전히 막혔습니다."

　와토를 제외한 세 투숙객이 일제히 놀란 표정을 지었다. 히가시다의 목소리가 워낙 커서 통화 내용이 다른 이들 귀에도 들린 듯했다.

　"눈 때문인가요?"

　"아뇨. 눈은 자정 무렵에 그쳐서 괜찮은데 산사태가 일어났다고 합니다. 복구하려면 꼬박 하루가 걸린다더군요. 그래서 대단히 죄송합니다만, 와토 형사님께 현장 보존과 간단한 수사를 부탁드리고 싶습니다."

　"그런가요. 알겠습니다."

　"저, 그리고 한 가지 더 말씀드릴 게 있습니다. 범행에 쓰인 권총이 베레타고 소음기가 달려 있었다고 하셨죠?"

　"네."

　"실은 5년 전 저희 경찰서 관내에서 소음기가 달린 베레타가 사용된 강력 사건이 일어났습니다. 2인조 범인이 3억 엔을 실은 은행 현금 수송 차량을 습격했죠. 그들은 소음기 달린 권총을 발사해 경비원들에게 중상을 입힌 후 수송차를 탈취해 도주했습니다. 현장에서 약 2킬로미터 떨어진 곳에서 버려진 차량이 발견됐습니다만, 안에 있던 3억 엔은 이미 사라진 뒤였습니다. 범인들은 그곳에 미리 세워둔 다른 차량에 돈을 옮겨 싣고 도망친 겁니다. 토카레프 등과 달리 베레타는 일본에서 거의 유통되지 않습니다. 그러니 지금 그곳 사건에 쓰인 베레타는 5년 전 현금 수송차 습격 사건에서 쓰인 것과 동일할 가능성이 높습니다."

"그 말은 즉……."

"그쪽 사건의 범인이 5년 전 현금 수송차 습격 사건의 범인일 가능성이 있다는 말입니다. 혹시 누군가가 외부에서 침입한 흔적은 없습니까? 아니면 오늘 아침에 사라진 투숙객이라도?"

"오늘 아침에 사라진 투숙객은 없습니다. 외부에서 침입한 흔적은 아직 조사하지 않아서 모르겠습니다만……."

"죄송합니다만 조사해주실 수 있을까요?"

와토는 "알겠습니다." 하고 답한 뒤 전화를 끊었다.

"저는 잠시 바깥에 나가서 펜션 주변에 쌓인 눈에 범인의 발자국이 남아 있는지 확인하고 오겠습니다."

와토가 입을 열자 구리스가 "우리도 같이 가지." 하고 일어섰다.

"당신이 경찰이라는 말을 100퍼센트 믿을 수는 없으니까. 혹시라도 증거를 인멸할 수 있으니 감시해야겠어."

네 사람은 각자의 방에 돌아가 코트와 패딩 점퍼를 걸쳐 입고 현관에 모여 다 함께 펜션 밖으로 나갔다.

펜션 서쪽에는 깎아지른 듯한 벼랑이 있었다. 객실 발코니는 벼랑 쪽으로 돌출돼 있어, 만약 범인이 그곳을 통해 도망치려 했다면 발코니에 밧줄을 매달아 오로지 팔 힘에 의지해 수직으로 거의 30미터를 내려가야만 했다. 그럴 가능성은 없어 보였다. 또 유심히 보니 벼랑 아래에 쌓인 눈에도 발자국은 없었다. 펜션 북쪽에서 동쪽 주차장을 지나 정원으로 돌아가는 길에도 쌓인 눈에 발자국 같은 건 남아 있지 않았다. 그대로 걸어가 펜션 동쪽 끝을 거쳐 남쪽으로 향해도 발자국은 없었다.

발자국이 없다. 그 사실이 의미하는 바를 깨달은 네 사람은 침묵에 잠겼다. 말없이 함께 펜션으로 돌아간 넷은 식당에 모였다. 와토가 가장 먼저 입을 열었다.

"조금 전 통화에서 히가시다 형사는 눈이 그친 시각이 자정 무렵이라고 했습니다. 만약 가이에다 씨와 도시코 씨가 살해된 게 그 이후라면 범인은 지금 우리 네 사람 중에 있다는 말이 됩니다."

"어젯밤 가이에다 씨와 도시코 씨가 마지막으로 목격된 시간이 몇 시쯤이었는지 다들 생각해보죠."

하하키기가 제안했다.

와토와 구리스 히데키, 하하키기 신페이 세 사람은 어제 오후 7시에 식당에서 저녁 식사를 했다. 도시코 씨가 만든 프랑스 요리가 나왔고 서빙은 가이에다 씨가 맡았다. 세 사람은 이때 처음으로 얼굴을 마주하고 잡담을 몇 마디 나눴다. 구리스는 학원을 경영한다고 했고, 하하키기는 피아노 조율사라고 자신을 소개했다. 두 사람 다 스키를 타려고 론도장에 왔다고 했다. 와토는 자신이 공무원이며 역시 스키를 타러 왔다고 말했다. 세 사람 다 론도장에 묵는 건 이번이 처음이었다. 식사는 한 시간가량 이어졌고, 이후 세 사람은 각자 자기 방으로 돌아갔다.

10시가 되자 세 사람은 라운지에 얼굴을 내밀었다. 10시부터 라운지 바의 카운터 자리에서 술을 마실 수 있다고 들었기 때문이다. 그때 바텐더를 맡은 사람은 가이에다였다. 세 사람은 눈 내리는 창밖 정원을 바라보며 유쾌하게 잔을 맞부딪혔다.

10시 반 무렵에 가타세 쓰구미가 론도장에 도착했다.

그녀는 정원에 있는 주차장에 랜드크루저를 세우고 라운지로 들어왔지만, 세 사람과 말을 주고받지는 않고 구석에서 혼자 위스키를 마셨다.

11시가 되자 도시코가 오빠와 교대해 카운터에 들어왔다. 가이에다는 "장부 작성 때문에 이만 실례하겠습니다." 하고 자기 방으로 갔다. 그때 취기가 오른 구리스와 하하키기도 자기 방으로 돌아갔다.

이후 와토와 쓰구미는 거의 말없이 술만 마셨다. 와토도 스스로 술이 약한 편은 아니라고 생각했지만, 쓰구미는 그 수준을 뛰어넘어 위스키를 얼음도 없이 연이어 들이부었다.

자정이 되자 도시코가 "슬슬 마쳐야 할 것 같아요."라고 해서 와토와 쓰구미는 라운지에서 나가 각자의 방으로 돌아갔다.

그런 어제 상황을 따져보면 가이에다의 사망 시각은 오후 11시 이후, 도시코의 사망 시각은 자정 이후라는 뜻이 된다. 네 사람은 11시 이후에 총성 같은 걸 들었는지 기억을 되짚어봤지만, 소음기 때문인지 그런 소리를 들은 사람은 없었다.

만약 범행에 쓰인 총이 같은 것이라면 두 사람을 죽인 범인도 동일범일 것이다. 또 눈이 그친 시각은 자정 무렵이고 도시코가 살해된 시각은 그 이후이니, 펜션 주변에 쌓인 눈에 발자국이 없다면 범인은 현재 펜션 안에 있는 투숙객 중에 있다는 뜻이 된다.

"그런데 5년 전 사건의 범인이 왜 펜션 주인과 여동생을 죽여야 했을까?"

쓰구미가 입을 열자 하하키기가 대답했다.

"우선 떠오르는 건 가이에다 씨와 도시코 씨가 5년 전 사건의 목격자고, 저희 중 누군가가 5년 전 사건의 범인이란 걸 알아보는 바람에 살해됐을 가능성입니다."

그러자 구리스가 옆에서 말을 보탰다.

"그럴 경우 범인은 이 펜션에 온 이후에 살의를 품었다는 말이잖아. 펜션에 도착한 후 살의를 품었다면 권총을 다른 곳에서 구해 올 수 없었겠지. 그럼 범인은 이번 범행과 상관없이 권총을 늘 휴대하고 다녔다는 말이 되는데, 미국이면 모를까 일본에서 권총을 항상 가지고 다니는 사람이 있을까?"

구리스의 말을 듣고 하하키기는 고개를 끄덕였다.

"그 말씀이 맞아요. 그러니 이 목격자설은 가능성이 낮죠. 그 밖에 또 떠오르는 게 바로 내부 갈등설이에요."

"내부 갈등설?"

"가이에다 씨나 도시코 씨, 또는 그 두 사람과 투숙객 중

한 명이 5년 전 사건의 범인이고, 서로 반목한 끝에 투숙객이 가이에다 씨와 도시코 씨를 살해한 게 아닐까 하는 가설이죠."

"……가이에다 씨나 도시코 씨가 5년 전 사건의 범인이었다고?"

"5년 전 사건 이후 가이에다 씨가 이곳에 펜션을 지어 그때 갈취한 현금과 권총을 보관하고 있었다면 어떨까요? 범인들은 추적의 열기가 식을 때까지 현금을 쓰지 않고 일단 숨겨두기로 한 거예요. 이후 시간이 흘러 범인 중 한 명이 슬슬 때가 됐다고 판단해 자기 몫을 요구하려고 이 펜션에 왔겠죠. 그리고 어제 밤늦은 시간에 가이에다 씨가 자기 방으로 범인을 불러 현금과 권총을 꺼내 보여줬어요. 이후 서로의 몫을 둘러싸고 가이에다 씨와 범인 사이에 다툼이 벌어졌고, 범인은 결국 권총을 집어 들어 가이에다 씨를 쏜 겁니다. 이 가설은 애초에 범인이 왜 지금 이곳에서 범행을 저질렀느냐는 수수께끼에 대한 해답도 제시하죠."

"범인이 왜 지금 이곳에서 범행을 저질렀느냐는 수수께끼?"

와토가 어리둥절해하며 되묻자 하하키기는 둔감한 형사가 안타까운 듯 와토를 쳐다보며 미소 지었다.

"지금 이곳에서 범행을 저지르면 용의자가 불과 몇 명으로 한정돼버려요. 계획적으로 가이에다 씨를 죽이고자 했다면 다른 투숙객이 한 명도 없을 때를 노려 범행을 저지르지 않았을까요? 그럼 다른 투숙객이 얼굴을 기억할 일도 없고 용의자 숫자가 한정되지도 않는데."

"일리 있는 말씀이군요."

"범인이 그러지 않은 건 이번 범행이 우발적이고 충동적으로 이뤄졌단 걸 암시해요. 범인은 우발적으로 범행을 저지른 후 현장에서 도망치려고 했겠죠. 하지만 지금 같은 상황에서 도망치면 사라진 투숙객이 범인이란 게 곧장 들통나고 맙니다. 다른 투숙객들까지 몽땅 죽이면 괜찮을 수도 있겠지만, 범인은 살인귀가 아니라 그렇게까지는 할 수 없었어요. 그래서 어쩔 수 없이 일단 여기 남아 있기로 한 겁니다. 아마 범인은 오늘 아침에 눈을 떴을 때 기분이 최악이었을걸요."

"그럼 도시코 씨는 왜 살해된 거죠?"

"오빠가 살해되는 모습을 목격하는 바람에 범인이 입막음을 위해 죽였겠죠. 아니면 5년 전 사건의 범인이 2인조라 알려졌지만 실은 도시코 씨를 포함한 3인조였고, 그들 사이에 갈등이 생겨서 살해됐을 수도 있고요. 5년 전 사건의 범인들은 현장에서 약 2킬로미터 떨어진 지점에 도주용

차량을 미리 세워뒀다고 했잖아요. 그 차량을 운전한 사람이 도시코 씨였을 수도 있지 않을까요?"

"그렇구나……."

쓰구미가 입을 열었다.

"하지만 오빠가 살해되는 모습을 목격하는 바람에 살해됐다고 해석하는 건 좀 이상하지 않아? 도시코 씨는 잠옷에 가운을 걸친 채 문 바로 앞에서 천장을 바라보는 자세로 쓰러져 있었어. 그 모습을 보면 도시코 씨가 잠들어 있을 때 범인이 찾아와 적당한 구실로 문을 열게 했고, 방 안에 들어가자마자 그녀를 쐈을 가능성이 커. 그러니까 도시코 씨는 일단 잠들었다가 깼을 거라는 말이야. 만약 오빠가 살해되는 모습을 목격했다면 그 즉시 소란을 피우면 피웠지 잠들 리는 없지 않겠어? 그렇게 생각하면 도시코 씨도 내부 갈등 때문에 살해됐을 가능성이 큰 것 같아."

와토는 하하키기와 구리스, 쓰구미가 논전을 벌이는 모습을 지켜보며 아무래도 왓슨력이 슬슬 작동하기 시작한 것 같다고 느꼈다. 세 사람은 지금 왓슨력의 영향을 받아 추리력이 비약적으로 향상된 것이다.

3

"범인을 알아냈어!", "범인이 누군지 알겠군.", "범인을 찾았습니다!"

다음 순간, 세 사람이 일제히 외쳐 와토는 화들짝 놀랐다. 왓슨력의 영향을 받은 이들이 이렇게 동시에 추리를 떠올리는 건 처음이었다.

"자, 그럼 레이디 퍼스트로 쓰구미 씨부터 부탁드립니다."

이럴 때의 교통정리도 왓슨력을 지닌 사람이 할 일이다.

쓰구미는 날카로운 눈빛으로 세 사람을 둘러보며 입을 열었다.

"이 안에 십자가로 암시할 수 있는 이름을 가진 사람이 한 명 있어."

"그게 누구죠?"

"구리스 씨, 바로 당신이야."

"……나?" 구리스 히데키가 이맛살을 찌푸렸다. "내가 왜?"

"기독교가 일본에 처음 전파됐을 때 십자가는 포르투갈어의 'cruz'에서 따와 '구르스'라고 불렸어. 구리스 씨, 당신 이름과 발음이 비슷하잖아."

쓰구미는 위압적인 외모와 달리 박식한 듯하다. 구리스

는 입술을 일그러뜨렸다.

"뭐야. 그 가설로는 십자가가 다섯 개인 건 설명할 수 없잖아. 날 범인으로 지목하려면 십자가 하나로 충분하지 않나? 다섯 개나 그럴 필요는 전혀 없을 것 같은데."

"애초에 가이에다 씨가 그린 십자가는 하나였고 나머지 네 개는 당신이 위장하려고 그린 거라면?"

"뭐? 위장하려 했다면 아예 십자가인 걸 알아보지 못하게 위에 덧칠을 했을 거야. 그쪽이 십자가를 네 개나 더 그리는 것보다 훨씬 쉽고 간단하니까."

그러자 쓰구미는 반박하지 못하고 입을 다물었다. 첫 번째 추리를 선보인 사람이 지목한 상대에게 즉시 제압된 모양새다.

"다음은 내 차례군."

구리스가 자신만만하게 입을 열었다.

"난 십자가가 총 다섯 개 그려진 사실에 주목했어. 방금 말했듯이 십자가로 범인을 암시하려 했다면 다섯 개나 그릴 필요는 없지. 십자가가 다섯 개 있는 이상, 그 다섯 개를 전부 합친 게 범인을 암시한다는 말이 돼. 그렇다면 십자가 다섯 개를 합쳐서 나타낼 수 있는 게 과연 뭘까. 내가 떠올린 건 바로 겐지코야."

"……겐지코?"

와토는 처음 듣는 단어에 당황했다. 쓰구미와 하하키기도 뭔지 모르는 것처럼 미심쩍은 표정을 짓고 있다.

"겐지코라는 건 다섯 개의 향을 듣고(맡지 않고 듣는다고 표현한다) 같은지 다른지를 맞히는 놀이야. 다섯 개의 향을 나타내는 다섯 개의 세로줄을 그린 후, 같은 향이라 생각되는 것의 끝부분을 가로줄로 연결하지. 향은 전부 합쳐 52종류고 그림으로 해답을 제시하는 방식이야. 각각의 그림에는 『겐지 이야기』° 54첩 중 「동호」와 「몽부교」를 제외한 52첩의 이름이 붙어 있는데, 그림 중에는 다섯 개의 세로줄이 연결되지 않고 나란히 그려진 것도 있어. 다섯 개의 향이 모두 다른 종류일 경우야."

구리스는 식당 창문의 레이스 커튼을 걷더니 성에가 낀 유리창 위에 그림을 그렸다. (그림 3 참조)

"가이에다 씨는 죽기 전에 이런 그림을 남겼어. 범인은 가이에다 씨가 남긴 이 다섯 개의 세로줄을 처음 봤을 때에는 무슨 뜻인지 몰랐지. 하지만 곧 그게 범인을 암시하기 위해 남긴 메시지란 걸 깨닫고 이를 은폐하기 위해 다섯 개의 세로줄에 각각 다섯 개의 가로줄을 더해 다섯 개

• 일본 헤이안 시대의 작가 무라사키 시키부가 쓴 일본 최초의 고전소설. 총 54첩(54회)의 에피소드로 이뤄져 있다.

그림 3

의 십자가로 만든 거야."

"이 그림의 이름은 뭔가요?"

하하키기가 묻자 구리스는 히죽 웃으며 대답했다.

"당신 이름과 똑같은 '하하키기(하하키기藜木에는 '댑싸리°라는 의미가 있다)'. 가이에다 씨는 바로 당신을 범인으로 지목했어. 하하키기라는 이름은 획수가 많아서 다 쓰려면 시간이 걸려. 다 쓰기 전에 의식을 잃어버릴 수도 있지. 그래서 가이에다 씨는 세로줄 다섯 개만 그리면 범인을 암시

● 명아줏과의 한해살이풀. 빗자루의 재료로 쓰인다.

할 수 있는 이 그림에 의지하기로 했어."

"하하. 대단한 발상이네요."

범인으로 지목된 남자는 태연한 얼굴로 웃음을 터뜨렸다.

"하지만 가이에다 씨가 과연 겐지코 같은 걸 알고 있었을까요? 지금 이 자리에 있는 네 사람 중 일단 저는 몰랐습니다. 와토 씨와 쓰구미 씨도 표정을 보니 몰랐던 것 같네요. 고인에게 실례일 수도 있지만 가이에다 씨는 겉보기에 우락부락한 상남자 같은 분이었으니, 겐지코처럼 고풍스러운 놀이에 대한 지식이 있었을 것 같지는 않습니다만."

"그건 편견이야. 겉보기와 다른 사람이 얼마나 많은데."

"구리스 씨는 겐지코에 대해 어떻게 알고 계시죠?"

"이래 봬도 국문과 출신이거든. 『겐지 이야기』 강의를 듣고 알게 됐지."

"거봐요. 그것만 봐도 전문적인 지식이라는 뜻이에요. 가이에다 씨가 그런 걸 알고 있지는 않았을 거예요. 그리고 현장에 남아 있던 그림은 구리스 씨가 그린 겐지코 그림에 비해 세로선 다섯 줄 사이의 간격이 훨씬 더 벌어져 있지 않나요? 세로선 다섯 줄에 각각 가로선을 더해 십자가로 만들 수 있을 만큼 세로선 사이의 간격이 떨어져 있었어요. 겐지코의 '하하키기' 그림으로는 보이지 않는다는 말이에요."

그러자 쓰구미가 옆에서 "응, 내 눈에도 그렇게 보이지는 않아." 하고 말을 보탰고, 와토도 "조금 무리한 가설 같네요." 하고 거들었다. 구리스는 언짢은 표정으로 입을 다물었다. 결국 두 번째 추리도 별 성과 없이 폐기됐다.

"마지막은 제 차례군요."

다음으로 하하키기 신페이가 점잖게 입을 열었다.

"쓰구미 씨와 구리스 씨는 피로 그린 십자가를 기반으로 삼아 추리하셨지만, 전 조금 다르게 생각해보려고 합니다. 다섯 개의 십자가는 어떤 식으로든 해석할 수 있으니까요. 그걸 떠나 피해자가 정말 의미 있는 메시지를 남겼다고 단정할 수도 없죠. 죽음을 눈앞에 두고 의식이 흐려진 상태에서 남긴 의미 불명의 표시일 수도 있고, 메시지를 발견한 범인이 원형을 알아보기 어렵게 하려고 모양을 완전히 바꿨을 수도 있어요. 그런 걸 바탕으로 추리하는 건 당장에라도 무너질 사다리를 오르는 것처럼 위험천만한 행위예요."

하하키기가 피 십자가의 중요성을 부인하자 구리스는 흥이 식은 얼굴로 말했다.

"자신감이 아주 하늘을 찌르는군. 그럼 당신은 뭘 바탕으로 추리했는데?"

"그림입니다."

"그림?"

"가이에다 씨는 어젯밤 저녁 식사 자리에서 자기 방에 자신의 이름에서 따온 바다 그림이 걸려 있다고 하셨어요. 그런데 조금 전에 봤을 때 그의 방에 걸려 있던 그림은 나팔꽃 그림이었죠."

와토는 순간 가슴이 철렁했다.

"그 말은 즉 원래는 다른 곳에 걸려 있던 나팔꽃 그림이 가이에다 씨의 방으로 옮겨졌다는 뜻이에요. 그 그림에는 총알이 박혀 있으니, 원래 나팔꽃 그림이 있었던 곳이 진짜 범행 현장이겠죠. 그 방은 바로 범인이 묵는 방이었을 테고요.

범인은 자기 방에서 가이에다 씨를 살해했어요. 그런데 가이에다 씨의 몸을 관통한 총알이 벽에 걸린 그림에 박히고 말았어요. 시신을 그대로 방에 둘 수는 없으니, 범인은 어제 모두가 잠든 늦은 밤 시신을 등에 업거나 혹은 질질 끌어서 가이에다 씨의 방으로 옮겼겠죠. 그리고 그곳을 범행 현장으로 연출하기 위해 가이에다 씨의 방에 걸린 그림을 떼어 내고 대신 총알이 박힌 그림을 걸었어요. 범행 전 가이에다 씨의 방에 다른 투숙객이 들어왔을 리는 없으니 범행 후 누군가가 그 방에 들어와도 그림이 바뀐 걸 알아차리지 못할 거라 생각한 거죠.

그 후 범인은 다른 빈방에 있는 그림을 자기 방으로 가져왔어요. 어젯밤 다른 투숙객을 자기 방에 부르지 않았고, 빈방에 투숙객이 들어갔을 리도 없으니 자기 방에 있던 그림이 빈방에 있던 그림으로 바뀌치기된 걸 알아챌 사람도 없을 거라 판단했을 거예요. 가이에다 씨의 방에 걸려 있던 그림은 빈방으로 옮기고요."

"범인의 방에 있던 그림과 가이에다 씨 방의 그림을 직접 맞바꾸는 게 더 빠르고 효율적이지 않습니까?"

와토가 묻자 하하키기는 싱긋 웃고 대답했다.

"그런 짓을 하면 가이에다 씨의 방에 걸려 있던 그림이 바뀌치기된 게 드러날 경우 누가 바꿨는지가 금세 밝혀지잖아요. 그런 상황을 미연에 방지하려고 범인은 자기 방에 걸려 있던 그림은 가이에다 씨의 방에, 가이에다 씨의 방에 걸려 있던 그림은 빈방에, 빈방에 걸려 있던 그림은 다시 자기 방에, 이런 순서로 그림을 옮긴 거예요. 마지막으로 카펫 위에 피로 쓴 가짜 다잉 메시지를 남겨서 그곳이 진짜 범행 현장인 것처럼 연출했고요."

"그럼 그 다섯 개의 십자가는……."

"아무 의미도 없어요. 그건 범인이 다잉 메시지처럼 보이게 남긴 그럴싸한 표식에 불과해요. 그렇게 해서 범행 현장을 위장한 거죠."

"아무 의미도 없다……."

"자, 이렇게 되면 여동생인 도시코 씨가 살해된 이유도 명백해져요. 이 호텔에서 오빠와 함께 살았던 도시코 씨는 어느 방에 어떤 그림이 걸려 있는지 당연히 파악하고 있었겠죠. 가이에다 씨의 방과 범인의 방, 빈방 벽에 걸린 그림들을 옮기면 도시코 씨에게 금세 들통나고 말아요. 범인은 그런 상황을 막으려고 도시코 씨도 살해했어요. 제 추리가 정답이라면 지금 빈방 중 한 곳에 가이에다 씨 방에 있던 바다 그림이 걸려 있을 겁니다. 백 마디 말보다는 하나의 증거. 자, 지금부터 다 함께 그걸 확인하러 가지 않겠어요?"

하하키기가 힘차게 식당을 나가자 와토를 비롯한 세 사람도 그의 뒤를 쫓았다.

총 네 개의 빈방을 식당에서 가까운 곳부터 하나씩 확인했다. 그러자 와토와 하하키기의 방 사이에 있는 빈방 벽에 바다 그림이 걸려 있다는 사실이 밝혀졌다. 나머지 세 빈방에 걸린 그림은 꽃 그림이었다.

하하키기는 앞장서서 바다 그림이 걸린 빈방 안으로 들어갔다. 잔잔한 바다 위에 작은 배 한 척이 떠 있는 그림이다. 하하키기가 손으로 그림을 가리키며 말했다.

"다른 객실에는 모두 꽃 그림이 걸려 있는데 이곳만 바다 그림인 건 이상하죠. 그러니 이 그림은 가이에다 씨 방 벽에 걸려 있던 그림이 확실해요. 그렇다면 그림이 바뀌었다는 제 추리가 결국 맞았다는 뜻이겠죠? 즉, 가이에다 씨의 시신이 진짜 범행 현장에서 옮겨졌다는 가설이 맞는다는 말입니다."

"흠. 제법 그럴싸한데."

구리스가 분한 것처럼 입을 열었다.

"그럼 범인은 대체 누구야?"

"그걸 알아낼 가장 좋은 방법은 우선 가이에다 씨가 실제로 살해된 방이 어딘지를 밝히는 거예요. 어쩌면 그곳에 혈흔이 남아 있을 수도 있으니까요. 그 방에 묵는 투숙객이 바로 범인이겠죠."

"우리 방을 전부 확인해야겠네."

"네. 해당 방에 묵는 사람을 제외한 나머지 세 사람이 확인하면 되겠죠."

그러자 구리스가 하하키기를 노려봤다.

"그건 사생활 침해 아니야?"

"딱히 뒤가 켕길 행동을 하지 않았다면 상관없지 않나요? 아니면 혹시 뭐 켕기는 거라도 있으세요?"

"……있을 리 없잖아. 알겠어. 마음대로 해."

하하키기가 고개를 돌려 "쓰구미 씨와 와토 씨는 어떻게 생각하세요?"라고 물었다. 쓰구미는 무뚝뚝하게 "상관없어."라고 했고 와토도 "네, 확인해보죠." 하고 고개를 끄덕였다.

네 사람은 가장 먼저 와토의 방에 들어갔다. 가이에다의 방과 달리 바닥은 앤티크 무늬로 마감됐고 북쪽 벽에 침대가 있다. 남쪽 벽에는 가이에다가 그린 장미 그림이, 서쪽 벽에는 통유리창이 있고 거길 지나면 발코니가 있지만 그 앞은 절벽이다. 그러니 발코니를 통해 외부로 나갈 수는 없다.

와토를 제외한 세 사람이 방 안을 확인하는 동안 와토는 혼자 우두커니 서 있었다. 경찰이 용의자들에게 조사받는 상황이 아이러니했지만, 이 역시 왓슨력을 가진 사람의 숙명이라 생각했다.

"……혈흔 같은 건 없군." 잠시 후 구리스가 아쉬운 것처럼 말했다. "뭐 현직 형사가 범인일 리는 없겠지."

다음으로 복도를 사이에 두고 와토의 방 맞은편에 있는 구리스의 방을 확인했다. 이곳도 와토의 방처럼 앤티크 무늬 바닥이다. 남쪽 벽에는 가이에다가 그린 백합 그림이 있고, 동쪽 벽에는 통유리창이 있어 그곳을 지나 바깥 정원으로 나갈 수 있는 구조다. 이번에는 구리스를 제외한 세 사람이 방 안을 확인했지만 역시 혈흔 같은 건 발견되지 않았다.

다음은 하하키기의 방. 그의 방은 와토의 방처럼 복도 서쪽에 있다. 서쪽 벽의 통유리창은 발코니와 이어지고 그 끝은 절벽이다. 남쪽 벽에는 가이에다가 그린 제비꽃 그림이 있다. 이곳에도 혈흔은 없었다.

마지막으로 쓰구미의 방. 현관 바로 옆에 있는 방으로, 구리스의 방처럼 복도 동쪽에 있고 동쪽 벽의 통유리창을 지나 정원으로 나갈 수 있는 구조다. 남쪽 벽에는 가이에다가 그린 해바라기 그림이 있다. 이곳에도 역시 혈흔은 없었다.

네 사람은 다시 식당으로 돌아갔다. 하하키기가 팔짱을 낀 채로 입을 열었다.

"가이에다 씨를 죽인 후 바닥에 흐른 피는 범인이 직접 닦았나 보네요. 루미놀 검사를 하면 혈흔을 발견할 수도 있겠지만, 공교롭게도 경찰이 도착하려면 앞으로 하루는 더 기다려야 해요. 또 벽에 걸린 그림이 바뀌었다고 해도 저희는 어느 방에 어떤 그림이 걸려 있었는지 알지 못하니 뭐가 어떻게 바뀌었는지도 알 수 없어요."

"범인은 가이에다 씨의 시신을 자기 방에서 가이에다 씨의 방까지 옮길 힘이 있는 사람입니다. 여성분은 제외해도 괜찮지 않을까요?"

와토가 지적하자 하하키기는 고개를 흔들었다.

"실은 저도 비슷한 생각을 하긴 했는데, 쓰구미 씨는 웬만한 남자보다 힘이 세 보이지 않나요? 그러니 제외하면 안 될 것 같아요."

그러자 쓰구미가 흥 하고 코웃음을 쳤다.

"그럼 결국 범인이 누군지는 모르겠다는 거야?"

"아뇨, 실은 유력한 단서가 아직 하나 남았어요. 범인은 자기 방에 있던 꽃 그림을 떼어서 가이에다 씨 방에 걸었어요. 이 사실로부터 알 수 있는 건, 범인은 어젯밤 저녁 식사 자리에서 가이에다 씨가 자기 방에 바다 그림이 있다고 한 말을 듣지 못한 사람이라는 거예요. 만약 그 말을 들었다면 바다 그림 대신 꽃 그림을 걸면 금세 들키리란 걸 알았을 테니 그림을 바꿔 달지 않았겠죠. 즉, 범인은 어젯밤 저녁 식사 자리에 없었던 사람이에요. 그리고 그 사람은……."

모두의 시선이 한 사람에게 쏠렸다. 그 사람, 즉 쓰구미가 어깨를 으쓱했다.

"지금 내가 범인이라는 거야?"

"그렇습니다."

와토는 쓰구미라면 현금 수송차 습격 사건의 범인 중한 명이어도 이상하지 않겠다고 생각했다. 표범을 연상케하는 분위기와 근육질 몸을 보면 어떤 험한 일이든 척척해낼 것 같다. 이번 사건에서는 아무래도 하하키기 신페이가 명탐정 역할을 완수해줄 듯했다.

그러나 쓰구미는 하품을 쩍 하고 내뱉었다.

"다 끝났어? 하하키기 씨, 당신 추리에는 허점이 있어. 지금부터 내가 제대로 된 추리를 들려줄 테니 잘 들어보라고."

4

와토는 무심코 쓰구미를 빤히 쳐다봤다. 이미 다 해결된 것 같은 상황에 또 추리라니.

"오, 혹시 납득하지 못할 부분이 있었나요?"

하하키기 신페이가 시치미를 떼면서 물었다.

"응, 아주 많아. 당신은 범인이 가이에다 씨의 방을 범행현장으로 보이게 하려고 다잉 메시지를 날조했다고 했지? 그럼 십자가를 다섯 개나 그릴 필요는 없지 않아? 하나만 그려도 충분할 텐데. 또 범행 후에는 최대한 빨리 현장을 떠나고 싶지 않았을까? 그런데 한가하게 십자가를 다섯 개나 그리는 건 이상하잖아. 내가 십자가가 구리스라는 이름을 나타낸다고 추리했을 때 구리스 씨는 십자가는 하나로 충분하다고 반론했어. 당신 추리에도 똑같은 반박을 할 수 있다는 소리야."

"그럼 그 피 십자가의 정체는 뭔가요? 또 다잉 메시지설을 제시하려는 거예요?"

"아니. 이번에는 달라."

"제 추리에서 총알이 박힌 그림을 통해 실제 범행이 이뤄진 현장이 가이에다 씨의 방이 아니라고 결론 내린 건 어떤가요? 빈방 중 한 곳에 실제로 바다 그림이 걸려 있었잖아요. 그건 그림이 바꿔치기됐음을 암시해요. 즉 범인이 범행 현장을 위장했다는 뜻이에요."

"실제 범행 현장이 가이에다 씨의 방이 아니라는 의견에는 나도 동의해. 그런데 당신은 가이에다 씨가 실제 범행 현장에서 살해된 후 다시 자기 방으로 옮겨졌다고 했지. 하지만 또 하나의 가능성도 있다는 걸 잊었어?"

"……또 하나의 가능성?"

"가이에다 씨가 실제 범행 현장에서 총에 맞은 뒤, 자기 방까지 간신히 걸어가 그 안에서 목숨을 잃었을 가능성 말이야."

와토는 몸을 움찔했다.

"분명 그럴 가능성도 있겠군요……. 하지만 어느 쪽이 정답인지 현장 상황만으로는 판단할 수 없는 것 아닌가요?"

그러자 쓰구미는 싱긋 웃었다.

"아니, 판단할 수 있어. 가이에다 씨 방에 있던 침대를 떠올려봐. 침대가 정원 쪽 벽 앞에 있고 침대 머리 부분이 통유리창 오른쪽 끝에 맞닿아 있었지? 그럼 통유리창을 열 때 침대 머리 부분에 유리가 닿아서 잘 안 열렸을 거야. 침대를 왜 하필 그런 곳에 뒀을까? 둘 거면 정원 쪽 벽 말고 다른 쪽 벽에 둬도 됐을 텐데. 굳이 정원 쪽 벽에 두고 창이 열리는 폭을 좁게 만드는 건 이상하지 않아?"

"……듣고 보니 그러네요."

"와토 씨. 와토 씨라면 침대를 어느 쪽 벽에 둘 것 같아?"

"음, 글쎄요……. 정원을 마주보고 오른쪽 벽? 복도 쪽 벽은 발소리 같은 게 들려서 시끄러울 테고, 정원을 마주보고 왼쪽 벽은 라운지의 소리가 전해질 테니 오른쪽 벽이 가장 나을 것 같네요."

"그래. 보통 그렇게 생각하겠지. 그럼 가이에다 씨도 그렇게 생각했다고 가정해보자고."

"하지만 실제로 침대는 정원 쪽 벽에 있지 않았나요? 침대가 원래는 정원을 마주보고 오른쪽 벽에 있었는데 정원

쪽 벽으로 이동됐다고 하시려는 건가요?"

"이동됐다면 정원을 마주보고 오른쪽 벽에 깔린 카펫에 침대가 있던 자국이 남아 있었을 거야. 하지만 그런 자국은 없었어."

와토는 현장을 떠올려봤다. 분명 카펫에는 다섯 개의 피 십자가 외에 어떤 흔적도 없었다.

"그렇다면 결론은 하나야. 범인은 카펫을 반시계 방향으로 90도 회전시켰어. 그 결과 정원을 마주보고 오른쪽 벽에 있던 침대가 정원 쪽 벽으로 옮겨졌지. 가이에다 씨의 방은 정사각형 모양이라 카펫을 회전시킬 수 있었어. 카펫을 통째로 옮겼으니 카펫 위에 침대가 있던 자국 같은 것도 따로 남지 않았고. 아, 물론 침대뿐만 아니라 옷장과 책상도 같이 옮겨졌겠지."

"……범인이 카펫을 반시계 방향으로 90도 회전시켰다고요? 왜 그런 짓을?"

"그건 카펫을 원위치로 되돌려보면 알 수 있지 않을까? 자, 그럼 카펫을 시계 방향으로 다시 90도 돌리면 어떻게 될까?"

와토는 머릿속으로 그림을 그려보고는 무심코 가슴이 덜컥했다. 다섯 개의 피 십자가가 통유리창을 지나 방 안 탁자를 향해 일직선으로 그려진 피의 궤적, 즉 다섯 개의 혈흔으로

그림 4

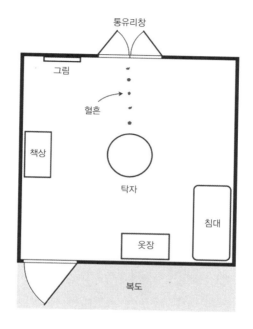

통유리창

그림

혈흔

책상

탁자

침대

옷장

복도

바뀐 것이다. (그림 4 참조)

"가이에다 씨가 다른 곳에서 총에 맞은 후 자기 방까지 비틀비틀 걸어가 그 안에서 사망했다는 말이군요……."

"그래. 다른 곳에서 가이에다 씨를 살해한 다음 시신을 그의 방으로 옮긴 게 아니야. 가이에다 씨는 제 발로 자기 방까지 걸어가서 사망했어. 그는 그때 복도와 문이 아니라 정원을 지나 통유리창을 통해서 방에 들어갔어. 그럼 진짜 범행 현장은 정원 또는 정원과 인접한 방이라는 뜻이 돼. 절벽과 인접한 방은 통유리창을 열고 나가면 낭떠러지가 나오니, 가이에다 씨의 방에 가려면 복도를 통해 갈 수밖에 없어.

또 가이에다 씨가 코트를 걸치지 않았고 총알이 박힌 그림이 있었다는 점을 고려한다면 실제 범행 현장은 실내라는 걸 알 수 있어. 즉 정원이 아니라 정원과 인접한 방 중 어딘가가 실제 범행 현장이었다는 뜻이지. 정원과 인접한 방에 묵는 투숙객은 나와 구리스 씨 둘뿐이야. 그럼 우리 둘 중에 누가 범인인지를 따져야겠지.

자, 여기서 모두 주목해야 할 건 펜션 밖에 쌓인 눈에는 발자국이나 혈흔 같은 게 없었다는 사실이야. 총에 맞은 가이에다 씨가 정원을 지나갔다면 반드시 눈에 발자국과 혈흔이 남았겠지. 하지만 그런 건 없었어. 즉, **범행은 눈이 멎기 전에 이뤄졌다는 뜻**이야. 그러니 정원을 걸어간 가이에다 씨의 발자국과 혈흔도 내리는 눈에 묻혀 사라져버린 거야."

"아오이 경찰서의 히가시다 형사님은 눈이 그친 시간이 자정 무렵이라고 했죠."

"그러니 범행은 자정보다 훨씬 전, 적어도 발자국과 혈흔이 눈에 묻혀 사라질 정도의 시간 이전에 일어났다는 말이 돼. 난 자정까지 라운지에 와토 씨, 도시코 씨와 함께 있었으니 알리바이가 있어. 그렇다면 범인은 이 사람이 될 수밖에 없겠지?"

쓰구미가 구리스를 손가락으로 가리켰다. 구리스의 얼굴에 한순간 당황한 기색이 떠오르는 것을 와토는 놓치지 않았다. 쓰구미의 추리가 정답일 가능성이 커 보였다.

"밤 11시 무렵 자기 방에 돌아간 가이에다 씨는 몰래 구리스 씨의 방으로 갔을 거야. 가이에다 씨가 5년 전 사건의 범인 중 한 명인 게 사실이라면, 그때 갈취한 돈과 권총을 챙겨서 갔겠지. 복도로 가면 우리에게 목격될 수도 있으니 샌들 같은 걸 신고 통유리창을 지나 정원을 가로질러 가지 않았을까?

두 사람은 구리스 씨의 방에서 돈을 어떻게 나눌지 상의했지만 말다툼이 일어났어. 그러다 결국 구리스 씨가 가이에다 씨를 쏘고 말았지. 총에 맞은 가이에다 씨는 통유리창으로 나가서 정원 쪽으로 도망쳤어. 구리스 씨는 그 뒤를 쫓았지. 가이에다 씨는 정원에서 통유리창을 통해 자기 방에 들어가 비틀거리며 카펫 위에 다섯 개의 핏자국을 남겼고, 결국 가운데에 있는 탁자에 몸을 기댄 채 숨지고 말았어.

그런 상황에서는 카펫 위에 남은 핏자국을 통해 가이에다 씨가 정원에서 통유리창을 지나 자기 방으로 들어왔고, 그가 총에 맞은 곳이 정원 또는 정원과 인접한 방이라는 사실이 들통나고 말아. 구리스 씨는 그걸 감추기 위해 카펫을 반시계 방향으로 90도 돌려 다섯 개의 혈흔 위치를 옮겼고, 그 혈흔 위에 피를 덧칠해 십자가를 만들었어. 그리고 가이에다 씨가 직접 그것들을 그린 것처럼 보일만한 위치로 시신을 옮겼지. 탁자에 묻은 피는 닦아서 없앴을 테고. 가이에다 씨가 정원을 지나갈 때 신었던 샌들도 챙기고 통유리창도 잠가서 가이에다 씨가 정원을 지나 방에 들어온 흔적을 전부 없앴어.

그 후 구리스 씨는 복도를 지나 자기 방에 돌아가 벽에 걸려 있던 총알 박힌 나팔꽃 그림을 떼어 가이에다 씨 방 벽에 걸었어. 가이에다 씨 방에 걸려 있던 바다 그림은 빈방 벽에 건 다음, 빈방에 걸려 있던 백합 그림은 자기 방 벽에 걸었지.

이 부분은 하하키기 씨가 날 범인으로 지목했던 추리와 똑같아. 하하키기 씨의 추리에서는 범인이 가이에다 씨 방에 걸려 있던 바다 그림을 꽃 그림으로 바꿨다는 점에 착안해, 범인은 어젯밤 저녁 식사 때 자기 방에 바다 그림이 걸려 있다고 한 가이에다 씨의 말을 못 들은 사람이라는 결론이 나왔지. 하지만 이 추리에는 결함이 있어. 가이에다 씨의 말을 들었어도, 범인은 총알이 박힌 꽃 그림을 가이에다 씨 방에 꼭 걸어야 하니 그 말을 아무도 기억 못할 가능성에 운명을 걸고 바다 그림을 꽃 그림으로 바꿨을 수도 있으니까. 실제로 구리스 씨는 그렇게 했어.

이런 위장을 마친 후 구리스 씨는 도시코 씨도 죽였어. 방에 걸린 그림이 바뀐 것뿐 아니라 침대와 옷장, 책상 위치가 바뀐 걸 그녀가 알아차릴 수 있으니까. 자, 내 추리는 여기까지야. 증명 종료.”

와토는 감탄했다. 쓰구미가 구리스를 범인으로 지목하고, 구리스는 하하키기를 범인으로 지목하고, 하하키기는 쓰구미를 범인으로 지목하고, 쓰구미는 또다시 구리스를 범인으로 지목했다. 윤무곡처럼 한 바퀴를 빙글 돌아온 셈인데, 쓰구미가 두 번째로 제시한 구리스 범인설은 첫 번째 추리와 비교할 수 없을 만큼 정교했고 설득력이 뛰어났다. 왓슨력의 영향을 계속 받아 시간이 지날수록 추리력이 향상됐을 수도 있다.

그때였다. 구리스가 느닷없이 식당 입구 쪽으로 쏜살같이 달음박질쳤다. 역시 그가 범인이었던 모양이다. 와토와 하하키기는 순간적으로 주춤했지만 쓰구미는 달랐다. 쓰구미가 문손잡이에 손을 댄 구리스를 따라잡아 그의 어깨를 붙들자, 구리스는 무시무시한 얼굴로 고개를 돌려 쓰구미에게 주먹을 휘둘렀다. 쓰구미는 구리스의 공격을 왼팔로 가볍게 막아내고 그의 배에 오른 주먹을 꽂아 넣었다. 그리고 배를 움켜쥔 채 무릎을 꿇은 구리스의 머리에 발차기를 날렸다. 구리스가 바닥에 쓰러졌을 때 와토와 하하키기도 달려들었다.

+ + +

이후 세 사람은 구리스를 밧줄로 꽁꽁 묶어 식당 의자에 앉혀놓고 번갈아가며 감시했다. 모든 것을 포기한 구리스는 자신이 5년 전 현금 수송차 습격 사건의 범인 중 하나라고 자백했다. 아오이 경찰서의 히가시다 형사가 예상한 것처럼 가이에다도 범인 중 한 명이었다. 다만 여동생인 도시코는 관련이 없다고 했다. 가이에다와 구리스는 그날 갈취한 3억 엔 중 5천만 엔씩을 나눠 갖고 나머지 2억 엔은 추적의 열기가 식을 때까지 감춰두기로 했다. 돈을 보관할 장소는 가이에다가 5천만 엔을 써서 지은 론도장이었다. 5년이 지나 이제 감춰둔 돈을 사용해도 괜찮겠다고 판단한 구리스는 나머지 돈을 받기 위해 이 펜션을 찾았다. 가이에다는 어젯밤 자기 방바닥 밑에 보관해둔 2억 엔과 권총이 든 가방을 꺼내 구리스의 방으로 찾아갔다. 그런데 거기서 말다툼이 벌어져 구리스가 가이에다를 쐈다. 그다음은 쓰구미가 추리한 대로였다. 문제의 가방은 구리스가 가이에다의 방바닥 밑에 다시 돌려놓았던 게 발견됐다.

아오이 경찰서 수사반은 그날 밤이 돼서야 도착했다. 와토와 통화한 히가시다 형사는 투숙객들이 범인을 붙잡아둔 걸 보고 찬사를 보냈다.

와토가 범인을 밝혀낸 사람이 가타세 쓰구미 씨라고 하자 쓰구미는 모두 함께 추리 대결을 펼친 결과라며 겸손하게 말했다. 웬일인지 머릿속이 아주 맑아져서 좋은 아이디어들이 샘솟았다고도 했다.

"그런데 무슨 일을 하시나요?" 하고 와토가 묻자 쓰구미는 "실은 경시청의 SAT야. 아, 지금껏 말 안 하고 있어서 미안." 하고 답했다. SAT는 경시청 경비부에 속한, 우는 아이도 뚝 그치게 만든다는 특수부대. 그러니 별 어려움 없이 구리스를 제압했던 것이다. 쓰구미는 "나, 머리 쓰는 일에는 약하지만 이번 사건을 겪으면서 추리하는 게 재밌어졌어." 하고 와토에게 말했다. 수사 1과로 부서 이동 신청을 해보고 싶은데 어떻게 생각하느냐는 그녀의 질문에, 와토는 "기다리겠습니다." 하고 멋쩍게 웃기만 했다.

2화 암흑실의 살인

엘리베이터 문이 열리자 눈앞에 하얀 벽과 앤티크풍 바닥의 15평 남짓한 공간이 펼쳐졌다.

엘리베이터에서 나가니 왼쪽에 있는 책상에 20대 중반쯤 돼 보이는 여직원이 앉아 미소 띤 얼굴로 "어서 오세요." 하고 인사했다.

와토 소지가 티켓을 건네자 직원은 "감사합니다. 그럼 편안히 관람하세요." 하고 팸플릿을 건넸다. 와토는 팸플릿을 들고 조심스레 발걸음을 뗐다.

벽을 따라서 놓인 여러 개의 전시대 위에는 다양한 조형물이 있다. 모두 다각형을 복잡하게 조합한 형태의 금속 조형물이다.

갤러리 안에는 와토 말고도 세 명이 더 있었다. 고급스러워 보이는 양복을 입은 60대 전후의 통통한 남자, 재킷을 걸친 30대 중반의 키 큰 남자, 안경을 낀 40대의 마른 여자. 60대 전후의 남자와 40대 여자는 흥미진진하게 조형물을 감상하고 있고, 30대 중반의 남자는 무료한 듯 어슬렁거리고 있다. 4월의 평일 오전 10시. 막 개장한 갤러리에 와토를 포함해 네 명이 있는 건 많은 걸까, 적은 걸까.

이케부쿠로에 위치한 고다마 제3빌딩 지하 2층에 있는 '갤러리 쿠레다'. 이곳에서는 현재 조각가 오마에 다케유키의 작품전이 열리고 있다.

35세의 오마에 다케유키는 금속 조형물 작품으로 주목을 모아 국내는 물론 해외에서도 인정받으며 상도 여럿 받았다. 쌍둥이 형인 후미유키는 화가라 둘 다 예술가 형제로 유명하다는 홍보 문구가 팸플릿에 적혀 있지만 현대미술에 조예가 없는 와토에게는 와닿지 않았다. 작품전을 찾은 건 대학 시절 친구가 티켓을 줬기 때문이다. 이번 기회에 현대미술이 어떤 것인지 조금이나마 알기 위해 쉬는 날 이곳을 찾았다.

와토는 벽을 따라 시계 방향으로 걸으며 전시를 관람했다. 조형물 전시대에는 모두 '구입 가능' 또는 '판매 완료'라는 종이가 붙어 있었다. 전시와 함께 판매도 이뤄지는 모양이다. 가격은 적혀 있지 않지만 입구에 있는 직원에게 물어보면 알려주지 않을까. 와토는 작품의 가격이 어느 정도일지 가늠도 되지 않았다.

그중 가장 눈길을 끄는 것은 갤러리 중앙 바닥에 설치된 작품으로 지름 50센티미터, 길이 3미터 정도 되는 원통을 십자 모양으로 조합한 조형물이다. 겉에는 무수한 물결무늬 홈이 파여 있다. 조형물 앞에 있는 설명판에 적힌 작품 이름은 '사거리'로, 구리로 만들었다고 한다. 와토는 그게 평범한 십자 모양 파이프와 뭐가 다른지 도통 알 수 없었다. 덧붙이자면 작품 앞에는 '구입 가능'이라 적혀 있었다.

벽 앞에 전시된 여러 조형물을 둘러보며 거의 반 바퀴를 돌았을 때였다.

갑자기 둔탁한 충격이 갤러리를 덮쳤다. 몇 초 후 천장에 있는 형광등 불이 꺼지더니 갤러리 안이 칠흑 같은 어둠에 휩싸였다.

"응?", "뭐야?", "무슨 일이지?"

여러 명의 목소리가 교차했다.

암흑 속에서 '비상구'라 적힌 불빛이 보였다. 정전과 동시에 내장 배터리로 불이 켜졌을 테니 저곳을 지나면 비상계단이 나올 것이다. 와토는 휴대폰의 플래시를 켜고 그쪽을 향해 걷기 시작했다. 캄캄한 어둠 속을 걷는 게 영 불안해서 달팽이처럼 느릿느릿 앞으로 나아갔다.

간신히 비상구 불빛 바로 앞에 이르렀을 때 불빛 속에서 누군가 문을 밀고 있는 모습이 어렴풋이 보였다. 접수창구에 있던 직원이다. 그녀도 와토가 다가오는 걸 느꼈는지 고개를 돌렸다. 어깨에는 숄더백을 메고 있다.

"비상구 문이 열리지 않아요. 이 문을 열면 비상계단이 나오는데……."

"문이 열리지 않는다고요?"

"네. 꼼짝도 안 해요."

"잠긴 거 아닐까요?"

"아뇨, 이 문에는 자물쇠가 없어요. 이런 비상시에 열리지 않으면 큰일이니까요."

와토는 "제가 해보죠." 하고 문 앞에 섰다. 손잡이를 돌려 밀어봤지만 문은 꼼짝도 하지 않았다. 경첩이 보이지 않으니 안으로 여는 문은 아니다. 허리를 숙여 온힘을 다해 밀어도 열리지 않았다.

"무슨 일입니까?"

등 뒤에서 남자 목소리가 들려 와토는 고개를 돌렸다. 어둠 속에서 30대 중반쯤 되는 남자의 모습이 희미하게 보였다. 그도 휴대폰을 손전등 대용으로 쓰는지 와토처럼 휴대폰을 손에 들고 있었다.

"아아, 다케유키 선생님." 직원이 안도하며 말했다. "비상구 문이 열리지 않아서요."

와토는 흠칫 놀랐다. 세상에. 이 사람이 저 많은 조형물을 만든 작가였을 줄이야.

오마에 다케유키는 "제가 해보죠." 하고 문을 밀어봤지만 역시나 열리지 않았다.

"문이 안 열린다고?", "정말요?"

나이 든 남자 목소리와 중년 여자 목소리가 들리더니 두 사람도 휴대폰 플래시를 켜고 가까이 다가왔다. 이 갤러리에 있는 모든 사람이 모인 것이다. 이번에는 나이 든 남자가 도전해봤지만 문은 열리지 않았다.

"엘리베이터는 어때요?" 중년 여자가 물었다. "비상구 오른쪽에 엘리베이터가 있잖아요."

"정전이니 엘리베이터도 움직이지 않을 텐데요……."

직원이 대답한 뒤 휴대폰 불빛을 비추며 오른쪽으로 이동했다. 벽에 달린 패널에 불빛을 비춰 '△' 버튼을 눌렀지만 버튼에는 불이 들어오지 않았다. 물론 엘리베이터 문도 열리지 않았다.

"역시 정전이라 작동을 멈춘 것 같아요."

"근데 갑자기 웬 정전이지? 아까 그 충격은 또 뭐고."

나이 든 남자 목소리가 들렸다.

"혹시 지진 아닐까요?" 와토가 입을 열었다. "지진 때문에 정전이 일어난 거죠. 문이 열리지 않는 것도 지진 때문에 문 일부가 일그러져서일 수 있고요."

"지진이었다면 흔들림이 좀 더 길게 이어지지 않았을까요?"

"맞습니다. 조금 전 충격은 지진치고는 짧았죠. 그럼 뭐였을까요……."

오마에 다케유키가 직원을 향해 말했다.

"어쨌든 빌딩 관리실에 연락해보죠. 관리실 전화번호 알죠?"

"아, 네."

직원이 휴대폰을 두드리더니 귀에 갖다 댔다.

"아, 여보세요. 지하 2층 '갤러리 쿠레다'입니다. 정전 때문에 엘리베이터가 작동을 멈췄고 비상구 문도 열리지 않는데 대체 무슨 일이죠? ……네? 싱크홀요?"

어둠 속에서 모든 사람이 휴대폰 화면 불빛에 비치는 직원의 얼굴로 시선을 향했다. 직원은 무슨 말을 들었는지 망연자실한 표정이다.

"……그럼 언제쯤 나갈 수 있을까요? 네, 알겠습니다……."

직원이 전화를 끊었다.

"무슨 일이에요?"

중년 여자가 초조한 듯 물었다.

"······빌딩 바로 앞에 있는 도로에 싱크홀이 생겼다고 해요."

"싱크홀? 갑자기 무슨 소리예요?"

"원인은 아직 모르겠다고 하네요. 어쨌든 가로세로가 20미터 이상, 깊이 15미터 이상 되는 엄청나게 큰 구멍이 생겼다고 해요. 지금 그것 때문에 도로 밑에 깔린 전선과 가스관, 수도관도 끊겼다고······."

"그렇군. 그래서 정전이." 나이 든 남자 목소리가 들렸다. "근데 비상구 문이 열리지 않는 이유는 뭐라고 하나?"

"빌딩 지하 벽에 균열이 생겼고 파열된 수도관에서 나온 물이 그곳으로 흘러들었대요. 그 물이 비상계단을 타고 내려와 비상구 앞에 차 있어서 지금 문이 열리지 않는 것 같아요."

와토는 섬뜩했다. 지금 이 문 너머에 물이 잔뜩 차 문에 압력을 가하고 있는 걸까.

"그럼 문틈으로 물이 들어오면 우리는 익사하잖아요!"

중년 여자가 비명을 질렀다.

"관리인은 비상문이 방수·방화문이라 기밀성이 높아 틈새로 물이 들어올 일은 없다고 했어요. 전기가 복구되는 대로 엘리베이터를 타고 구조하러 오겠다고······."

"뉴스에서 보도되고 있을 테니 확인해보죠." 오마에 다케유키가 말했다. "거기서 더 자세한 정보를 얻을 수 있을지도 모릅니다."

어둠 속에 직사각형 디스플레이 여러 개가 보였다. 모두 휴대폰을 꺼내 인터넷 뉴스를 확인하는 듯하다. 와토도 인터넷에 접속해봤다. 뉴스 속보로 싱크홀 사고가 보도되고 있었다. 원인은 아직 밝혀지지 않았다.

"이것 참 큰일이군."

나이 든 남자 목소리가 들렸다.

"음, 이왕 이렇게 된 김에 서로 자기소개라도 하는 게 어떻소? 구조대가 오려면 시간이 걸릴 테니 어둠 속에서 대화를 주고받으려면 서로의 이름 정도는 알고 있는 게 좋지 않겠나?"

"맞아요."

직원의 목소리가 들렸다.

"그럴까요. 앞으로 얼마나 더 기다려야 할지 모르니 잡담이라도 하죠."

오마에 다케유키의 목소리가 들렸다. 빛을 발하는 물체가 목소리가 들린 쪽 허공에 떠 있었다. 휴대폰에 단 형광 스트랩처럼 보였다.

"지금 느긋하게 자기소개니 잡담을 할 때예요? 비상구

너머에 있는 물이 쏟아져 들어오기라도 하면 어떡해요!"

중년 여자가 소리쳤다. 그러자 오마에 다케유키가 부드러운 목소리로 말했다.

"제 작품전을 보러 오셨는데 이런 일이 일어나 참으로 송구스럽습니다. 하지만 지금 저희가 할 수 있는 일이라곤 오로지 기다리는 것뿐이에요. 그렇다면 마음을 진정시키기 위해서라도 대화를 나누는 게 좋지 않을까요?"

"당신, 정말 오마에 다케유키 씨 맞아요?"

"네. 어렵게 찾아주셨는데 죄송할 따름입니다. 조형물을 좋아하시나요?"

"……네. 그중에서도 추상 조형물을 좋아해요. 선생님 작품처럼."

중년 여자의 목소리가 조금 침착해졌다. 와토는 가슴을 쓸어내렸다. 어둠 속에서 누군가 패닉이라도 일으키면 상황이 심각해진다. 오마에 다케유키의 배려에도 감탄했다.

"소개를 할 때 휴대폰으로 얼굴을 비추며 하는 게 어떻습니까?"

와토가 제안하자 다른 네 사람도 동의했다.

"그럼 저부터. 전 와토 소지라고 합니다."

와토는 휴대폰으로 얼굴을 비추며 말했다. 얼마나 섬뜩해 보일지 내심 걱정이 됐다.

뒤이어 오마에 다케유키가 얼굴을 비추며 자신을 소개했다.

"전 무라세 요시코라고 해요."

어둠 속에서 40대 여자의 얼굴이 보였다.

"전 이 갤러리에서 근무하는 아이다 마호입니다."

휴대폰 불빛 속으로 예쁜 얼굴이 보였다.

"도요카와 슌스케라고 하네."

예순 전후의 남자 얼굴이 비쳤다.

그때 멀리서 쿵 하고 둔탁한 소리가 울리더니 갤러리 내부가 또다시 흔들렸다.

"꺄악!"

아이다 마호가 비명을 질렀다. 뒤이어 철컹하고 금속이 땅에 떨어지는 듯한 소리가 났다.

"아이다 씨. 괜찮아요?"

오마에 다케유키가 걱정하듯 말을 걸었다.

"아아, 네……. 깜짝 놀라서 조형물 전시대에 부딪히는 바람에 조형물과 함께 넘어졌어요. 죄송해요. 작품에 흠집이 났을 수도……."

"아뇨, 괜찮아요. 불이 켜지면 다시 돌려놓기로 하죠. 그보다 다치지는 않았어요?"

"고맙습니다. 괜찮은 것 같아요."

"방금 그 충격은 또 뭐지? 뉴스에 나오려나."

도요카와 슌스케가 휴대폰을 툭툭 두드렸다.

와토도 뉴스를 확인했다. 싱크홀이 더욱 커지는 상황이라는 속보가 나온다. 우연히 이 근처에 카메라맨이 있었는지 옆 빌딩에서 찍은 영상도 함께 표시됐다. 4차선 도로에 절구 모양의 큰 구멍이 뚫렸고, 구멍 바로 옆으로 갤러리가 있는 고다마 제3빌딩이 보인다. 영상 속에서 절구 끝부분 도로가 갑자기 무너지더니 구멍이 더 커졌다. 소리가 없어서 꼭 설탕과자가 무너지는 듯했다. 조금 전 충격은 도로가 무너질 때의 것일 터였다.

"공사 중이던 지하철 터널에 토사가 유입돼 싱크홀을 초래했을 가능성이 있다고 하네요. 사고 현장 부근은 현재 출입금지 상태라고 합니다."

"이거 구조대가 오려면 시간이 꽤 걸리겠군요. 필요할 때만 휴대폰을 써서 배터리를 아끼는 게 낫겠습니다."

오마에 다케유키의 목소리가 들려서 와토도 "그래야겠군요." 하고 휴대폰의 화면을 껐다. 다른 사람들도 똑같이 했다.

"그런데 가족이나 지인에게는 연락하는 게 좋지 않을까요?"

무라세 요시코의 목소리가 들렸다.

"남편한테 이 갤러리에 간다고 하고 나왔어요. 지금 뉴스를 보면서 걱정하고 있을 거예요."

"그렇군. 나도 마누라에게 연락해야겠어."

도요카와 슌스케의 목소리가 들렸다.

그때였다.

어둠 속에서 뭔가가 떨어지는 듯한 낌새가 느껴지더니 뒤이어 남자의 신음 소리가 들렸고, 뭔가 무거운 것이 바닥에 쿵 하고 쓰러지는 소리가 울려 퍼졌다.

2

"뭐예요, 방금?"

아이다 마호의 겁먹은 목소리가 들렸다.

"지금 누가 비명 질렀어요?"

무라세 요시코의 목소리.

"난 아니야."

도요카와 슌스케의 목소리.

"저도 아닙니다."

와토가 말했다.

"그럼 오마에 다케유키 씨라는 말이군요. 오마에 씨, 괜찮으십니까?"

　와토는 조금 전 자기소개를 할 때 오마에 다케유키의 얼굴이 보인 쪽으로 말을 걸었다. 대답이 없다. 칠흑 같은 어둠 속이라 그가 지금 어디 있는지는 보이지 않았다. 다만 바닥에 떨어진 형광 스트랩이 보였다.

　와토는 휴대폰 플래시를 그곳으로 향했다. 어렴풋한 불빛 속에 오마에 다케유키가 휴대폰을 오른손에 든 채 천장을 바라보는 자세로 쓰러져 있었다. 무라세 요시코와 아이다 마호가 비명을 질렀다.

　와토는 오마에 다케유키 옆에 허리를 숙여 오른팔의 맥박을 짚었다. 뛰지 않는다. 휴대폰의 불빛을 얼굴에 가져갔다. 동공 반사가 없다. 뒤이어 손을 입에 갖다 댔다. 호흡이 없다. 사망한 게 확실했다.

　그 옆에 조형물이 하나 떨어져 있었다. 긴 막대기 모양의 금속 조형물인데 곳곳에 금이 가 있었다. 휴대폰 불빛을 오마에 다케유키의 머리로 향하자 뭔가에 맞아 파인 자국이 이마에 어렴풋이 보였다. 이 조형물로 머리를 얻어맞은 것 같았다. 조금 전 아이다 마호가 깜짝 놀라 전시대에 몸을 부딪치면서 떨어진 조형물이 범인 쪽으로 굴러갔고, 범인은 그것을 집어 들어 흉기로 사용한 것이다.

　와토는 몸을 일으켜 헛기침을 한 번 하고 말했다.

"안타깝지만 사망했습니다. 머리를 가격당해 살해된 것으로 추정됩니다."

"살해됐다고?", "네?", "그게 정말이에요?"

세 사람의 목소리가 겹쳤다.

"사실입니다. 범인은 조형물을 집어 들어 오마에 씨를 가격한 것으로 보입니다."

"어떻게 그렇게 단언하지?"

도요카와 슌스케의 목소리가 들렸다.

"시신을 확인한 결과입니다. 소개가 늦었지만 전 경시청수사 1과 형사입니다. 지금껏 살인 사건을 여럿 접했죠. 그동안의 경험으로 판단컨대 이건 틀림없는 살인 사건입니다."

"형사라고? 경찰수첩을 보여주겠나?"

도요카와 슌스케가 의심하듯 물었다.

"오늘은 비번이라 안 가져왔습니다."

"그럼 사칭일 수도 있겠군."

"사칭이라면 오히려 이럴 때 보란 듯이 경찰수첩을 꺼내들지 않았을까요? 어쨌든 신고부터 해야겠습니다."

와토는 경시청 통신 지령 센터에 전화를 걸어 담당자에게 살인 사건 소식을 알리고 신원을 밝혔다.

"수사 1과의 와토 형사님이시군요. 현장 보존을 부탁드립니다.”

“알겠습니다. 실례지만 지금 함께 있는 분들이 제가 진짜 형사인지 궁금해하시는 것 같으니 저 대신 신원을 보증해주실 수 있을까요? 한 분을 바꿔드리겠습니다.”

와토는 휴대폰을 위로 들고 “도요카와 씨. 통화해보시겠습니까?” 하고 물었다.

“경시청 직원이 제 신원을 보증해준다고 합니다.”

어둠 속에서 도요카와 슌스케가 손을 쓱 뻗어 휴대폰을 가져갔다.

그는 수화기 속 담당자의 말에 맞장구를 몇 번 치더니 잠시 후 “고맙네.” 하고 와토에게 휴대폰을 돌려줬다.

“정말 수사 1과 형사로군. 당신 지시에 잘 따라달라고 했어.”

“그럼 잘 부탁드립니다.”

“저기요! 지금 이 안에 살인범이 있는 거 아니에요?”

무라세 요시코의 히스테릭한 목소리가 울려 퍼졌다.

“살인범과 함께 있기 싫어요! 빨리 여기서 나가게 해주세요!”

그러자 도요카와 슌스케가 달래듯이 말했다.

“전기가 들어오기 전까지는 나갈 방법이 없지 않나. 그리고 이 안에 살인범이 있다 해도 경시청 수사 1과 형사님이 계시니 안전할 거야."

"정말로 안전할지 어떻게 알아요!"

"지금 와토 씨가 형사인 걸 의심하는 건가? 경시청 통신 지령 센터 담당자도 확실하다고 해줬으니 괜찮네."

"와토 씨라는 분이 진짜 형사일 수는 있겠지만, 그렇다고 해서 그분이 꼭 범인이 아니라고 단정할 수는 없잖아요. 경찰이 범죄를 저질렀다는 뉴스도 종종 나오고요."

와토는 난감했다. 위기 상황을 무난히 넘어갈 수 있으리라 예상했는데 아무래도 어려울 듯하다. 상황이 이렇게 된 이상 왓슨력이 발동되기를 바랄 수밖에 없었다.

3

"아무리 생각해도 이상해요."

잠시 후 아이다 마호가 대뜸 입을 열었다.

"이런 상황에서 살인이라니. 이상하지 않아요?"

"뭐가 이상하다는 거지?"

도요카와 슌스케의 목소리가 들렸다.

"이상하죠. 이렇게 갇힌 상황에서 범행을 저지르면 용의자 수가 한정돼요. 거기에다 도망칠 수도 없으니 금세 범인이 드러날 거예요. 그런데 범인은 왜 하필 이런 상황에서 살인을 저질렀을까요?"

"……음, 듣고 보니 그렇군."

"그리고 이런 어둠 속에서는 범행 대상이 어디 있는지도 잘 안 보이잖아요. 뭐 다케유키 선생님은 휴대폰에 야광 스트랩을 달고 있어서 알 수 있었겠지만, 머리가 어디 있는지는 보이지 않았을 테니 치명상을 입히지 못할 수도 있었어요. 막상 공격했다가 죽이지 못하면 말짱 도루묵 아닌가요?"

"그 말이 맞아. 하지만 아무리 이상해도 실제로 범행이 일어났으니 이제 와서 이상하다고 해봐야 소용없는 것 아닌가?"

"보통 때라면 범인은 이런 상황에서 범행을 저지르지 않을 거예요. 그런데도 범행에 나선 걸 보면 범인에게는 그럴 수밖에 없는 어떤 사정이 있었던 것 아닐까요? 그것만 알아내면 범인도 밝힐 수 있을 거예요."

아이다 마호의 말투가 묘하게 논리적으로 변했다. 와토는 내심 가슴을 쓸어내렸다. 드디어 왓슨력이 작용하기 시작한 듯하다. 왓슨력은 이 갤러리에 있는 모든 사람(물론 와토는 제외하고)에게 영향을 끼쳐 추리력을 비약적으로 높여줄 것이다.

"그럴 수밖에 없는 사정? 어떤 사정 말인가?"

도요카와 슌스케의 목소리 톤도 바뀌었다. 젊은 여자라 만만히 봤다가 생각을 고친 것처럼 들렸다.

"그걸 알아내려면 우선 사건을 다시 차근차근 되짚어봐야 해요. 첫째, 범인이 이 갤러리에 있는 조형물을 흉기로 썼다는 사실은 흉기를 사전에 준비하지 않았다, 즉 충동적으로 범행을 저질렀단 걸 뜻해요. 둘째, 이런 어둠 속에서는 범행 대상이 어디 있는지 잘 보이지 않아서 치명상을 입힐 확률도 떨어지죠. 그런데도 끝내 범행을 저질렀다는 건 범행 대상이 누가 되든 상관없었거나, 또는 상대를 죽이지 않고 상처 정도만 입혀도 괜찮았다는 뜻이에요. 다케유키 선생님은 우연히 머리를 가격당해 사망하신 거예요."

"상대가 누가 되든 상관없고, 죽이지 않고 상처만 입혀도 괜찮다니. 정확히 무슨 말이지?"

"범인은 우리 중에 부상자를 만들려고 했어요."

"……부상자?"

"혹시 '트리아지triage'라고 아세요?"

"알지. 대형 사고나 재해로 다수의 부상자가 나왔을 때 중증도에 따라 환자의 우선순위를 정하는 걸 뜻하잖나."

"네. 부상자 트리아지가 있듯이 구조 대상에도 트리아지가 있지 않을까요? 이번 싱크홀 사고로 전기, 가스, 수도 등의 인프라가 파괴됐으니 저희 말고도 구조 대상이 더 있겠죠. 그리고 구조대 자원은 무한하지 않으니 구조 대상이 많을 경우 가장 긴급한 대상부터 구조해야 해요. 그럼 가장 긴급한 구조 대상은 누구일까요? 바로 부상자예요. 즉 부상자가 있는 집단은 우선적으로 구조되는 거예요."

와토는 그제야 아이다 마호가 무슨 말을 하려는지 깨달았다.

"정전이 일어났을 때만 해도 저희 중에는 부상자가 없었어요. 즉, 저희는 구조 대상 우선도가 낮았다는 말이에요. 범인은 아마 그 우선도를 높이고 싶었을 거예요. 그러니 부상자를 만들려고 다케유키 선생님을 폭행한 거죠. 다케유키 선생님을 대상으로 삼은 건 단지 선생님이 휴대폰에 야광 스트랩을 달고 있어서 어둠 속에서도 위치가 잘 보여서 아니었을까요? 부상자만 만들면 되니 죽일 생각까지는 없었을 거예요. 하지만 하필 급소를 가격하는 바람에 다케유키 선생님이 사망하고 만 거죠."

"그렇게까지 해서 구조 우선도를 높이려 했다고? 왜지? 우리 중에 실제로 누군가 다친 것도 아니고 딱히 목숨이 위험한 상황도 아니잖나."

"범인은 이 칠흑 같은 어둠을 견디기 힘들었던 것 아닐까요? 한시라도 빨리 여기서 벗어나고 싶었고, 그걸 위해 다른 사람을 폭행해서라도 구조 우선도를 높이려 한 거죠. 범인은 아마 암소공포증이 있을 거예요."

"암소공포증?"

"어둠을 두려워하는 불안 장애를 뜻해요. 범인은 암소공포증이 있어서 이 공간에 계속 있는 걸 견디지 못한 거예요. 암소공포증의 대표적인 신체 증상으로는 과호흡, 식은땀, 구역질, 오한, 가슴 두근거림 등이 있죠. 그렇다면 지금 여기 있는 분들 중에 그런 증세가 나타난 사람이 범인이에요."

"그런 증세가 나타난 사람이 있나?"

"실례지만 무라세 씨는 어떠세요?"

"무슨 소리야!"

무라세 요시코가 발끈하는 목소리가 울려 퍼졌다.

"조금 놀라긴 했지만 그건 어둠이 무서워서가 아니라 살인범이랑 함께 있는 상황이 무서워서야. 암소공포증이라면 정전이 되자마자 난리를 피웠어야지."

"……그건 그래요."

아이다 마호가 마지못한 듯이 대답했다.

"그럼 내가 암소공포증이 아니고 지금 지극히 침착하다는 걸 증명하기 위해서라도 범인을 추리해볼게."

와토는 흠칫 놀랐다. 왓슨력이 무라세 요시코에게도 영향을 미치기 시작한 듯하다. 그녀는 지금까지와는 사뭇 다른 차분한 목소리로 이야기를 시작했다.

"아이다 씨가 방금 말했듯이, 갇혀 있어 범인이 금세 특정될 뿐만 아니라 어두워서 상대에게 치명상을 입힐지도 불분명한데 왜 범행을 저질렀나가 이 사건의 핵심 같아요. 그리고 이 수수께끼를 풀려면 이번 사건만의 특징을 고려해야 해요."

"특징?"

와토가 되물었다.

"바로 조형물이 흉기로 쓰였다는 점이에요."

"네? 그게 사건과 무슨 관련이 있죠?"

"현장에 있는 조형물이 흉기로 쓰인 건 범행이 충동적으로 이뤄졌음을 암시한다. 조금 전 아이다 씨는 그렇게 해석했어요. 저도 그 의견에는 동의하지만, 조형물이 흉기로 쓰인 데는 또 다른 의미도 있지 않을까요?"

"……다른 의미라고 하시면?"

"조형물 그 자체의 가치요."

"무슨 말씀이신지 잘 모르겠네요."

"범인은 문제의 조형물을 보고 첫눈에 반했어요. 여기 전시된 조형물은 모두 구입할 수 있죠. 하지만 오마에 다케유키 씨의 작품은 대부분 가격이 수십, 수백만 엔이에요. 범인에게는 그만한 돈이 없어서 결국 작품을 살 수 없었어요. 집에 돌아가 어떻게든 돈을 마련할 수도 있겠지만, 그동안 조형물이 다른 사람에게 팔릴 수도 있고요. 범인이 그렇게 고민하고 있을 때 갑자기 정전이 일어나 갤러리 안이 어둠에 휩싸였어요. 범인은 그 순간 떠올렸겠죠. 문제의 조형물로 누군가를 폭행해 상처 입힌다면, 경찰이 해당 조형물을 흉기로 압수해 갈 거예요. 그럼 다른 사람이 구입할 수도 없어져요. 그래서 충동적으로 범행을 저지른 거예요. '캄캄한 어둠 속에서도 불구하고'가 아니라 오히려 '캄캄한 어둠 속이니 비로소' 범행을 저질렀다는 뜻이에요. 만약 이렇게 어둡지 않았다면 조형물에 손을 갖다 댄 순간 아이다 씨가 제지했을 테니까요."

"과연, 그렇군요……."

"그렇다면 범인은 대체 누굴까요. 아이다 마호 씨는 갤러리 직원이라는 직위를 이용해 마음에 드는 조형물을 다른 사람이 사지 못하게 할 수 있었을 거예요. 사겠다는 사람이 나오면 이 작품은 이미 판매됐다고 거짓말을 하면 되니까요. 그러니 아이다 씨는 범인이 아니에요."

"다행이네요."

아이다 마호가 안도하는 목소리가 들렸다.

"도요카와 씨는 값나가 보이는 양복을 입었고 누가 봐도 부유한 느낌을 주는 분이에요. 원하는 조형물이 있다면 어려움 없이 살 수 있었겠죠. 그러니 도요카와 씨도 범인이 아니에요."

"과분한 칭찬이군."

도요카와 슌스케가 쓴웃음 섞인 목소리로 말했다.

"그렇다면 남은 사람은 와토 형사님. 실례지만 형사님은 형편이 썩 좋아 보이지 않아요. 경찰이 흉기를 압수해 갈 거라 생각한 걸 보면 범인은 경찰 수사에 어느 정도 지식이 있어야 하는데, 그 조건도 수사 1과 형사라면 딱 들어맞죠. 그러니 범인은 와토 형사님이에요."

"……저 말입니까?"

와토는 어안이 벙벙했다.

"그래요. 형사님이 범인이에요. 흉기는 현장 관할 경찰서에서 보관하죠? 수사 1과 형사라면 어떤 구실을 들어 관할서에 보관된 조형물을 보러 가실 수도 있을 테고요."

와토는 헛기침을 했다.

"오마에 다케유키 씨의 팬인 여러분 앞에서 대단히 송구한 말씀이지만, 전 오마에 다케유키 씨 작품의 가치를 전혀 모르는 사람입니다. 저 같은 사람이 작품을 보고 첫눈에 반할 리 없고, 더욱이 다른 사람이 살까봐 그 작품을 흉기로 쓴다는 건 가당치도 않습니다."

"……오마에 다케유키 씨 작품의 가치를 모른다고요?"

무라세 요시코가 믿을 수 없다는 듯이 말했다.

"네, 죄송합니다. 예를 들어 이 갤러리 가운데에 있는 '사거리' 같은 조형물을 봐도 그냥 평범한 십자 모양 파이프와 뭐가 다른지 잘……."

"'사거리'가 평범한 십자 모양 파이프라고요?"

무라세 요시코는 진심으로 놀란 듯 되물었다.

"……미안해요. 조금 전 제 추리는 철회할게요. 와토 형사님이 범인일 수는 없을 것 같네요."

"감사합니다."

"세상에, 오마에 다케유키 씨 작품의 매력을 모르는 분이 있다니 정말 충격이에요. 형사님이 범인이기를 내심 바랐는데……."

와토는 속으로 '굳이 그렇게까지 말할 건 없잖아' 하고 중얼거렸다.

4

그때 도요카와 슌스케의 차분한 목소리가 들렸다.

"아이다 씨와 무라세 씨의 이야기를 듣는 동안 나도 고심 끝에 추리 하나를 떠올렸네."

세 번째 추리다. 아무래도 왓슨력이 강력하게 발휘되고 있는 듯하다.

"범인은 왜 하필 이렇게 갇혀 있는 상황에서 범행을 저질렀는가. 범인이 금세 특정될 테고, 그것도 모자라 이런 어둠 속에서는 상대에게 치명상을 입힐지도 불분명한데. ……이에 대한 해답은 하나밖에 없네. 범행은 우리가 이곳에 갇히기 전에 이미 이뤄진 거야."

"갇히기 전에 이미 이뤄졌다?"

와토는 앵무새처럼 도요카와의 말을 되뇌었다. 스스로 생각해도 그러는 자신의 행동이 왓슨처럼 느껴졌다.

"그래. 갇히기 전이라는 건 곧 정전이 일어나기 전이라는 말도 되지. 그러니 목표물을 정확히 노려서 흉기를 휘두를 수 있었을 테고."

"하지만 오마에 다케유키 씨가 살해된 시점은 정전 때문에 어두워진 이후 아닌가요?"

"그게 틀렸어. 우리가 본 사람은 가짜 오마에 씨였던 거야. 진짜 오마에 씨는 그보다 전에 이미 살해됐고."

도요카와 슌스케가 가당치도 않은 말을 꺼내서 와토는 아연실색했다.

"가짜 오마에 씨요?"

"그래. 외모를 쏙 빼닮은 가짜."

"그런 사람이 있습니까?"

"오마에 다케유키 씨에게는 쌍둥이 형인 후미유키 씨가 있지. 그가 바로 범인일세. 후미유키 씨는 오전 10시에 이 갤러리가 열리기 전, 즉 아이다 씨가 접수대에 앉기 전에 이곳에 찾아와 동생 다케유키 씨를 살해했어. 그리고 그의 시신을 갤러리 한가운데 있는 조형물 안에 숨겼지."

"'사거리' 안에요?"

무라세 요시코의 목소리가 들렸다.

"그래, 그 안에. 그리고 우리 앞에서 동생 다케유키 씨인 척을 하며 다케유키 씨가 아직 살아 있는 것처럼 연출하고 이곳을 빠져나가려 했어. 하지만 싱크홀 사고가 일어나는 바람에 엘리베이터가 작동을 멈췄고, 비상구 문도 열리지 않아서 결국 오도 가도 못하게 됐지.

갤러리 안이 캄캄해진 다음에 우리가 서로 자기소개를 했지 않나? 후미유키 씨는 그때 당연히 다케유키 씨의 이름을 댔네. 그리고 한 가지 계획을 떠올렸지.

'사거리' 안에서 동생 다케유키의 시신을 꺼낸 뒤 신음하며 바닥에 쓰러지는 소리를 내. 그 후 자신이 직접 '사거리' 안에 들어가 숨는 거야.

우리는 다케유키 씨의 시신을 보고 지금 다케유키 씨가 살해됐다고 생각했어. 그리고 정전이 일어나기 전 이 갤러리에 있던 사람, 그러니까 나, 와토 형사, 무라세 씨, 아이다 씨 중에 범인이 있다고 믿게 됐지. 우리가 본 다케유키 씨가 실은 가짜고 그가 범인일 줄은 상상도 못하고 말이야. 후미유키 씨는 조형물 안에 계속 숨어 있다가 전기가 복구되거나 구조대가 도착해 우리가 이곳을 무사히 빠져나가면 자신도 몰래 나와 사라질 계획인 거야."

　"그렇다면 도요카와 씨의 추리에서 범인은 바로 지금 '사거리' 안에 숨어 있다는 말이네요."

　무라세 요시코가 떨리는 목소리로 말했다.

　"그렇지. 와토 형사, 나와 함께 확인해보지 않겠나? 둘이 함께 양옆에서 '사거리' 내부를 확인하는 거야."

　와토는 "알겠습니다." 하고 도요카와 슌스케와 함께 뿌연 휴대폰 불빛에 의지해 갤러리 가운데에 있는 조형물 쪽으로 향했다. 두 사람은 허리를 숙여 양옆에서 조형물 안으로 휴대폰 불빛을 비췄다.

　와토는 무심코 안을 보다 숨이 멎을 뻔했다. 조형물 안에 정말로 사람이 있었던 것이다. 도요카와 슌스케의 추리가 들어맞은 모양이다.

　웬 남자가 와토 쪽으로 머리를 향한 채 위를 바라보는

자세로 누워 있었다. 이미 모든 것을 체념했는지 눈을 꼭 감고 있다.

"이봐. 그만 나오게."

도요카와 슌스케가 조형물 안을 향해 말했다.

"정말로 그 안에 사람이 있어요?"

무라세 요시코가 겁먹은 것처럼 물었다.

"그래, 있군. 이봐, 얼른 나오라고."

도요카와 슌스케가 다시 한 번 으름장을 놨지만 조형물 안에 있는 남자는 여전히 꼼짝도 하지 않는다.

"어쩔 수 없군. 끌어내야 하나."

"아뇨. 이대로 두는 게 나을 것 같습니다."

와토가 도요카와 슌스케를 말렸다.

"혹시 밖에 나와서 행패라도 부리면 곤란하니까요."

"그건 그렇군."

그때였다.

"으악! 뭐야! 왜 이렇게 캄캄해!"

조형물 안에 있던 남자가 불현듯 소리를 꽥 지르는 바람에 와토는 하마터면 다리에 힘이 풀려 그 자리에 주저앉을 뻔했다. 남자는 몸을 뒤집더니 고개를 들어 와토를 봤다.

"누구십니까? 그리고 왜 이렇게 어둡죠?"

"혹시 후미유키 씨신가요?"

"그렇습니다만."

"다케유키 씨를 죽이셨죠?"

"네? 뭐라고요? 그건 또 무슨 소립니까. 아니, 그전에 당신 대체 누구예요? 불은 왜 꺼진 겁니까?"

"이봐. 이제 그만 시치미 떼게!"

와토 옆으로 다가온 도요카와 슌스케가 후미유키를 향해 소리쳤다.

와토는 그 순간 묘한 사실을 눈치챘다. 조형물 안에 있던 남자는 다케유키와 별로 닮지 않았다.

"정말 후미유키 씨 맞습니까?"

"네. 제가 후미유키입니다."

"그런 것치고 동생분과 별로 닮지 않으셨네요. 쌍둥이라고 들었는데."

그러자 조형물 안에 있는 남자가 지긋지긋한 듯이 말했다.

"저와 다케유키는 이란성 쌍둥이입니다. 닮지 않은 게 당연하죠."

"네? 그럼 다케유키 씨를 죽인 후에 다케유키 씨 행세를 할 수도 없었다는 말인데……."

"무슨 소리예요? 그 사람이 범인 아니에요?"

무라세 요시코의 목소리가 들렸다.

"네, 아무래도 아닌 듯합니다. 이분은 다케유키 씨와 외모가 다릅니다. 그러니 다케유키 씨인 척할 수 없었을 겁니다."

그러자 아이다 마호가 겸연쩍은 것처럼 말했다.

"아, 여러분은 다케유키 선생님과 후미유키 선생님이 이란성 쌍둥이인 걸 모르셨나 봐요. 도요카와 슌스케 씨가 설명하는 도중에 말씀드리려 했는데 타이밍을 못 잡아서……."

거기에 다케유키의 휴대폰에 달려 있던 야광 스트랩의 존재 또한 도요카와의 추리를 부정한다는 걸 모두 깨달았다. 도요카와의 추리대로 다케유키(인 척한 후미유키)가 움직였다면 빛나는 야광 스트랩이 이리저리 흔들렸을 것이기 때문이다.

후미유키는 조형물 안에서 기어 나와 몸을 일으켰다.

"제가 다케유키를 죽였다니, 그게 무슨 말입니까? 좀 더 자세히 설명해주시겠어요?"

와토는 어쩔 수 없이 싱크홀 사고 때문에 갤러리에 갇히게 된 경위와 어둠 속에서 다케유키가 살해됐다는 이야기를 들려줬다. 그리고 아이다 마호, 무라세 요시코, 도요카와 슌스케의 추리도 설명했다. 후미유키는 멍한 얼굴로 이야기를 들었다.

"그건 그렇고, 후미유키 씨는 왜 그런 곳에 들어가 있었던 겁니까?"

"잤습니다."

"네? 잤다고요? 왜 그런 곳에서 잠을?"

"갤러리 개장 전에 동생 전시를 보러 왔는데 이 원통 조형물을 보니 안에 들어가 누워보고 싶더라고요. 그 상태로 가만히 있으니 저도 모르게 그만……."

와토는 어처구니가 없었다. 그저 누워보고 싶다는 이유로 조형물 안에 들어간 것도 놀랍지만, 그 안에서 잠들었다는 것도 기가 막혔다.

"이 사람이 범인이에요!"

무라세 요시코가 버럭 소리쳤다.

"하지만 무라세 씨. 안타깝지만 내 추리는……."

도요카와 슌스케가 입을 열었지만 무라세 요시코는 "아뇨." 하고 잘라 말했다.

"범인이 다케유키 씨 행세를 했다는 도요카와 씨의 추리는 틀렸을지도 몰라요. 하지만 이 사람이 범인인 건 틀림없어요. 조형물 안에서 잠들었다니, 누가 봐도 수상하잖아요. 실제로는 눈을 뜨고 있다가 정전이 되자마자 조형물 밖으로 나와 다케유키 씨를 죽인 거 아니에요?"

누가 봐도 수상하다는 점은 와토도 동의했다. 후미유키는 상식적인 사람 같았던 다케유키와 이미지도 달랐다.

"다케유키는 지금 어딨습니까?"

후미유키가 물었다.

"저기 바닥에 빛나는 스트랩이 보이시죠? 거기 쓰러져 계십니다."

와토가 대답하자 후미유키는 "감사합니다." 하고 그쪽으로 향했다. 직접 휴대폰을 꺼낸 그가 플래시 불빛으로 다케유키의 몸을 비췄다.

후미유키는 그렇게 잠시 동생을 지그시 내려다보다가 입을 열었다.

"범인이 누군지 알아냈습니다."

5

와토는 깜짝 놀라 무심코 휴대폰 불빛을 후미유키의 얼굴에 비췄다. 후미유키는 자신감에 찬 미소를 짓고 있었다. 사건이 일어나는 동안 잠들어 있었던 데다 지금 막 잠에서 깬 멍한 머리로 추리해보겠다는 걸까. 왓슨력은 이토록 강력한 걸까.

"사전에 준비한 물건이 아니라 여기 있는 조형물을 흉기로 썼다는 건 사건이 우발적으로 일어났음을 암시합니다. 범인은 이곳에 와서 범행을 떠올렸겠죠. 여기서 그가 겪은 어떤 일이 범행의 발단이 된 겁니다."

그러자 와토가 물었다.

"이곳에 와서 일어난 일이라면 정전 때문에 갤러리 안 불이 꺼진 것 말인가요?"

"아이다 씨, 무라세 씨, 도요카와 씨의 추리는 모두 정전 때문에 갤러리가 어둠에 휩싸인 사실을 주요 근거로 삼고 있습니다. 확실히 지금 이곳에 있는 저희에게 불이 꺼진 건 큰 사건이죠. 그러나 곰곰이 생각해보면 여기서 일어난 일은 정전 때문에 불이 꺼진 것 말고도 더 있습니다."

"엘리베이터가 작동을 멈추고 수도관에서 샌 물 때문에 비상구 문이 닫혀서 못 나가게 된 것 말인가요?"

"그것도 있지만 그뿐만이 아닙니다. 여러분은 싱크홀 사고 소식을 접한 가족과 지인들이 걱정할 수 있으니 휴대폰으로 연락을 시도했을 겁니다. 그 역시 여기 와서 일어난 일들 중 하나죠. 전 그게 범죄의 도화선이 됐다고 생각합니다."

"왜 그렇게 생각하시죠?"

"타이밍 때문입니다. 여러분의 이야기를 들어보니 가족

과 지인에게 연락하자는 이야기가 나온 직후에 범행이 이뤄진 것 같더군요."

기억을 더듬어보니 분명 그랬다.

"가족과 지인에게 연락하려고 한 게 왜 범죄의 도화선이 됐다는 겁니까?"

"그때 다케유키가 누군가에게 전화를 걸었다면 상대방의 전화기가 울렸겠죠. 그런데 만약 그 상대의 전화기가 휴대폰이고, 휴대폰이 바로 이 안에서 울렸다면 어떻게 될까요?"

"……이 안에서? 왜 이 안에서 울리죠?"

"범인이 다케유키가 전화하려고 한 상대방의 휴대폰을 훔쳤기 때문입니다. 다케유키가 상대의 휴대폰에 전화를 걸었는데 그 휴대폰이 이곳에서 울린다면, 다케유키는 자신이 전화하려 한 상대방의 휴대폰을 범인이 훔쳐서 갖고 있다는 사실을 알게 됩니다. 범인은 그런 상황을 막으려고 다케유키를 흉기로 폭행해 그의 휴대폰을 빼앗아 가려 했습니다. 살해가 아니라 전화를 걸지 못하게 하는 게 목적이었으니, 어둠 속이라 다케유키에게 치명상을 입히지 못해도 전혀 상관없었던 겁니다."

너무나 대담한 추리라 와토는 좀처럼 납득할 수가 없었다.

"잠깐만요. 범인이 다케유키 씨가 전화를 걸려고 한 상대방의 휴대폰을 훔쳤다고요? 그럼 그 휴대폰 전원을 끄는 게 훨씬 빠르고 안전하지 않습니까? 다케유키 씨를 제압할 필요도 없고요."

"그 말씀이 맞습니다. 훔친 휴대폰의 전원을 끄는 게 더 손쉬운 방법이죠. 그러나 범인은 그렇게 하지 않았죠. 그렇다면 가능성은 하나뿐입니다. 범인은 훔친 휴대폰을 잃어버리고 만 겁니다."

"……휴대폰을 잃어버렸다고요? 조금 전 범인은 훔친 휴대폰이 이 안에서 울리는 상황을 두려워했다고 하지 않았나요? 즉 갤러리 안에 휴대폰이 있는 걸 알고 있었다는 말이죠. 알고 있는데도 잃어버렸다는 게 무슨 뜻인가요? 이 갤러리 안에 있다면 빨리 찾으면 그만인데."

"범인은 훔친 휴대폰이 이 갤러리 안에 있는 걸 아는데도 못 찾았던 겁니다. 왜냐하면 정전 때문에 불이 꺼졌으니까요."

와토는 흠칫했다.

"이제야 이해하신 것 같군요. 범인은 이 갤러리가 어두워진 이후에 훔친 휴대폰을 잃어버린 겁니다. 아마 어딘가에 떨어뜨렸겠죠. 그리고 어둠 속에서는 휴대폰이 어디 떨어졌는지 알 수 없었을 테고요."

"그렇군요……."

"그럼 휴대폰을 떨어뜨린 인물, 즉 범인은 누구인가. 어둠 속에서 인간은 신중하게 행동합니다. 걸을 때도 조심조심 걷죠. 그러니 중간에 휴대폰을 떨어뜨렸다면 곧장 눈치채고 집어 들었겠죠. 하지만 범인은 그러지 못했습니다. 그렇다면 혹시 넘어지거나 해서 큰 소리가 났을 때 휴대폰을 떨어뜨린 게 아닐까요? 큰 소리 때문에 휴대폰을 떨어뜨린 걸 곧장 알아차리지 못한 겁니다."

"넘어져서 큰 소리가 났다?"

와토는 지금까지 일어난 일들을 떠올렸다. 두 번째 충격이 갤러리를 덮쳤을 때 깜짝 놀란 아이다 마호가 조형물 전시대에 몸을 부딪치며 조형물과 함께 넘어졌다. 만약 그때 훔친 휴대폰을 떨어뜨렸다면 곧바로 알아차릴 수 없었을 것이다. 또 넘어질 때의 충격 때문에 휴대폰이 멀리 굴러가기라도 했다면 어둠 속에서 휴대폰을 찾는 건 불가능하다.

"그런 조건에 부합하는 사람이 있습니까?"

"네. 있습니다. 아이다 마호 씨죠."

"이 갤러리의 직원 말인가요?"

후미유키는 휴대폰으로 주변을 한 바퀴 비추다가 아이다 마호의 얼굴에서 멈췄다.

"당신이 범인이었군요."

뿌연 불빛 속에서도 아이다 마호의 얼굴이 창백해진 것을 알 수 있었다. 입을 뻐끔거리지만 무슨 말을 하는지 알아듣기 어렵다. 아이다 마호는 이내 어깨를 축 늘어뜨리고 "……네. 맞아요." 하고 털어놓았다.

"아이다 씨가 다케유키 씨가 전화를 걸려고 한 상대방의 휴대폰을 훔쳤습니까?"

와토가 묻자 아이다 마호가 고개를 끄덕였다.

"그게 누구죠?"

아이다 마호는 고개를 푹 숙인 채 대답하지 않았다. 후미유키가 옆에서 입을 열었다.

"혹시 란 씨?"

"……네."

"란 씨가 누굽니까?"

와토가 묻자 후미유키는 "다케유키의 여자 친구입니다."라고 답했다.

"란 씨의 휴대폰을 훔쳐서 갖고 있었군요."

"……네. 궁금했어요. 다케유키 선생님과 어떤 대화를 나누는지, 다케유키 선생님은 뭘 좋아하시는지, 그리고 어떡하면 다케유키 선생님의 마음에 들 수 있는지가……."

아무래도 아이다 마호는 오마에 다케유키를 좋아했고

란이라는 여자를 질투한 모양이다. 아이다 마호가 다시 입을 열었다.

"다케유키 선생님이 싱크홀 사고 뉴스를 보고 걱정할 란 씨에게 전화할 것이다……. 가족과 지인에게 연락하자는 이야기가 나왔을 때 퍼뜩 그런 생각이 떠올랐어요. 다케유키 선생님이 정말 란 씨에게 전화를 건다면 제가 갖고 있는 란 씨의 휴대폰이 울리겠죠. 그리고 그 휴대폰은 제 핸드백에 들어 있으니 누가 휴대폰을 갖고 있는지 대번에 밝혀질 테고요. 그걸 알게 되면 선생님은 저를 경멸하실 거예요. 물론 휴대폰의 전원을 꺼버리면 전화가 울리는 걸 막을 수 있겠지만, 넘어졌을 때 핸드백을 떨어뜨리는 바람에 어둠 속에서는 휴대폰이 어디 갔는지 찾을 수가 없었어요. 그래서 어쩔 수 없이 제가 넘어질 때 바닥에 함께 떨어진 조형물을 집어 들어 빛나는 야광 스트랩을 찾아서 다케유키 선생님을 때린 거예요. 전화를 걸지 못하게……."

아이다 마호는 "경멸당하는 것보다는 낫다고 생각했어요."라고 말했다. 설마 다케유키가 죽을 거라고는 전혀 예상치 못했다고도.

3화 구혼자와
독살자

1

와토 소지는 경시총감*실 문을 두드렸다.

안쪽에서 "들어오게."라는 목소리가 들렸다. 와토는 "실례합니다." 하고 말한 뒤 문을 열어 집무실 안으로 발을 들였다. 긴장한 나머지 심장이 터질 것 같았다.

방 한가운데 흑단 책상이 있고, 그 너머에 앉은 경시총감이 소파를 가리키며 자상하게 말했다.

"앉게나."

와토는 "네." 하고 대답만 한 후 그대로 서 있었다.

"괜찮으니 앉아도 돼."

와토는 "그럼 실례하겠습니다." 하고 소파에 앉았다. 지나치게 푹신해서 오히려 마음이 불편했다.

---

* 일본 경시청의 장이자 일본의 경찰관 중 계급이 가장 높은 사람.

그는 속으로 '대체 무슨 일일까' 하고 생각했다. 바로 조금 전 수사 1과 부실에서 3계 계장에게 경시총감실에 가 보라는 말을 들었다. 기겁한 와토가 무슨 일인지 물었지만, 계장도 정확한 사정은 모르는 듯했다.

경시총감이 와토를 지그시 바라봤다. 와토는 등 뒤에서 식은땀이 흐르는 걸 느꼈다. 설마 경시총감이 말단 형사를 해고하려 부르지는 않았을 것이다. 잠시 후 경시총감이 입을 열었다.

"와토 군. 자네에게 부탁이 하나 있네."

"네? 부탁이라면……."

"혹시 사사모리 슌스케라고 아나?"

"아, 네. 사사모리 전기의 회장 말씀이시죠?"

일본을 대표하는 가전 기업 중 하나다.

"그가 세토 내해 섬에 별장을 하나 가지고 있는데, 자네가 그 별장에 가 줬으면 해."

"거기서 무슨 사건이라도 일어난 겁니까?"

와토는 그렇게 묻고 곧장 속으로 '그럴 리 없잖아' 하고 후회했다. 세토 내해 섬이라면 경시청 관할이 아니다. 경시총감은 빙긋 웃으며 대답했다.

"실은 사사모리는 내 친한 친구인데, 이번에 딸의 사윗감을 찾는다고 해. 그 별장에 사윗감 후보들을 불러놓고

딸에게 어울리는 사람을 찾고 싶다더군. 그 후보 중 한 명으로 그가 자네를 지목했어."

"네? 사윗감 후보요?"

와토는 하마터면 소파에서 굴러 떨어질 뻔했다.

"왜 저를⋯⋯."

"한 달쯤 전에 비번인 자네가 긴자에서 위기에 빠진 어떤 노인을 도와주는 모습을 보고 크게 감탄했다더군. 그 즉시 비서에게 자네를 쫓아가라고 해서 자네가 누군지 알아낸 모양이야. 그리고 나한테 연락해 온 걸세. 일본에 자네 같은 경찰이 있어서 다행이라며, 사윗감 후보에 자네를 꼭 넣고 싶다고 했어."

"여, 영광입니다."

"지금 수사 1과 제2강력범죄수사팀 3계에 있다고 했나? 3계라면 검거율 100퍼센트로 우리 경시청은 물론이고 전국에 유명세를 떨치고 있지. 그런 3계에 속해 있는 것만으로도 대단해. 자네가 그 안에서 특별히 공을 세웠다는 이야기는 들은 적이 없네만."

"면목 없을 따름입니다."

"자네 앞에서 이런 말하기 그렇지만, 실은 이곳 경시청엔 사사모리의 사윗감 후보로 추천하고 싶은 인재가 아주 많아."

"네. 저도 동감합니다."

"지극히 평범한 자네와 달리 미래를 약속받고 나름대로 높은 직책에 올라 있는 젊은 경찰관도 많지."

"네. 물론입니다."

와토는 점점 무시당하는 듯한 기분이 들었다.

"마음 같아서는 그런 젊은 인재들을 추천하고 싶었지만 사사모리가 끝까지 자네를 고집하더군. 자네가 어지간히 마음에 든 모양이야."

"황송할 뿐입니다."

"가 주겠나?"

"네. 기꺼이 다녀오겠습니다."

와토는 무거운 마음으로 대답했다.

"다행이군. 그리고 이번 일에는 우리 경시청의 위신도 달려 있어."

"경시청의 위신 말인가요⋯⋯?"

좋지 않은 예감이 들었다.

"사윗감 후보로 자네 말고도 세 명이 더 온다더군. 각각 재무성, 경제산업성, 국토교통성에서 일하는 젊은 인재들로 아주 전도가 유망한 청년들이라고 해. 정부 부처 공무원들은 경시청을 두고 기껏해야 지역 조직에 불과하다고 무시한다던데, 어찌 그런 어처구니없는 일이 있나? 우리 경시청은 일본 수도의 치안을 지키는 그야말로 막중한 임무를 맡고 있는데 말이야. 그 녀석들이 매일매일 느긋하게 지내는 것도 다 우리 경시청이 도쿄의 치안을 지키고 있는 덕분 아닌가? 그런데 우리를 바보 취급하다니!"

경시총감이 책상을 퍽 하고 내려쳤다. 와토는 경시총감이 학창 시절 지금의 재무성 사무차관(도쿄대학 법학부 동기)에게 사귀던 여자 친구를 빼앗긴 경험이 있다는 소문을 떠올렸다.

경시총감은 주먹의 통증 때문에 정신을 차린 듯 다시 차분히 말했다.

"아, 미안하네. 나도 모르게 흥분했군. 아무튼 경시청을 대표하는 사윗감 후보로서 그 녀석들에게 절대 져서는 안 되네. 반드시 이겨서 돌아오게. 꼭."

2

사사모리 슌스케의 별장은 지름이 1킬로미터 남짓 되는 '남문도'라는 작은 섬에 있었다. 오카야마현 남서쪽 끝에 있는 가사오카항에서 2킬로미터 정도 떨어진 앞바다에 있다고 했다.

약속 당일인 7월 29일에는 하필 태풍이 그쪽으로 접근하고 있었다. 일기예보에서는 오후 4시 무렵 오카야마현 남부가 태풍의 영향권에 접어든다고 했다. 하지만 사윗감 후보들은 원래 예정대로 모였다. 사사모리 슌스케는 물론이고 그의 딸인 쓰키코와 다른 사윗감 후보들도 하나같이 바쁜 몸이라 약속을 미루면 다음을 기약할 수 없기 때문이다.

와토가 가사오카항에 도착했을 때는 이미 비바람이 상당히 거세져 있었다. 오후 2시에 가사오카항 앞에 있는 '백일홍'이라는 찻집에서 다 함께 만나기로 약속했다.

비바람을 뚫고 찻집 안에 들어가자 다른 사윗감 후보들은 이미 모두 도착해 있었다. 그리고 그들 옆에 몸집이 작은 초로의 남자가 있었다. 누구지 하며 넌지시 바라보던 와토는 하마터면 심장이 멎을 뻔했다. 바로 사사모리 슌스케였다. 일본 유수의 가전업체 회장은 그야말로 수수한 차림새로 가게 분위기에 자연스레 녹아들어 있었다.

"잘 왔네."

사사모리 슌스케가 싱글벙글 웃으며 악수를 청해서 와토는 무심코 고개를 움츠렸다.

사사모리는 와토에게 다른 사윗감 후보들을 소개해줬다. 재무성에서 일하는 아즈미 고헤이, 경제산업성에서 일하는 이가미 아키히코, 국토교통성에서 일하는 우다 다케시. 나이는 모두 와토와 비슷한 20대 후반쯤으로 보였다. 아즈미는 꽃미남 스타일, 이가미는 안경을 낀 학자 스타일, 우다는 햇볕에 그을린 스포츠맨 스타일로 저마다 분위기는 다르지만 언뜻 봐도 똑똑하고 실력 있어 보이는 청년들이라 와토는 쥐구멍에라도 숨고 싶은 기분이 들었다.

"이쪽은 와토 소지 군일세. 경시청 수사 1과의 유망주지. 쓰키코의 남편 후보로 경찰관도 괜찮을 것 같아서 불렀네."

사사모리 슌스케가 다소 허풍을 섞어 와토를 소개했다.

세 사람은 새로운 라이벌의 출현을 경계하며 와토를 관찰했지만 이내 대단한 경쟁 상대는 아니라고 판단한 듯했다. 곧 눈에서 경계심이 사라지더니 그야말로 무해한 동물을 보는 눈빛으로 변했다.

"슬슬 섬으로 가 볼까. 태풍이 오고 있으니 서두르는 게 좋겠어."

사사모리 슌스케의 말을 듣고 모두 함께 찻집에서 나갔다. 그가 전세를 낸 현지 관광업자의 배를 타고 남문도로 출발했다.

"하필 태풍이 오고 있을 때 이렇게 불러서 미안하네."

사사모리 슌스케가 선장에게 다가가 고개를 숙였다.

"아닙니다. 회장님께는 언제나 신세를 지고 있으니까요."

배는 파도가 거친 바다를 십여 분 정도 나아가 남문도에 도착했다. 전체적으로 평탄한 지형이고 섬 중앙에 자리한 2층짜리 별장이 눈에 들어왔다.

부두에 우산을 손에 든 두 사람의 모습이 보였다. 50대 남자와 20대 초반의 여자다.

"쓰키코 씨!"

아즈미가 힘차게 손을 흔들자 여자도 답례로 손을 들었다. 큰 키에 상당한 미모의 소유자다. 이가미와 우다가 옆에서 쯧 하고 혀를 차는 소리가 들렸다.

배가 부두에 도착한 뒤 모두 함께 배에서 내렸다.

"지금 돌아가는 건 위험하니 괜찮으면 우리 별장에서 하룻밤 쉬고 가지 않겠나?"

사사모리 슌스케가 선장에게 제안했다.

"사윗감을 고르는 중요한 자리에 저 같은 사람이 있으면 사모님께 한 소리 들으실 겁니다. 지금이라면 아직 괜찮습니다."

선장은 그렇게 말하고 배를 다시 출발시켜 가사오카항으로 돌아갔다.

"쓰키코, 이분이 바로 경시청 수사 1과의 와토 씨다."

사사모리 슌스케가 와토를 소개했다. 쓰키코는 와토를

힐끗 보고선 "잘 부탁해요."라고 했지만 얼마 안 돼 흥미를 잃어버린 듯했다. 다른 세 명의 사윗감 후보들은 경쟁하듯 쓰키코에게 인사했다. 세 사람 모두 지금껏 쓰키코와 여러 번 만났는지, 그녀는 세 사람의 인사에 일일이 친절하게 화답해줬다.

경시총감은 꼭 이겨서 돌아오라고 했지만 와토는 이기고 지는 걸 떠나 처음부터 출발선에 서지도 못한 느낌이 들었다. 이대로 성과 없이 도쿄로 돌아가면 경시총감에게 어떤 잔소리를 들을까. 최악의 경우 해고될 수도 있다는 생각에 와토는 우울해졌다.

50대 남자는 별장의 집사로 히라야마라고 했다. 키가 크고 건장한 몸에 수수하지만 값나가 보이는 양복을 갖춰 입었다. 콧수염을 기른 상당한 미남으로 와토보다 훨씬 기품 있어 보였다.

모두는 빗방울을 맞으며 섬 가운데에 있는 별장으로 향했다.

별장에 들어가서는 먼저 응접실로 안내받았다. 아즈미, 이가미, 우다 세 사람은 대화할 때마다 라이벌 의식을 고스란히 드러냈고 경쟁하듯 쓰키코에게 말을 걸었다. 사사모리 슌스케는 말없이 싱글벙글 웃으며 그들의 모습을 지켜봤다.

잠시 후 히라야마가 나타나 준비가 다 되었다며 모두를 거실로 안내했다. 그때 이가미가 "잠깐 화장실에 좀 다녀오겠습니다." 하더니 잘 아는 것처럼 혼자 다른 곳으로 향했다. 전에도 이 별장에 와본 적이 있는 듯했다.

사사모리 슌스케는 "내가 있으면 방해될 테니 서재에 가 있겠네." 하고 2층으로 올라갔다.

거실은 15평 정도 되는 널찍한 곳이었다. 양쪽에 거대한 유리창이 있어 섬이 한눈에 내려다보였다. 마침내 태풍의 영향권에 들었는지 나무들이 요동쳤고, 그 너머로 보이는 바다는 잿빛으로 일렁이고 있었다.

벽 쪽에 하얀 식탁보를 깐 길쭉한 테이블이 있고 그 위에 샌드위치와 카나페 같은 가벼운 간식을 담은 은그릇이 세 개, 적포도주가 담긴 잔 다섯 개가 일렬로 총 세 줄 놓여 있었다. 옆에는 그야말로 값나가 보이는 와인병이 있었다. 잔에 따른 건 그 와인인 듯했다.

"샤토 라피트 로칠드인가요. 역시."

아즈미가 그렇게 말하고 가장 먼저 와인 잔 앞으로 다가갔다. 와토와 우다는 창밖 풍경에 매료돼 잠시 멍하니 밖을 보다가 테이블 앞으로 다가가 잔을 들었다.

이미 와인 잔을 들고 있던 아즈미는 거실 구석에 있는 둥근 테이블 위에 다시 잔을 내려놓더니 느닷없이 쓰키코에게 춤을 청했다. 쓰키코는 고개를 끄덕이고 히라야마에게 음악을 틀어달라고 했다. 거실 가운데에서 두 사람이 우아한 왈츠에 맞춰 춤추기 시작했다. 와토는 오래된 영화 속 한 장면에 들어와 있는 것만 같았다.

마지막으로 화장실에 갔던 이가미가 뒤늦게 거실에 들어와 와인 잔을 들었다. 그는 한창 춤추고 있는 아즈미와 쓰키코를 얄미운 것처럼 힐끗 보더니 한 손에 잔을 들고 거실 안을 돌아다녔다.

"경시청 수사 1과에 계신다고요?"

우다가 와토에게 말을 걸었다. 이미 라이벌로 보지도 않는지 허물없는 말투다. 와토는 "네." 하고 고개를 끄덕였다.

"전 추리소설을 아주 좋아합니다. 오래전부터 수사 1과 형사분들을 만나 대화해보고 싶었죠."

"현실에서는 추리소설에 나오는 것처럼 흥미로운 사건은 좀처럼 일어나지 않습니다만……."

"현실 이야기를 듣는 것도 좋은 자극이 되지 않겠습니까."

우다는 "잠깐 이쪽으로." 하며 와토를 거실 구석에 있는 둥근 테이블 앞으로 데려갔다. 테이블 위에는 조금 전 아즈미가 내려놓은 와인 잔이 있었다.

와토와 우다는 각자 잔을 들고 잠시 대화를 나눴다. 우다는 추리소설을 굉장히 좋아하는지 잔을 입에 대지도 않고 와토에게 이것저것 질문 공세를 퍼부었다.

어느덧 왈츠가 끝나자 아즈미와 쓰키코가 춤을 멈췄다. 아즈미는 이가미와 우다를 힐끗 쳐다봤지만 두 사람 다 쓰키코에게 춤을 청할 기색이 없자 히죽 웃더니 새로 흘러나오는 왈츠에 맞춰 또다시 쓰키코와 춤추기 시작했다. 이가미와 우다는 춤에 소질이 없는 걸까.

와토는 우다와 잠시 더 이야기를 나누다가 갑자기 소변이 마려워 "잠깐 실례." 하고 잔을 둥근 테이블에 내려놓은 뒤 거실에서 나갔다.

별장 내부는 그야말로 드넓어서 정신을 차리지 않으면 길을 잃을 수도 있을 듯했다. 와토는 지나가는 가사도우미에게 화장실이 어딘지 물어 볼일을 보고 간신히 길을 더듬어 거실로 돌아왔다. 거실 구석에 있는 둥근 테이블 앞으로 가자 옆에 서 있던 우다가 기다렸다는 듯 또다시 말을 걸었다.

아즈미와 쓰키코가 두 번째 춤을 끝냈다. 아즈미는 목이 말랐는지 와토와 우다가 있는 둥근 테이블 앞으로 다가와 그 위에 있는 잔을 집어 들었다. 그는 둘을 향해 의기양양하게 히죽 웃더니 잔을 입으로 가져갔다. 얼굴이 잘 생겨서인지 그런 모습도 그림이 됐다.

그런데 벌컥벌컥 와인을 마신 아즈미가 갑자기 얼굴을 찌푸리는가 싶더니, 손에서 와인 잔을 떨어트렸다. 그는 목을 쥐어뜯으며 괴로워하기 시작했고 얼마 후 바닥에 쓰러졌다. 쓰키코가 "아즈미 씨!" 하고 비명을 질렀다.

모두 망연자실하게 서 있는 가운데 와토는 가장 먼저 정신을 차리고 아즈미에게 뛰어갔다. 아즈미는 이미 의식을 잃은 듯했고 몸을 부들부들 떨었다. 방금 그가 마신 와인에 독극물 같은 게 들어 있었던 모양이다. 토하게 하려 했지만 입을 꽉 다물고 있어 손가락 하나도 들어가지 않았다. 그러는 동안 몸의 경련은 조금씩 잦아들었고, 마침내 사라졌다.

손목을 들어 확인했는데 맥박이 없었다. 입 앞에 손을 대보니 호흡이 멎었고, 눈을 확인하니 동공은 풀린 채 움직이지 않았다. 사망한 것이다.

와토는 독극물의 종류를 판별하려고 아즈미의 입가에 조심스레 코를 갖다 댔다. 미약하게 아몬드 향이 풍겼다.

"……청산가리군요."

와토가 입을 열었다. 급속한 의식 상실, 경련, 매우 짧은 시간 안에 죽음에 이르렀다는 것도 독극물이 청산가리라는 가설을 뒷받침했다.

"자살인가?"

우다가 물었다.

"저와 춤을 추고 나서 자살이라니, 그럴 리 없어요. 누군가에게 살해된 게 분명해요."

쓰키코가 대답했다. 너무 자기본위적인 이유라 와토는 어이가 없었다.

"히라야마, 가서 아버지에게 전하고 와. 경찰에도."

그러자 집사는 "알겠습니다." 하더니 거실에서 나갔다. 얼마 안 돼 사사모리 슌스케가 거실로 뛰어 들어왔다. 그는 침통한 얼굴로 잠시 아즈미의 시신을 내려다보더니 딸을 향해 다정하게 말했다.

"쓰키코, 넌 괜찮니?"

"네, 아버지. 전 괜찮아요. 남편 후보가 한 명 줄어든 것 정도로 기죽지 않아요."

그 말을 듣고 와토는 하마터면 놀라 자빠질 뻔했지만, 슌스케는 그런 딸이 믿음직스러운 듯 고개를 끄덕였다.

3~4분이 지나 히라야마가 다시 돌아왔다.

"경찰에 신고했지만 태풍 때문에 배와 헬리콥터를 띄울 수 없어서 지금 당장 오지는 못한다고 합니다. 외람되지만 와토 님이 경시청 형사님인 것을 전하니 경찰 도착 전까지 와토 님께 현장 보존을 부탁드리고 싶다더군요. 와토 님과 통화하고 싶다고 하는데 죄송하지만 전화를 받아주실 수 있을까요?"

와토는 히라야마를 따라 전화기가 있는 방에 가서 오카야마 현경 수사 1과 형사와 통화했다. 상황을 전해들은 형사는 와토에게 당신이 그곳에 있어서 다행이라 거듭 말하더니 자신들이 도착하기 전까지 현장 보존을 부탁한다면서 전화를 끊었다.

3

와토가 거실에 돌아가자 모든 이들이 조각상처럼 같은 자리에 우두커니 서 있었다. 와토는 슬슬 왓슨력이 발동될 타이밍이라고 직감했다.

"범인이 누군지 알아냈습니다."

느닷없이 이가미가 불쑥 입을 열자 모두가 놀란 얼굴로 그를 쳐다봤다. 드디어 왓슨력이 영향을 끼치기 시작한 듯하다.

"범인이 누군지 알아냈습니다."

이가미는 손가락으로 안경을 쓱 밀어 올리며 반복해 말했다.

"누구지?"

사사모리 슌스케가 물었다.

"우다 씨입니다."

그의 말을 듣고 우다가 말 그대로 제자리에서 펄쩍 뛰었다.

"내가 범인이라고? 무슨 근거로 그런 말을 합니까?"

"물론 근거는 있습니다. 우다 씨는 아까 와토 씨와 대화하고 있었죠? 전 와토 씨가 화장실에 간 틈을 타 우다 씨가 자기 잔과 아즈미 씨의 잔을 바꿔치기하는 걸 목격했습니다. 전 문 바로 옆에 있었는데 우다 씨와 대화 중이어야할 와토 씨가 갑자기 거실을 나가는 바람에 우다 씨 쪽을 쳐다봤거든요. 그때 잔을 바꾸는 모습이 정확히 눈에 들어왔습니다."

와토가 흠칫 놀라 우다를 봤다. 자신이 화장실에 간 사이에 우다가 그런 짓을 했다니. 다른 사람들의 눈길도 우다에게 쏠렸다.

"우다 군. 그게 사실인가?"

사사모리 슌스케가 물었다. 우다는 처음에는 부인하려했지만 잠시 후 마지못한 듯 고개를 끄덕였다.

"……네. 제 와인에 코르크 조각이 떠 있어서 옆에 있던 아즈미 씨의 잔과 바꿨습니다."

그러자 이가미가 즉시 반박했다.

"거짓말하지 마세요. 우다 씨는 자기 와인에 청산가리를 넣어 녹인 후 아즈미 씨의 잔과 맞바꾼 겁니다. 아즈미 씨의 와인에 직접 청산가리를 넣지 않은 건 청산가리가 바로 녹지 않고 와인 표면에 잠시 분말 형태로 남아 있기 때문이죠. 그걸 본 아즈미 씨가 수상히 여겨 와인을 마시지 않을 수도 있으니 미리 자기 와인에 청산가리를 완전히 녹인 후 잔을 바꿔치기한 겁니다. 그나저나 코르크 조각이 떠 있었다니, 아주 그럴싸한 변명을 떠올리셨네요. 코르크 조각을 찾지 못하더라도 아즈미 씨가 마셔버렸다고 하면 그만이니까요."

우다가 이가미를 노려봤다. 햇볕에 그을린 얼굴에 분노한 기색이 떠올랐다.

"꼭 직접 본 것처럼 말씀하시는데, 내가 잔에 독을 넣는 걸 보기라도 한 겁니까?"

"……아뇨. 잔에 독을 넣는 것까지는 못 봤습니다. 제가 목격한 건 우다 씨가 잔을 맞바꾸는 모습이었죠. 그래서 이상하다 싶어 그 뒤로도 우다 씨를 계속 지켜봤습니다만, 와토 씨가 돌아온 뒤에도 우다 씨는 잔을 바꿨다는 말을 한마디도 안 하더군요."

"와토 씨의 잔과 바꾼 것도 아닌데 와토 씨에게 말할 이유는 없잖습니까. 그리고 잔을 바꿨다는 것만으로 사람을 살인범 취급하다니요. 심지어 제가 잔에 청산가리를 넣었다고 하시는데, 만약 그게 사실이라면 청산가리를 그대로 가지고 다닐 수는 없으니 독약을 넣어둘 용기 같은 게 필요할 겁니다. 제가 그런 걸 갖고 있다는 말인가요? 지금 당장 제 몸을 수색해보셔도 좋습니다."

그러자 사사모리 슌스케가 와토를 보더니 말했다.

"와토 군. 미안하네만 경찰인 자네에게 우다 군의 몸수색을 부탁해도 되겠나?"

와토는 "알겠습니다." 하고 모두가 지켜보는 앞에서 우다의 몸을 확인했다. 그러나 청산가리를 보관할만한 용기나 포장지 따위는 나오지 않았다. 와토는 가능하면 이곳에 있는 모든 이를 확인하고 싶었지만, 우다만 의심받는 지금 상황에서는 그런 말을 꺼내기가 어려웠다.

우다가 이가미를 노려봤다.

"이것 봐요. 난 독약 같은 건 갖고 있지 않았어요."

이가미가 입가를 일그러뜨렸다.

"어딘가에 용기를 몰래 버리고 왔겠죠."

"무슨 말도 안 되는 소리를. 언제 버리러 갔다는 말입니까? 잔을 바꾸고 얼마 안 돼 와토 씨가 화장실에서 돌아왔고, 저는 그 뒤로 와토 씨와 쭉 함께 있었습니다. 그럴

만한 시간이 없었어요. 게다가 이가미 씨는 제가 잔을 바꾸는 모습을 본 후 계속 저를 감시했다고 하지 않았습니까? 제가 용기를 버리러 가는 걸 보셨나요?"

"……아뇨. 그런 건 못 봤습니다."

이가미는 분한 것처럼 대답했지만 곧 다시 환한 얼굴로 입을 열었다.

"하지만 제가 우다 씨를 감시하기 시작한 건 우다 씨가 잔을 바꾼 이후부터입니다. 와토 씨가 화장실에 가자마자 청산가리를 자기 잔에 집어넣고 용기를 버린 후 잔을 바꿔치기했을 수도 있죠."

"대체 어디로 버리러 갔다는 말입니까? 이가미 씨는 그때 문 옆에 서 있다가 와토 씨가 거실에서 나가자 저를 보고 제가 잔을 바꾸는 모습을 목격했다고 했습니다. 제가 만약 용기를 처분했다면, 와토 씨가 화장실에 가고 나서 이가미 씨가 저를 주목하기까지 아주 짧은 시간 안에 해야 했어요. 그렇게 짧은 시간 동안 어디 가서 그걸 버렸다는 말입니까?"

"창밖은 어떨까요?"

"대체 무슨 소리를 하는지 모르겠군요. 밖을 보세요."

모든 이들이 창밖으로 눈길을 돌렸다. 굵은 빗방울이 창문을 세차게 때리고 있어 간유리창을 보는 것처럼 시야가 뿌옇다. 정원수가 비바람에 흔들리고 그 너머로는 파도치는 잿빛 바다가 보였다.

"이런 날씨에는 창문을 조금만 열어도 비바람이 들이쳐서 금세 들통났을 겁니다."

"……그럼 와토 씨와 대화하기 전에 이미 본인의 잔에 청산가리를 넣고 용기를 처분했겠죠."

그러자 이번에는 와토가 "아뇨, 그럴 리는 없습니다." 하고 대신 대답했다.

"저와 우다 씨는 함께 잔을 들고 거실 구석에 가서 대화를 시작했습니다. 그러니 저와 대화하기 전에 우다 씨가 자기 잔에 청산가리를 넣거나 용기를 버릴 기회는 없었습니다."

우다는 의기양양하게 이가미를 바라봤다.

"잘 들으셨죠? 전 잔을 바꾸기만 했지 청산가리 같은 건 안 넣었습니다."

"그럼 왜 우다 씨가 바꾼 잔에 청산가리가 들어 있었던 겁니까?"

"가능성은 하나죠. 제가 테이블에서 처음 잔을 집어 들 때부터 이미 그 안에 들어 있었던 겁니다."

"……이미 청산가리가 들어 있었다?"

사사모리가 미심쩍은 것처럼 이맛살을 찌푸렸다.

"그게 무슨 뜻이지? 그럼 청산가리가 든 잔을 누가 집어 들지 알 수 없었다는 말이잖나. 범인은 누구든 상관없이 죽이려 했다는 건가?"

"아뇨. 실은 제게는 테이블에 있는 잔을 집을 때 맨 뒷줄 오른쪽 끝에 있는 잔을 집는 버릇이 있습니다. 슈퍼마켓 선반에서 가장 뒤에 있는 물건을 집는 것과 비슷한 심리 죠. 그런 제 버릇을 알고 있는 사람이라면 청산가리가 든 잔을 제가 들게 할 수 있었을 겁니다. 이런 버릇이 있는 사람은 여기에 저 말고는 없으니, 제가 아닌 다른 사람이 문제의 잔을 집어 들 리는 없었습니다."

"그러니까 범인이 정말 죽이려 한 사람은 아즈미 군이 아니라 자네였다는 말인가?"

"네. 하지만 제가 잔을 입에 대지 않고 아즈미 씨의 잔과 맞바꾸는 바람에 저 대신 아즈미 씨가 사망한 거죠."

"그렇다면 범인은……."

"범인은 나란히 있는 잔을 집어 들 때 맨 뒷줄 오른쪽 끝에 있는 잔을 집는 제 버릇을 알고 있는 사람입니다. 석 달 전 사사모리 씨께서는 쓰키코 씨의 남편 후보로 저, 이 가미 씨, 아즈미 씨 세 사람을 파티에 초대하셨죠. 그때 저는 사람들 앞에서 그런 버릇을 보였습니다. 그러니 그때 참석하신 분이라면 제 버릇을 알았을 가능성이 있죠. 와토 씨는 그 파티에 없었으니 제 버릇을 알지 못하실 겁니다. 쓰키코 씨는 아실 수도 있지만 쓰키코 씨에게는 저를 죽일 이유가 없습니다. 또 송구하지만 그때 파티를 주최하신 사사모리 씨도 조건에는 부합합니다. 하지만 사사모리 씨 정도 되는 분이라면 굳이 자기 손을 더럽히지 않고도 그런 일을 대신할 사람이 얼마든지 있을 겁니다. 그러니 저는 사사모리 씨도 범인이라고 생각하지 않습니다."

사사모리 슌스케는 쓴웃음을 지었다.

"살인 같은 걸 대신해줄 사람은 없네만……."

"그렇다면 남는 사람은 오직 한 명, 바로 이가미 씨입니다. 이가미 씨는 저의 버릇을 알고 제가 집어 들 잔에 미리 청산가리를 넣은 겁니다."

그러자 이가미가 차갑게 우다를 비웃었다.

"말도 안 돼. 내가 왜 우다 씨를 죽인다는 겁니까?"

"글쎄요. 이가미 씨가 어떤 생각을 했는지는 모르지만, 저를 죽이면 쓰키코 씨의 남편 후보가 한 명 줄어들 거라고 생각했을 수도 있죠."

"아뇨. 미안하지만 전 애당초 당신을 경쟁 상대로 생각하지도 않았습니다. 우다 씨가 잔을 바꿔치기하는 모습을 목격한 게 저라는 사실을 잊지 마십시오. 만약 제가 잔에 청산가리를 넣어서 우다 씨를 죽이려 했다면, 우다 씨가 잔을 바꾸는 걸 목격한 시점에 이미 계획이 실패했다는 걸 깨닫고 어떻게든 아즈미 씨가 독을 마시지 못하게 했을 겁니다. 원래 죽이려고 한 상대를 죽이지 못하는 건 물론이고 애당초 죽일 생각도 없던 사람을 죽이는 건 바보 같은 짓이니까요.”

와토는 흠칫 놀랐다. 틀릴 게 없는 말이었다.

“그러지 않은 이상 저는 범인이 아닙니다.”

우다는 잠시 침묵에 잠겼지만 이내 반론을 떠올린 듯 입을 열었다.

“……아뇨. 반드시 그렇다고 단정할 수는 없습니다. 제가 잔을 바꾸는 바람에 아즈미 씨가 청산가리 와인을 든 모습을 목격하고 그 즉시 계획을 변경했을 수도 있으니까요. 청산가리를 먹여 아즈미 씨를 죽게 하고 제가 잔을 바꿔치기했다고 주장하면 저를 범인으로 몰아세울 수 있습니다. 그러면 쓰키코 씨의 남편 후보를 단숨에 두 명이나 줄일 수 있죠.”

“잔머리를 잘 굴리시는군요. 하지만 애초에 전 테이블에 있는 잔에 청산가리를 넣을 수도 없었습니다. 저는 화장실에 갔다가 제일 마지막에 거실로 들어왔어요. 우다 씨는 그때 이미 잔을 손에 들고 있었고요. 제가 우다 씨가 잔을 드는 것보다 먼저 거실에 와서 문제의 잔에 청산가리를 넣을 수는 없었다는 말입니다."

"당신이 제일 마지막에 거실에 들어왔다고요? 그게 정말입니까?"

우다가 모든 사람을 둘러보며 물었다.

"혹시 기억하시는 분 있습니까?"

"네. 맞습니다. 거실에는 이가미 씨가 제일 마지막에 들어오셨습니다."

와토가 기억을 되짚으며 대답했다.

이가미와 우다 모두 왓슨력의 영향을 받았는지 서로를 고발하고 있지만, 결국 밝혀진 건 두 사람 다 범행이 불가능했다는 사실이었다. 그래도 두 사람 모두 엘리트 공무원답게 발상이 날카롭고 말솜씨도 뛰어났다.

그때였다. 느닷없이 쓰키코가 차가운 목소리로 조용히 중얼거렸다.

"범인을 알아냈어요."

4

모든 사람이 "오오." 하고 탄성을 내뱉으며 쓰키코를 쳐다봤다. 쓰키코는 예쁜 얼굴에 의기양양한 미소를 짓고 있었다. 그녀에게도 왓슨력이 영향을 미치기 시작한 듯하다.

"쓰키코, 괜찮겠니?"

사사모리 슌스케가 걱정하듯 말을 건넸다.

"괜찮아요, 아버지."

쓰키코는 자신만만하게 설명을 시작했다.

"조금 전 우다 씨는 '범인은 테이블에 있는 잔을 집을 때 맨 뒷줄 오른쪽 끝에 있는 잔을 집는 내 버릇을 아는 사람이다'라고 하셨어요. 그리고 그걸 알고 있을 사람은 석 달 전 파티에 참석한 사람이니 그날 참석하지 않은 와토 씨를 후보에서 제외했죠. 뒤이어 동기가 없거나 범행에 어울리지 않는다는 이유로 저와 아버지를 제외하고 마지막으로 남은 이가미 씨를 범인으로 지목하셨습니다. 하지만 그 이가미 씨도 결국 범인일 수 없다는 게 밝혀져 범인 후보에서 제외됐어요. 자, 그렇게 보면 지금 이 안에 범인이 될만한 사람은 아무도 없는 것처럼 보여요. 하지만 한 사람을 잊지 않으셨나요?"

우다가 미심쩍은 듯한 얼굴로 물었다.

"……한 사람? 누구 말입니까?"

그러자 쓰키코는 자신 있게 입을 열었다.

"아즈미 씨요."

"네? 아즈미 씨? 아즈미 씨는 피해자 아닙니까."

"피해자는 맞지만 실수로 살해된 피해자예요. 범인은 애당초 우다 씨를 노렸어요. 그런데 우다 씨가 잔을 바꾸는 바람에 아즈미 씨가 독을 마시고 죽어버렸죠. 그렇다면 아즈미 씨 역시 범행은 가능했다는 뜻이에요. 아즈미 씨는 석 달 전 파티에 참석했으니 우다 씨의 버릇을 알고 있었을 테니까요.

아즈미 씨는 거실에 들어와 가장 먼저 와인 잔 앞으로 다가갔어요. 그때 나란히 놓인 잔 중에서 맨 뒷줄 오른쪽 끝에 있는 잔에 몰래 청산가리를 넣었겠죠. 그리고 우다 씨는 아즈미 씨의 의도대로 그 잔을 집어 들었어요. 그런데 그때 생각지도 못한 상황이 발생했어요. 아즈미 씨가 저와 춤추는 동안 우다 씨가 자신의 잔을 아즈미 씨의 잔과 바꿔치기한 거죠. 아즈미 씨는 그걸 깨닫지 못하고 **자신이 넣은 청산가리를 스스로 마시게 됐어요.** 말 그대로 인과응보예요."

쓰키코는 아즈미의 시신을 힐끗 봤다.

"아즈미 씨가 목숨을 잃은 건 다 저를 손에 넣으려 했기 때문이에요. 전 아즈미 씨 죽음의 원인을 제공한 걸 평생 후회하며 살겠죠."

피해자가 바로 범인……. 와토는 상상도 못한 가능성에 경악했다.

우다와 이가미는 마치 기다렸다는 듯이 쓰키코의 추리를 극찬했다.

"그렇군요. 왜 그걸 눈치채지 못했을까요. 아즈미 씨 역시 제 버릇을 알고 있었을 겁니다. 그 가능성을 완전히 간과하고 있었네요."

"역시 쓰키코 씨입니다! 그렇다면 아즈미 씨는 지금도 독을 넣어둔 용기를 갖고 있을지 모릅니다. 쓰키코 씨와 춤추느라 버릴 기회도 없었을 테니까요."

이가미는 곧장 "확인해보죠." 하더니 시신 옆으로 허리를 숙였다. 시신의 바지 주머니에 오른손을 넣어 뒤지던 그가 "있습니다!" 하며 뭔가를 꺼냈다. 하얀 포장지였다.

"아즈미 군이 범인이었다니……."

사사모리 슌스케가 침통한 표정으로 중얼거렸다.

그때였다. 갑자기 집사가 한 발짝 앞으로 나와 입을 열었다.

"잠깐만 기다려주십시오. 아즈미 님을 범인으로 단정 짓기에는 아직 이르지 않을까요?"

"뭐라고?"

사사모리 슌스케가 영문을 몰라 하며 되물었다.

"외람된 말씀이지만, 전 아가씨의 추리가 잘못됐다고 생각합니다."

그러자 쓰키코가 발끈했다.

"내 추리가 틀렸다고? 히라야마, 내 추리의 어디가 틀렸다는 거야!"

"지금부터 제 추리를 들려드려도 되겠습니까?"

"마음대로 해! 대신 틀리면 해고될 각오해!"

아무래도 왓슨력이 히라야마에게도 영향을 미친 것 같다. 집사는 "크흠." 하고 헛기침을 한 번 한 뒤 이야기를 시작했다.

"저는 쓰키코 님의 남편 후보 네 분 중 두 분의 행동에서 부자연스러운 느낌을 받았습니다."

"뭐? 누구의 어떤 행동이 부자연스러웠는데?"

"아즈미 님, 이가미 님, 우다 님 세 분은 경쟁하듯 쓰키코 님께 말을 거셨습니다. 그런데 댄스 타임이 시작되자 이가미 님과 우다 님은 쓰키코 님께 춤을 청하지 않으셨죠. 오로지 아즈미 님만 쓰키코 님과 춤추셨습니다. 제가 부자연스럽다고 느낀 건 바로 그 부분입니다. 이가미 님과 우다 님 모두 춤 실력이 나쁘지도 않으신데, 왜 춤을 청하시지 않았을까요."

그러자 쓰키코는 흠칫 놀라며 말했다.

"듣고 보니 그러네. 이가미 씨와 우다 씨는 왜 나한테 춤추자고 하지 않았을까?"

"아, 그건…… 좀 피곤해서……."

"전 다리가 아파서……."

이가미와 우다는 둘 다 갑자기 허를 찔린 것처럼 당황했다.

"이가미 님과 우다 님이 춤을 청하지 않은 탓에 오직 아즈미 님만 쓰키코 님과 춤추셨습니다. 그 결과 아즈미 님은 줄곧 자신의 와인 잔과 멀리 떨어진 곳에 계셨고요. 그래서 우다 님에게는 자신의 잔과 아즈미 님의 잔을 바꿀 기회가 생겼습니다. 또 이가미 님은 춤추시지 않은 덕에 우다 님이 잔을 맞바꾸는 모습을 목격하게 되셨죠."

"대체 무슨 소리를 하려는 겁니까?"

우다가 히라야마를 노려봤다. 햇볕에 그을린 얼굴이 음습하게 일그러져 심판에게 레드카드를 받은 축구선수를 연상시켰다.

"맞아요. 하고 싶은 말이 있으면 똑바로 하세요."

이가미도 히라야마를 노려봤다. 이가미는 꼭 논문에 있는 부정이라도 들킨 학자 같았다.

"그럼 조금 더 확실히 말씀드리겠습니다. 사건 이후 이가미 님과 우다 님은 서로를 고발하셨습니다. 우선 이가미 님께서 '우다 씨가 자기 잔과 아즈미 씨의 잔을 바꿔치기하는 모습을 봤다. 그전에 자기 잔에 청산가리를 녹인 후 아즈미 씨의 잔과 바꿔치기했을 것이다.'라고 고발하셨죠.

그 주장에 우다 님은 자신은 청산가리가 든 용기를 버릴 기회가 없었으니 잔에 청산가리를 넣지 않았다고 증명하셨고, 자신이 테이블에서 잔을 집어 들었을 때 이미 그 안에 청산가리가 들어 있었다고 반론하셨습니다. 그리고 범인이 원래 죽이려 한 사람은 우다 님이고, 범인은 우다 님의 평소 버릇을 악용해 청산가리가 든 잔을 들게 했다고도 하셨죠.

뒤이어 우다 님은 이가미 님이 테이블에 있던 잔에 청산가리를 넣었다고 고발하셨습니다. 그 의견에 이가미 님은 자신이 정말 범인이라면 우다 님이 자기 잔과 아즈미 님의 잔을 바꿔치기하는 걸 목격한 시점에 이미 계획이 실패했음을 깨닫고 아즈미 님이 독을 마시지 않게 했을 것이고, 애초에 자신이 거실에 왔을 때 우다 님은 이미 잔을 들고 있었으니 청산가리를 넣을 수 없었다고 반론하셨습니다.

이처럼 이가미 님과 우다 님은 서로를 고발하셨지만 모든 의견에 반론이 나왔죠. 그 결과 두 분은 모두 범행이 불가능했던 것으로 판명됐습니다."

그러자 이가미가 입을 열었다.

"뭐 문제라도 있습니까? 실제로 불가능했으니 어쩔 수

없죠."

"아뇨. 불가능하지는 않았습니다. 이가미 님과 우다 님은 어떤 부분에서 아주 중대한 거짓말을 하셨습니다. 그게 거짓말이라는 게 밝혀지면 두 분이 범행을 저지를 수 있었다는 사실도 밝혀집니다."

"중대한 거짓말? 어떤 거짓말 말입니까?"

"이가미 님은 우다 님이 자신의 잔과 아즈미 님의 잔을 바꿔치기하는 모습을 봤다고 하셨습니다. 우다 님도 인정하셨죠. 하지만 그건 두 분이 사전에 입을 맞춘 거짓말이었습니다. 우다 님은 잔을 바꾸지 않았습니다."

와토는 소스라치게 놀랐다. 사사모리 슌스케와 쓰키코도 탄성을 질렀다.

"우다 군이 잔을 바꾸지 않았다고……? 그게 정말인가?"

사사모리 슌스케가 우다 쪽으로 고개를 돌렸다. 우다는 당황해 고개를 흔들었다.

"당치도 않습니다. 제가 잔을 바꾼 게 맞습니다."

"아뇨. 우다 님은 잔을 바꾸지 않았습니다. 그리고 잔을 바꾸지 않았다면 청산가리는 아즈미 님이 집어 드신 잔에 처음부터 들어 있었다는 뜻입니다.

지금까지 저희는 이가미 님이 거실에 들어가셨을 때 우

다 님은 이미 잔을 손에 들고 있었으니 이가미 님이 우다 님의 잔에 청산가리를 넣을 수는 없었다, 따라서 이가미 님은 범행이 불가능했다고 믿었습니다. 하지만 애초에 잔이 바뀌지 않았다면 범인은 우다 님의 잔에 청산가리를 넣지 않았다는 말이 됩니다. 범인은 처음부터 우다 님의 잔이 아니라 아즈미 님의 잔에 청산가리를 넣은 겁니다.

아즈미 님은 쓰키코 님과 춤추기 위해 거실 구석에 있는 둥근 테이블 위에 잔을 내려놓았습니다. 이후 와토 님과 우다 님이 그 둥근 테이블 쪽으로 오시기 전까지 빈 시간이 조금 있었죠. 그때 이가미 님은 둥근 테이블에 가서 아즈미 님의 잔에 청산가리를 넣을 수 있었습니다. 이가미 님도 범행이 가능했던 겁니다."

와토는 이가미가 춤추는 아즈미와 쓰키코를 얄미운 듯 바라보더니 잔을 손에 들고 거실을 돌아다니던 모습을 떠올렸다. 그때 아즈미의 잔이 있던 둥근 테이블에 다가갈 수 있었을 것이다.

"우다 님이 자신의 잔과 아즈미 님의 잔을 바꿨다고 하신 건 청산가리가 우다 님의 잔을 거쳐 아즈미 님의 입으로 들어갔다고 사람들이 믿게 하기 위한 거짓말이었습니다. 그렇게 하면 우다 님의 잔에 청산가리를 넣을 기회가 없었던 이가미 님은 범행이 불가능했던 게 되니까요. 만약 이가미 님이 아즈미 님의 잔 앞에 있었던 모습이 목격됐다고 해도, 청산가리가 우다 님의 잔에 들어 있었다고 사람들이 믿는 한 이가미 님은 안전합니다. 또 저희는 우다 님이 청산가리 용기를 처분할 기회가 없었다는 점에서 우다 님 역시 범행이 불가능했다고 간주했습니다."

그랬구나. 와토는 속으로 쾌재를 불렀다. 지금껏 이가미와 우다가 추리 대결을 시작한 게 왓슨력의 영향 때문이라고 믿었는데, 추리 대결은 처음부터 그들 범행 계획의 일환이었던 거였다. 네 명의 사윗감 후보에서 단 한 명이 선택되는 상황, 그리고 이가미와 우다가 서로 으르렁거리는 연기를 펼친 덕분에 두 사람의 공범 가능성은 완전히 배제돼 있었다.

"이가미 님은 아즈미 님의 몸을 뒤져 청산가리를 보관했던 포장지를 발견하셨지만, 그 역시 시신의 주머니를 뒤지기 전에 몰래 손에 감춰두고 계셨던 거겠죠. 자신이 사용한 포장지를 아즈미 님이 갖고 있으셨던 것처럼 꾸며 아즈미 님이 범인이라는 증거로 사용하신 겁니다. 이가미 님과 우다 님 중 한 분이 아즈미 님 범인설을 주장한 후, 시신의 주머니를 뒤져서 포장지를 찾아내 그게 범행 증거라고 하셨겠죠. 하지만 실제로는 쓰키코 님께서 아즈미 님 범인설을 주장하셨고, 그 기회를 틈타 포장지를 발견하신 척한 겁니다."

히라야마의 추리가 정답이란 건 이가미와 우다의 표정이 말해주고 있었다. 두 사람의 얼굴은 잔뜩 굳어 있었다.

ㄅ

"와토 군. 고생했네."

흑단 책상 너머에 앉은 경시총감이 기쁨에 찬 얼굴로 말했다.

사건이 일어난 지 이틀이 지나 와토는 경시총감실을 찾았다.

히라야마의 추리 이후 이가미와 우다는 순순히 범행을 자백했다. 자존심이 유독 셌던 그들은 집사 따위(라고 그들은 생각했을 것이다)에게 범행을 간파당한 사실이 어지간히 충격이었는지 저항할 의욕조차 잃어버린 듯했다.

두 사람의 자백에 따르면 지금껏 이가미, 우다, 아즈미 세 사람은 쓰키코의 남편 후보로 여러 번 만났다고 한다. 그러는 동안 이가미와 우다는 아즈미를 가장 유력한 후보로 보고 그를 제거하기 위해 협력하기로 했다. 선거로 따지면 득표수 1위의 후보를 없애려고 2위와 3위 후보가 손을 맞잡은 것이다. 아즈미를 제거한 후, 이가미와 우다 중 쓰키코의 선택을 받은 사람이 선택받지 못한 사람에게 자금을 지원한다는 약속도 했다. 이가미와 우다 모두 기업이나 정계 진출을 노리고 있어 다방면으로 돈이 필요한 상황이었다.

두 사람은 와인에 독을 넣을 기회가 자신들에게는 없었던 것처럼 연출하는 동시에 피해자인 아즈미를 범인으로 몰아갈 범행 계획을 세웠다. 범행 후에는 서로를 고발하면서 둘 다 범행을 저지를 수 없었다는 걸 상호 보증했다. 그다음 아즈미가 범인이라는 추리를 선보이려 했는데, 우연히도 쓰키코가 완전히 똑같은 추리를 제시한 것이다.

와토는 경시총감을 향해 조심스럽게 입을 열었다.

"좋게 봐주시는 건 감사하지만 전 현장 보존 말고는 아무것도 한 게 없습니다."

"아니. 자네는 사윗감 후보 경쟁에서 이겼어. 과정이 어쨌든 자네를 제외한 다른 세 후보 중 한 명이 죽고 나머지 두 명은 체포됐으니까. 축하하네. 이건 우리 경시청의 승리야. 잘해줬어."

"가, 감사합니다."

이걸 과연 승리라고 부를 수 있을까요. 그리고 사망자까지 나온 마당에 대단히 부적절한 발언 같습니다만…….

와토는 속으로 그렇게 중얼거렸지만 만면에 가득히 미소를 짓는 경시총감을 앞에 두고 그런 말을 꺼낼 수는 없었다.

경시총감은 안타깝다는 듯이 한마디를 덧붙였다.

"다만 아쉽게도 쓰키코는 아직 결혼하기는 이른 것 같다며 미국으로 유학을 떠나기로 했다더군. 아무튼 그런 연유로 그 일은 결국 없었던 게 됐네."

"그건 유감입니다."

와토는 안도했다.

인터루드 I

허기를 느낀 와토는 회상을 멈추고 일단 밥을 먹기로 했다.

블록형 영양보조 식품 상자를 열어 내용물을 까서 입에 넣었다. 퍽퍽하고 맛도 별로였지만 물과 함께 억지로 삼켰다. 식료품과 물을 준비해둔 걸 보면 납치범은 자신을 죽일 마음은 없는 듯했다. 식료품과 물은 대략 열흘 치 있다. 즉 납치범은 최대 열흘간 자신을 이곳에 감금하겠다는 뜻이다. 그렇다면 그 목적은 뭘까.

열흘 동안 와토를 수사에 참여하지 못하게 하는 것, 정확히 말하면 와토가 속한 수사 1과 제2강력범죄수사팀 3계가 열흘간 왓슨력의 영향을 받지 못하게 하는 게 목적일까. 하지만 그동안 수사에 참여하지 못하더라도 이후 와토가 돌아가면 3계는 다시 왓슨력의 영향을 받아 금세 수사에

진척을 보일 것이다.

와토가 속한 3계는 유괴나 인질 사건처럼 실시간으로 진행되는 사건을 다루는 특수범수사계, 이른바 SIT가 아니다. 이미 발생한 사건이 수사 대상이므로 수사가 열흘간 늦어진다고 해서 결과에 딱히 큰 영향을 주지는 않는다.

그렇다면 수사에 왓슨력의 영향이 미치지 않도록 하는 게 목적은 아니라는 말이 된다. 그렇다면 대체 뭐가 목적일까.

그때 돌연 머릿속이 번뜩였다. 납치범 본인이 왓슨력의 영향을 열흘 동안 받으려는 것은 아닐까.

납치범에게는 추리력을 높여 도전하려는 어떤 과제가 있다. 하지만 그게 무엇인지 와토는 물론 다른 사람에게도 알리고 싶지 않았다. 그래서 와토를 납치해 이곳에 감금하고 왓슨력의 영향을 오직 본인만 받게 한 것이다.

그렇다면 납치범은 대체 누구일까. 왓슨력에 대해 알고 있다면 예전에 왓슨력의 영향을 받아본 적이 있는 사람일 터였다. 그는 전례가 없을 만큼 추리력이 향상되는 경험을 하며 어떤 특수한 힘이 자신에게 작용하는 걸 느꼈을 것이다.

그렇다면 납치범은 3계 동료나 상사, 또는 예전에 와토가 맞닥뜨린 클로즈드 서클 사건의 관계자, 와토가 오쿠타마 파출소에서 근무했을 때 겪은 불가능 범죄 관계자 중에 있을 확률이 높다.

납치범은 추리력이 높아진 걸 깨닫고 어떤 특수한 힘의 존재를 의심했다. 또 오직 그 순간만 추리력이 향상되고 나중에는 다시 원래대로 돌아간 것을 보고 특수한 힘의 작용을 확신했다. 3계 동료나 상사의 경우에는 늘 왓슨력의 영향을 받으니 항상 추리력이 높아져 있다. 그러면 힘의 존재도 알아채기 어렵지 않을까.

반면 클로즈드 서클 사건의 관계자 또는 오쿠타마 파출소에서 겪은 불가능 범죄 관계자일 경우, 와토와 함께 보낸 시간은 매우 한정되어 있었다. 즉 왓슨력의 작용을 받은 기간이 짧았으니 그때 추리력이 높아진 걸 뚜렷이 인식했을 것이다. 그만큼 왓슨력의 존재를 깨닫기도 쉽다는 뜻이다.

따라서 납치범은 클로즈드 서클 사건의 관계자 또는 오쿠타마 파출소에서 겪은 불가능 범죄 관계자 중에 있을 가능성이 크다.

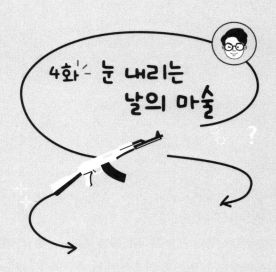

4화 - 눈 내리는
날의 마술

1

그놈이 방해된다.

그놈만 사라지면 될 텐데.

오래전부터 결단은 빠른 편이었다. 한번 마음먹으면 그 뒤로는 망설이지 않았다. 인맥을 써서 폭력단을 통해 라이플(총신 안에 나사 모양 홈을 새긴 총)을 구입했다.

라이플 사용법은 이미 익숙하다. 이걸로 그놈을 없애고야 말겠다.

2

잿빛 하늘 아래에 온통 설경이 펼쳐져 있다.

올겨울의 첫눈이 쌓여 도로와 숲, 주변 산들이 하얗게

물들었다.

12월 초순의 어느 날 아침 도쿄 오쿠타마. 와토 소지는 순찰차를 타고 눈길을 달리고 있었다.

스물네 살인 와토는 오우메 경찰서 소속 순경이다. 대학 졸업 후 경시청에 채용돼 경찰학교를 거쳐 현재 오우메 경찰서 산하의 오쿠타마 파출소에서 근무하고 있다.

도로 양옆으로는 숲이 펼쳐져 있다. 지나가는 사람은 없고 도로를 달리는 차도 거의 없다. 잠시 후 오른쪽 숲이 안쪽으로 밀려나더니 평탄한 지대가 나왔다. 건축 부지로 보였는데 아직 건물들은 다 지어지지 않았다.

높이가 5미터쯤 되는, 파란 시트로 둘러싸인 건축 현장이 한 군데 보였다. 그 옆 도로 오른쪽 갓길에 흰색 승용차가 세워져 있었다. 차 안에는 사람이 없는 듯했고 주변에도 인기척이 없었다. 와토는 왠지 뭔가 미심쩍었다. 운전자는 이런 눈 내리는 날 아침에 차를 세워두고 대체 어디 간 걸까.

흰색 승용차 바로 앞에 순찰차를 세우고 밖으로 나갔다. 추위 때문에 몸이 저절로 부르르 떨린다. 차 안을 확인했지만 역시 아무도 없었다. 운전석에서 도로 오른쪽 경사로를 거쳐 건축 현장 쪽으로 발자국이 이어져 있다. 발 크기를 보면 남자인 듯했다.

와토는 눈을 밟으며 그 발자국을 따라갔다. 눈은 7~8센티미터쯤 쌓였을까. 발밑에서 서걱서걱하는 기분 좋은 소리가 들렸다.

발자국은 파란 시트로 둘러싸인 건축 현장 서쪽을 지나 모퉁이에서 오른쪽으로 꺾였다. 현장 북쪽, 시트가 일부 덮여 있지 않은 부분이 출입구인 듯했다. 발자국은 그 출입구를 지나 안쪽으로 사라졌다.

그때 또 다른 발자국이 건축 현장 동쪽에서부터 이어져온 걸 발견했다. 크기를 보건대 이쪽도 남자인 듯하다. 그 발자국도 북쪽 출입구를 지나 안쪽으로 사라졌다.

와토가 출입구로 들어가려 할 때였다. 패딩 점퍼를 입은 남자가 느닷없이 안에서 튀어나왔다. 나이는 30대 중반쯤 될까. 통통한 몸집에 사람 좋아 보이는 인상이다. 귀에 꽂은 이어폰에서 클래식 음악이 약하게 새어 나왔다.

"혹시 흰색 차량 주인이신가요?"

와토가 묻자 남자는 고개를 갸웃거렸다. 음악 소리 때문에 못 들은 듯했다. 와토가 손가락으로 귀를 가리키자 남자는 부랴부랴 이어폰 스위치를 눌러 껐다. 와토가 같은 질문을 한 번 더 하자 남자는 "네, 맞습니다." 하고 고개를 끄덕였다. 그러고는 출입구 안쪽을 가리키며 조급한 목소리로 말했다.

"큰일 났습니다. 저 안에서 사람이 죽었어요."

"네? 사람이 죽었다고요?"

와토는 소스라치게 놀라 출입구 안을 들여다봤다.

약 50평 정도 되는 공간이 시트로 둘러싸여 있었다. 모퉁이를 비롯해 곳곳에 장대가 세워져 있고, 장대와 장대 사이에는 가로세로 10센티미터의 격자 울타리가 있다. 시트는 그 울타리 바깥쪽에 쳐져 있었다.

시트로 둘러싸인 공간 중 북쪽 절반에는 눈이 덮여 있었다. 남쪽 절반은 콘크리트로 굳힌 반지하 지형이었는데, 땅이 젖어 있기는 했지만 눈은 전혀 보이지 않았다. 와토는 순간 이상하다고 느꼈지만 콘크리트는 열기가 잘 식지 않는다는 이야기를 떠올렸다. 콘크리트를 부은 지 얼마 안 됐다면 아직 열기가 남아 있을 테고, 그 위에 내린 눈이 금세 녹아버린 것 아닐까.

그리고 반지하 바닥 정중앙 부근에 코트를 입은 남자가 쓰러져 있었다. (그림 5 참조)

북쪽으로 머리를 향한 채 엎드려 누워 있어서 얼굴은 보이지 않았다. 오른손에는 뭔가를 꼭 쥐고 있다. 동쪽에서 이어진 발자국이 아마 이 남자의 발자국일 터였다.

와토는 손목시계를 확인했다. 오전 7시 15분이다.

미끄러지지 않게 주의하며 반지하로 통하는 계단을 내려

그림 5

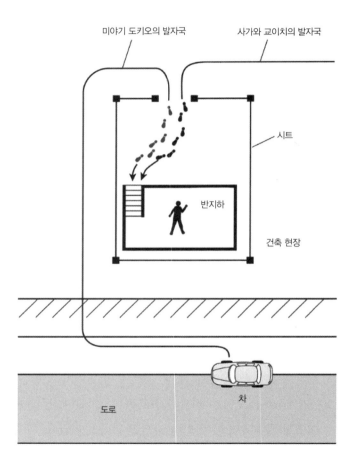

미야기 도키오의 발자국

사가와 교이치의 발자국

시트

반지하

건축 현장

차

도로

갔다. 반지하의 바닥은 부지의 북쪽 절반보다 약 1미터 30센티미터쯤 낮았다. 와토는 쓰러진 남자 옆에 허리를 숙이고 앉아 조심스레 맥박을 짚었다. 아직 온기가 약간 남아 있기는 했지만 맥박이 뛰지 않았다. 와토는 조금씩 몸이 떨리는 걸 느꼈다. 시신을 보는 건 경찰관이 되고 나서 처음이었다.

와토는 시신의 몸을 살며시 뒤집어 위를 향하게 했다.

20대 중반 정도 되는 남자다. 은테 안경을 꼈고 남자치고는 피부가 하얗다. 부잣집 도련님 같은 얼굴에는 경악과 고통의 표정이 떠올라 있었다.

코트 가슴 정중앙 부근이 붉게 물들었고, 그 안으로 작게 찢긴 부분이 보였다. 단추를 풀어보니 가슴 한가운데에 작은 구멍이 뚫렸고 그 주변이 붉게 물들어 있다. 총에 맞은 것이다.

아직 몸에 온기가 약간 남아 있다는 점과 피가 선명한 붉은색이란 점을 고려해보면 총에 맞은 지 얼마 안 됐을 터였다. 하지만 구체적으로 얼마나 시간이 지났는지는 현장 수사 경험이 전무한 와토로서는 알 수 없었다.

남자가 오른손에 꼭 쥐고 있는 건 권총이 아니라 붉은색 스프레이 캔이었다. 주변을 둘러봤지만 시트로 둘러싸인 공간 안에 총은 떨어져 있지 않았다. 또 가슴에 생긴 총상에는 가까운 곳에서 총에 맞았을 때 생기는 화약 탄흔이 없었다. 즉 자살은 아니라는 뜻이다.

총은 없었지만 와토는 대신 이상한 것을 발견했다. 반지하 콘크리트 벽에 붉은 스프레이로 그린 동그라미와 삼각형 모양의 낙서가 있었다. 아무래도 죽은 남자가 그린 듯했다.

와토는 몸을 일으켜 옆에서 겁먹은 얼굴로 시신을 보고 있는 최초 발견자에게 물었다.

"죄송하지만 성함이?"

"미야기 도키오입니다."

"시신을 어떻게 발견하셨죠?"

"전화를 받았습니다."

"……전화를 받았다?"

"30분쯤 전에 전화가 걸려 왔습니다. '네가 짓고 있는 집이 엉망이 됐으니 확인하는 게 좋을 거다.'라는 전화가……. 그래서 서둘러 달려온 겁니다."

"이곳에 집을 짓고 있는 건가요?"

"네. 아직 기초만 완성했습니다만."

"전화한 사람의 목소리는 기억하십니까?"

"손수건 같은 걸로 입을 틀어막고 말하는 듯한 목소리였습니다. 그래서 나이도 성별도 알 수 없었습니다."

범인은 이 남자를 현장에 보내 시신을 발견하게 한 걸까. 하지만 왜?

"이분이 누군지 아시나요?"

"사가와 교이치입니다. 같은 사격 동호회 회원이죠."

사격 동호회? 피해자는 총에 맞아 사망했다. 혹시 동호회 회원 중에 범인이 있는 걸까.

"사가와 씨는 스프레이 캔을 손에 쥐고 있었습니다. 아무래도 이곳에 직접 낙서를 하신 것 같은데, 혹시 이분과 뭔가 갈등이라도 있었나요?"

그러자 미야기는 말을 더듬었다.

"갈등이라고 할만한 건 없었습니다만……. 사격 경기를 둘러싸고 약간의 경쟁 같은 건……."

"경쟁이라고 하시면?"

"실은 저희 동호회는 수준이 높아서 가끔 올림픽 선수 후보도 나옵니다. 저나 사가와 중 한 명이 라이플 사격 선수 후보로 선발될 수 있는 상황이었는데……."

"그런가요. 놀랍군요."

와토는 미야기를 새삼 다시 봤다. 통통하고 수더분한 인상이라 도무지 뛰어난 사격 실력을 지닌 사람으로는 보이지 않았다.

와토는 휴대폰으로 오우메 경찰서에 전화를 걸어 상황

을 간략히 설명했다. 전화를 받은 직원은 곧장 형사를 현장에 보내겠다고 했다.

"저…… 저도 전화 한 통 해도 될까요?"

미야기가 머뭇거리며 물었다.

"괜찮습니다만, 누구에게요?"

"사가와의 어머니와 사촌 형님께 알려드리려고요."

"이분의 어머님과 사촌 형과도 아는 사이신가요?"

"네. 두 분도 사격 동호회 회원이십니다. 올림픽 사격 선수였던 조부님의 영향으로 사가와 집안은 대대로 사격 명가입니다."

미야기는 휴대폰을 꺼내 통화를 시작했다. 수화기 너머로 작게 들리는 목소리에서 놀란 기색이 느껴졌다.

그때 와토는 한 가지 중요한 사실을 깨닫고 자신의 둔감함을 내심 저주했다.

현장으로 이어진 발자국은 와토의 것을 제외하면 두 개밖에 없다. 하나는 피해자인 사가와 교이치의 발자국, 또 하나는 발견자인 미야기 도키오의 발자국이다. 그렇다면 범인의 발자국은 어디 있는 걸까.

사가와가 살해된 지 얼마 되지 않은 건 확실하다. 한편 눈이 멎은 시간은 오늘 새벽 1시 이후다. 와토는 야간 당직이라 어젯밤부터 계속 깨어 있어서 알고 있었다. 그렇다

면 현장에는 이곳을 드나든 범인의 발자국이 남아 있어야
한다. 그러나 사가와 미야기의 발자국 외에 다른 발자
국은 없었다.

와토는 계단을 올라 반지하를 벗어났다. 통화를 마친
미야기가 부랴부랴 뒤따라왔다. 와토는 출입구를 지나 밖
으로 나가 시트 주변을 따라 시계 방향으로 걷기 시작했다.

"뭐 하시는 거죠?"

미야기가 의아한 듯 물었다.

"범인의 발자국을 찾는 중입니다."

"……범인의 발자국이요?"

사가와 교이치의 발자국은 동쪽에서 건축 부지를 지나
쭉 뻗어 있었다. 발자국이 온 방향에는 숲이 있고, 숲 바로
앞에 오토바이가 세워져 있는 게 작게 보였다. 사가와 교
이치는 오토바이를 타고 여기까지 온 듯했다. 낙서를 하
러 왔다면 오토바이를 건축 현장 근처에 두면 안 된다고
판단했을 것이다.

와토는 계속 걸어가 건축 현장 남쪽으로 갔다. 시트에
서 1미터 정도 간격을 두고 경사면이 있고, 시트와 평행하
게 도로가 뻗어 있다. 갓길에는 미야기의 차가 덩그러니
세워져 있었다. 도로 너머는 숲이다. 와토는 조금 더 걸어
가서 건축 현장 서쪽을 지나 북쪽으로 되돌아왔다.

밝혀진 사실이 두 가지 있었다. 하나는 건축 현장 주변에 쌓인 눈에는 사가와 교이치와 미야기 도키오의 발자국밖에 없다(정확히 말하면 와토의 발자국도 있지만)는 점이다. 범인의 것으로 보이는 발자국은 없었다.

또 하나는 건축 현장 주변을 둘러싼 시트에 총알이 관통한 것처럼 보이는 구멍 같은 게 전혀 없다는 점이다. 물론 시트 한 장만으로 둘러싼 건 아니고 여러 장 연결해서 썼지만, 각 시트의 끝부분이 맞닿아 있어 시트와 시트 사이에 틈새는 없었다. 따라서 건축 현장 밖에서 발사된 총알이 시트와 시트 사이를 지나 안에 있는 사가와에게 맞았을 리는 없다. 즉, 피해자는 시트로 둘러싸인 공간 안에서 총에 맞은 것이다.

그런데도 범인의 발자국이 없다. 시트로 둘러싸인 공간 중 반지하 부분은 콘크리트의 열기 때문에 눈이 녹아 발자국이 남지 않는다 해도, 나머지 절반과 시트 바깥 부분에는 전부 눈이 쌓여 있다. 그러니 범인이 드나든 발자국이 남아 있어야 하는데 있는 것이라고는 사가와와 미야기의 발자국뿐이었다.

미야기는 퍼뜩 놀란 듯 물었다.

"……설마 제 소행이라고 의심하시는 건가요?"

"범인의 발자국이 없는 이상 그럴 가능성도 고려해야

합니다. 사가와 씨의 상태를 보면 살해된 지 얼마 안 된 것으로 보입니다. 미야기 씨는 조금 전 사가와 씨의 시신을 발견했다고 하셨지만, 실제로는 사가와 씨를 직접 죽이셨을 수도 있죠."

그러자 미야기는 겁먹은 것처럼 뒷걸음질 쳤다.

"말도 안 되는 소리 하지 마십시오. 제가 왜 사가와를 죽인단 말입니까."

"사가와 씨를 죽인 뒤 현장에서 도망치려 했는데 갑자기 제가 오는 바람에 순식간에 목격자 행세를 하셨을 수도 있잖습니까."

"제가 사가와를 죽였다면 흉기인 권총을 갖고 있지 않겠습니까? 제 몸을 뒤져보세요. 그런 건 없습니다."

와토는 "그럼 실례하겠습니다." 하고 경찰학교에서 배운 대로 미야기의 몸을 샅샅이 수색했다. 겨울이라 두꺼운 옷을 입고 있으니 뭔가를 숨기기도 수월할 것이다. 하지만 어디에도 권총 따위는 없었다. 심지어 미야기는 빈손에다 가방도 들고 있지 않았다.

"이것 보세요. 제가 범인이 아니라는 걸 이제 아셨나요?"

"제가 오는 걸 보고 재빨리 권총을 어딘가에 버리셨을 수도 있죠."

"그럼 주변도 확인해보세요."

"오우메 경찰서 형사들이 도착하면 함께 확인하겠습니다. 저 혼자 수사할 수는 없으니까요."

3

15분쯤 지나 오우메 경찰서 형사과 수사계와 감식반원들이 경찰차를 타고 현장에 도착했다. 우선 감식반이 현장 감식을 시작했다. 와토는 바깥에 서서 구경꾼이 접근하지 못하도록 하는 역할을 맡았다. 그러나 눈 내리는 날 아침 이른 시간인데다 깊은 산골짜기라 구경꾼은커녕 지나가는 사람도 없었다. 와토는 한가하게 서서 형사들이 나누는 대화에 귀를 기울였다. 주변이 워낙 고요한 탓에 나직이 이야기해도 잘 들렸다.

검시관은 사망 추정 시각이 30분에서 40분 전이라고 했다. 그렇다면 7시 전후이고, 총에 맞은 뒤 즉사는 아니지만 얼마 안 돼 사망했다는 뜻이다. 와토가 시신을 발견한 시간이 7시 15분이니 피해자가 살해된 건 그 직전쯤이었을 것이다.

수사계 형사들도 와토처럼 범인의 발자국이 없다는 점에서 미야기를 의심하는 듯했다. 와토와 만나기 직전 미야기가 사가와 교이치를 사살하고 권총을 버린 게 아닐까.
형사들은 건축 현장 주변 50미터를 수색했지만 권총은 발
견되지 않았다.

"그것 보세요. 전 범인이 아닙니다."

미야기는 형사들 앞에서 어깨를 들썩이며 자신만만하게
말했다.

그가 범인이 아니라면 누가 범인일까. 와토는 사건을
처음부터 다시 돌이켜봤다.

범인이 건축 현장 안에서 사가와를 쐈다면 현장에 범
인의 발자국이 남아 있어야 한다. 그러니 범인은 멀리 떨
어진 곳에서 사가와를 쐈다고 봐야 할 것이다. 그러나 건
축 현장을 둘러싼 파란색 시트에는 총알이 관통한 흔적
이 없고 시트와 시트 사이는 틈새 없이 맞붙어 있다. 따라
서 총알은 시트가 끊겨 있는 부분, 즉 건축 현장 북쪽에
있는 출입구를 지나서 날아왔다고 보는 게 타당하다. 즉
총알이 발사된 곳은 건축 현장 북쪽 부지라는 뜻이다.

형사들도 비슷한 생각을 떠올렸는지 와토에게 미야기
감시를 맡기고 북쪽 부지를 수색하기 시작했다. 그러나
그들의 모습을 보니 그곳에 쌓인 눈에도 범인의 발자국은
고사하고 별 흔적이 없는 듯했다. 부지 너머에는 숲이 펼
쳐져 있지만 그곳 지면에도 발자국은 없었다. 범인이 총을

쏜 장소가 존재하지 않는 것이다.

범인이 건축 현장 안에서 사가와를 쐈다면 현장에 범인의 발자국이 남아 있어야 한다. 만약 건축 현장 밖에서 총을 쐈다고 해도 총을 쏜 것으로 추정되는 장소가 있어야 한다. 그런데 둘 다 없는 것처럼 보였다.

형사과 수사계 형사들은 마침내 머리를 감싸 쥐었다.

"아무래도 본청 녀석들의 솜씨를 기대해봐야겠군."

누군가 자조하듯 말했다. 사쿠라다몬에 있는 경시청 본청의 수사 1과가 이곳 오쿠타마 현장에 도착하려면 앞으로 한 시간은 걸릴 터였다.

미야기와 함께 수사 상황을 지켜보고 있던 와토 곁으로 형사 한 명이 다가왔다. 그는 손짓해서 와토를 불러 귓속말을 했다.

"본청 사람들이 오기 전까지 와토 씨는 미야기와 함께 순찰차 안에 있으십쇼. 저 녀석이 범인일 가능성이 크지만 어떻게 피해자를 죽였는지가 불분명한 상황입니다. 잡담을 나누다가 무심코 중요한 단서를 언급할 수도 있으니 잘 감시하세요."

4

순찰차 안에서 와토는 운전석, 미야기는 조수석에 앉아 잠시 잡담을 나누며 시간을 보냈다. 미야기는 오우메 시청에서 일하는 공무원이라고 했다. 건축 현장의 반지하 부분은 와인 저장고로 쓰기 위해 만들었단다. 그는 염원하던 마이홈에서 흉흉한 사건이 일어나 의기소침해진 듯했다. 상황만 놓고 보면 미야기가 범인일 가능성이 크지만 적어도 겉보기로는 전혀 그렇게 보이지 않았다.

30분 정도 지나서 노란색 승용차와 남색 승용차가 거의 동시에 도착했다. 두 차에서는 50대 중반 정도 되는 여자와 30대 초반의 남자가 내렸다.

50대 중반의 여자는 눈이 벌겋게 충혈돼 있었다. 모피코트를 입은 모습이 언뜻 봐도 부유해 보였다. 30대 초반 남자는 안경을 꼈고 지적인 분위기를 풍겼다.

"사가와의 어머니인 데루미 씨와 사촌 형님인 야마구치 노보루 씨입니다."

미야기가 침통한 목소리로 두 사람을 소개했다.

그때 형사 두 명이 다가와 그들에게 말을 걸었다. 얼마 후 형사들이 고개를 숙인다. 데루미와 야마구치 노보루가 신원을 밝히자 애도의 말을 전한 듯했다.

이후 형사가 두 사람에게 질문을 시작했다. 데루미는 손수건으로 눈가를 누르며, 야마구치 노보루는 침통한 표정으로 질문에 대답했다.

잠시 후 질문이 끝났는지 두 사람이 형사들의 안내를 받으며 순찰차 쪽으로 다가왔다. 형사는 차 문을 열고 와토에게 두 사람을 소개한 뒤 수사 1과 형사들이 오기 전까지 안에서 함께 기다려달라고 했다. 두 사람이 차 뒷좌석에 올라타자 형사들도 현장으로 돌아갔다.

조수석에 앉은 미야기가 몸을 뒤로 돌리고 데루미에게 말을 걸었다.

"……어머님. 사가와의 명복을 빕니다."

그 순간 데루미가 미야기를 향해 버럭 소리쳤다.

"네가 우리 아들을 죽였어!"

미야기는 대번에 기선을 제압당해 어깨를 한껏 움츠렸다.

"그런 말씀 마십시오. 제가 왜 사가와를 죽인단 말입니까."

"너는 교이치와 올림픽 선수 후보를 두고 경쟁하고 있었잖아. 교이치가 사라지면 올림픽에 나갈 수 있을 것 같아 걔 죽였겠지!"

"당치도 않은 말씀입니다. 굳이 말씀드리자면 사가와는

저보다 열세로 평가받는 상황이었습니다. 저는 사가와를 죽이지 않고도 충분히 올림픽에 나갈 수 있었다는 말입니다. 또 그걸 떠나 제가 범인이라면 어떻게 사가와를 죽였다는 말입니까? 제가 사가와를 죽일 수 없었다는 건 이 순경분께서 증언해주실 겁니다."

그렇게 말하고 미야기는 와토를 쳐다봤다. 와토는 어쩔 수 없이 미야기의 몸을 수색했지만 권총이 나오지 않았다는 사실과 주변 눈밭에도 권총 같은 건 떨어져 있지 않았다는 이야기를 데루미에게 전했다.

그러나 데루미는 포기하지 않았다.

"권총을 땅에 버리지 않고 하늘로 날려 보냈을 수도 있잖아."

"……하늘로 날려 보낸다고요?"

"헬륨 가스를 넣은 풍선에 매달아서 날려 보낼 수 있지 않아?"

그러자 미야기는 어처구니가 없다는 듯이 고개를 흔들었다.

"이론적으로는 가능할지 모르지만, 제가 헬륨 가스를 넣은 풍선을 어떻게 가져왔겠습니까. 오늘 이 순경분과 만난 것도 순전히 우연이었습니다. 권총을 숨길 일이 생길 줄도 몰랐는데 헬륨 가스를 집어넣은 풍선 같은 걸 준비했을 리 없죠."

데루미는 반박하지 못하고 입을 다물었다. 이 기회를 틈타 와토는 데루미에게 물어보기로 했다.

"아드님과 함께 사셨습니까?"

"네. 지가세마치에 있는 집에서 같이 살았어요."

"마지막으로 아드님을 보신 시간이 언제죠?"

"어젯밤 11시 좀 넘어서……."

"오늘 아침에는 보지 못하셨나요?"

"네. 아들은 휴일에 항상 오후 늦게까지 자는지라 오늘 아침에도 깨우지 않았고 방 안을 확인하지도 않았어요. 설마 집에서 나갔으리라고는……."

"아드님이 집에서 나갔는데도 어머님께서 눈치채지 못한 걸 보면 아드님이 오늘 아침 어머님이 깨시기 전에 집에서 나갔을 확률이 높겠군요. 일어나신 시간이 언제입니까?"

"6시 30분 무렵이에요."

그렇다면 사가와는 그보다 일찍 집에서 나갔을 가능성이 크다. 설마 위험하게 눈 오는 밤에 오토바이를 타고 달렸을 것 같지는 않으니, 집을 나간 건 6시 30분 조금 전이었을 것이다. 눈길이라 오토바이를 신중하게 몰았다고 가정하면 지가세마치에서 여기까지 오는 데 대략 20분. 스프레이로 낙서를 그린 시간이 대략 15분. 그렇다면 7시 전후라는 사망 추정 시각과도 일치한다.

"잠깐 괜찮을까요?"

그때 옆에서 야마구치 노보루가 입을 열었다.

"조금 전 형사님께 들었는데 현장에 범인의 발자국이 없는 게 문제시되고 있다더군요. 사가와가 총에 맞은 후에 바로 죽은 건 아니라던데, 그럼 범인의 발자국이 없는 수수께끼도 쉽게 풀리지 않나요?"

"그게 무슨 말이니?"

데루미가 물었다.

"사가와는 건축 현장에 들어간 뒤에 총에 맞은 게 아니라 들어가기 전에 맞은 겁니다. 그리고 현장으로 도망쳤다가 그 안에서 숨을 거둔 거죠. 현장에 들어가기 전에 총에 맞았다면 범인이 사가와를 멀리서 저격할 수도 있지 않나요? 주변 숲과 부지 중 경찰이 아직 발자국 유무를 조사하지 않은 장소에서요. 그렇다면 현장에 범인의 발자국이 없는 것도 설명할 수 있죠."

와토는 속으로 '그렇군' 하고 동의했지만 야마구치의 주장은 금세 부정되었다.

"안타깝지만 그럴 수는 없습니다." 하며 미야기가 반박하고 나선 것이다.

"응? 왜지?"

야마구치는 뜻밖이라는 것처럼 반응했다.

"설명해드리죠. 사가와는 반지하 벽에 스프레이로 낙서를 했습니다. 물론 총에 맞은 상태로 그런 행동을 했을 리는 없으니 총에 맞기 전에 낙서를 했다고 보는 게 자연스럽습니다. 즉, 반지하 공간에 내려간 후에 총에 맞은 겁니다. 그전에 맞았을 수는 없어요."

야마구치는 잠시 머뭇거리다가 다시 입을 열어 물었다.

"스프레이로 낙서한 사람이 꼭 사가와라고 단정할 수 있을까? 사가와가 총에 맞은 뒤 반지하로 내려갔을 때 다른 사람이 그린 낙서가 이미 그곳에 있었을지도 모르잖아. 사가와는 바닥에 떨어진 스프레이 캔을 주워 들고 목숨을 잃은 거지. 그래서 걔가 스프레이 캔으로 직접 낙서를 한 거라고 생각하게 된 거야."

"왜 그걸 집어 들어요?"

"범인의 이름을 남기려고 했겠지. 아니면 범인이 뒤쫓아 오면 스프레이를 뿌려서 반격하려고 했을지도 모르고."

"그렇군요. 분명 그랬을 가능성도 있겠네요. 하지만 사가와가 정말 건축 현장으로 걸어가는 도중에 총에 맞았다면 발자국이 흐트러졌을 겁니다. 총에 가슴을 맞고서 제대로 걸었을 리는 없으니까요. 그렇게 흐트러진 발자국이 있었나요?"

와토는 밖에 나가서 발자국을 확인한 감식반원에게 물었지만, 그는 "걷고 있을 때 총에 맞았을 가능성은 없습니다."라고 단박에 부정했다. 와토는 힘없이 순찰차로 다시 돌아왔다.

와토는 미야기의 캐릭터가 어느새 바뀌었다고 느꼈다. 맨 처음 만났을 때의 유약한 느낌은 사라지고 당당하게 행동했다. 논리 정연한 말투는 마치 명탐정을 연상케 한다.

야마구치도 비슷한 느낌을 받은 듯했다.

"미야기, 너 왠지 평소랑 좀 다른 것 같네."

"그래요? 이상하게 이 순경분과 함께 있으니 추리력이 생긴 듯한 느낌이 들기는 하는데."

아무래도 왓슨력이 영향을 미치기 시작한 듯하다. 미야기는 이어서 자신만만하게 말했다.

"사건의 진실을 알아냈습니다."

5

모든 사람이 미야기를 뚫어지게 쳐다봤다.

"사가와가 북쪽을 보고 서 있을 때 총에 맞아 앞으로

고꾸라졌다면, 콘크리트 바닥에 부딪힐 때 얼굴에 상처가 생겼을 테고 안경 렌즈도 깨지거나 금이 갔을 겁니다. 하지만 시신의 얼굴은 상처 하나 없이 깨끗했고 렌즈도 무사했죠. 즉, 사가와는 앞으로 고꾸라진 게 아닙니다."

"앞으로 고꾸라진 게 아니면 뒤로 쓰러졌다는 말이야?"

"네. 뒤로 쓰러졌다면 콘크리트 바닥에 부딪힐 때 생긴 상처가 머리카락에 가려서 보이지 않겠죠."

"앞으로 쓰러지든 뒤로 쓰러지든 그게 무슨 상관인데?"

"설명해드리죠. 사람이 뒤로 쓰러지면 하늘을 바라보는 자세가 됩니다. 하지만 처음 발견됐을 때 사가와는 바닥에 엎드린 상태였습니다. 그건 곧 사가와의 몸이 하늘을 바라보는 자세에서 한 차례 뒤집혔다는 뜻입니다. 사가와는 총에 맞고 나서 즉사하지는 않았으니 스스로 몸을 뒤집었어도 이상하지는 않습니다. 그렇다면 그의 몸을 한 번 더 뒤집어 원래 상태로 돌리면 어떻게 될까요?"

와토는 머릿속에서 북쪽으로 머리를 향한 채 엎드린 사가와의 시신을 하늘을 향하게 뒤집어봤다.

"……남쪽에서 총에 맞아 뒤로 쓰러진 것처럼 보이네요."

"그렇습니다."

"그런데 현장 남쪽에는 끊긴 부분 없이 시트가 쭉 이어져 있습니다. 북쪽이라면 시트가 중간에 끊기고 출입구가 있으니 그곳을 지나 총알이 날아왔을 수 있지만, 남쪽에는 출입구가 없죠. 물론 시트에 총알이 관통한 구멍 같은 것도 없었고요. 그렇다면 범인은 시트 안쪽 공간에서 총을 쏜 후 발자국을 남기지 않고 현장에서 벗어났다는 말이 됩니다. 남쪽에서 총이 발사됐다고 결론지으면 발자국이 없는 수수께끼는 더욱 풀기 어려워지는 거 아닌가요?"

미야기는 와토의 질문에는 답하지 않고 설명을 이었다.

"사가와는 스프레이 캔을 손에 들고 있었습니다. 그러니 범인이 가까운 거리에서 총을 겨눴다면 그의 눈에 대고 스프레이를 뿌리거나 할 수 있었겠죠. 그랬다면 현장 바닥에도 스프레이 자국이 남았겠지만 바닥에 그런 자국은 없었습니다. 또 사가와는 총에 맞고 바로 죽은 게 아니니 스프레이로 바닥에 범인의 이름을 남길 수도 있었을 겁니다. 그러나 그러지 않았죠. 이런 점들로부터 사가와가 죽기 전에 범인의 모습을 보지 못했다는 사실을 유추해낼 수 있습니다. 보지 못했으니 총을 겨눌 때 스프레이를 뿌리지 않았고 범인의 이름을 남기지도 못한 거죠."

"······범인의 모습을 못 봤다고요? 그건 이상하지 않나요? 사가와 씨는 가슴에 총을 맞았으니 범인과 정면에서 마주봤을 텐데요."

"사가와는 정면에서 총에 맞았다. 그럼에도 불구하고

범인의 모습을 보지 못했다……. 이 모순을 풀 열쇠는 하나밖에 없습니다. 범인은 시트 너머에서 사가와를 쏜 겁니다. 그러니 사가와는 범인을 보지 못한 거죠."

"시트 너머에서 총을 쐈다? 그게 가능할 리 없잖습니까. 시트에는 구멍이 없는데요."

"정말 없을까요? 혹시 저희가 못 본 맹점이 있지 않을까요?"

"……맹점?"

"바로 눈 속입니다. **총알은 지면과 평행하게 땅에 쌓인 눈을 관통하면서 눈에 덮인 시트 부분을 뚫고 반지하 쪽으로 날아간 겁니다.** (그림 6 참조)

그때 마침 사가와는 반지하 부분에서 남쪽을 바라보고 있었습니다. 반지하 콘크리트 바닥은 주변 지면보다 1미터 30센티미터쯤 낮으니, 주변 땅에 쌓인 눈을 관통한 총알은 콘크리트 바닥에서 1미터 30센티미터 정도 되는 높이를 평행하게 날게 됩니다. 콘크리트 바닥에서 1미터 30센티미터 높이라면 대략 평범한 성인 남성의 가슴 부근입니다. 그렇게 총알은 남쪽을 바라보고 있는 사가와의 가슴에 적중했습니다.

사가와는 하늘을 바라본 자세로 쓰러졌지만 마지막 힘을 쥐어짜 일어서려고 몸을 뒤집었습니다. 그러나 거기서

그림 6

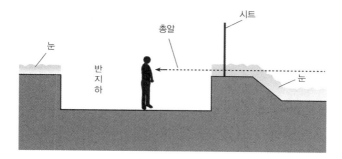

끝내 힘을 다하고 말았죠.

시신이 엎드려 있는 상태라 우리는 사가와가 북쪽을 향해 서 있는 상태에서 총에 맞아 앞으로 쓰러졌다고 생각했습니다. 즉, 총알이 실제와 반대 방향에서 날아왔다고 믿게 된 겁니다.

눈이 쌓여 있었다면 눈에 남은 자국을 통해 이런 경위를 밝힐 수 있었겠지만, 부은 지 얼마 안 된 콘크리트 바닥에 아직 열기가 남아 있었던 탓에 그곳만 눈이 녹아 알 수 없게 되었죠.

저희는 눈과 땅을 동일시하는 바람에 총알이 눈 속을 뚫고 갔을 가능성을 완전히 배제하고 있었던 겁니다. 눈 위에 있는 시트만 봤으니 눈에 덮인 부분의 시트에 구멍이 뚫린 걸 보지 못한 겁니다."

와토는 속으로 '마술이나 마찬가지군' 하고 생각했다. 그야말로 눈 내리는 날의 마술이다.

"……범인은 잘도 그런 짓을 저질렀네요."

"땅에 쌓인 눈 속으로 총알을 관통시키는 건 겨눈다고 할 수 있는 게 아닙니다. 게다가 사가와는 시트 너머에 있어서 범인의 눈에는 보이지 않았으니 총알을 의도적으로 명중시키는 건 불가능하죠. 그렇다면 총알이 이런 탄도를 그려 사가와의 가슴에 맞은 건 순전히 우연이었다는 말이 됩니다."

"우연? 그럼 범인이 시트를 향해 무작정 총을 갈겼다가 이런 일이 벌어졌다는 말인가요?"

"무작정 총을 갈겼다면 굳이 시트를 향해 쏘지 않았겠죠. 범인은 다른 것을 노리고 총을 쐈습니다. 하지만 그 총알이 빗나가 눈을 관통한 후 시트 너머에 있는 사가와에게 맞았다고 보는 게 타당합니다."

"다른 것?"

와토는 화들짝 놀랐다.

"……혹시 미야기 씨 말인가요?"

"네. 범인은 저를 노리고 총을 쐈습니다. 전 당시 건축현장 남쪽에 차를 세우고 내려서 걸어갔습니다. 그때 절

노리고 쏜 총알이 빗나가 사가와에게 맞은 거죠."

"하지만 미야기 씨는 총소리 같은 건 못 들었다고 하지 않았나요?"

"이어폰으로 음악을 크게 듣는 바람에 총소리와 사가와의 비명도 못 들은 겁니다."

"그럼 범인은……."

"저를 죽이거나, 아니면 꼭 죽이지 않아도 중상을 입힐 동기가 있는 사람이라 할 수 있겠죠."

미야기는 창백한 얼굴로 가만히 앉아 있는 여자를 손가락으로 가리켰다.

"사가와 데루미 씨, 범인은 바로 당신입니다. 당신은 제가 죽거나 중상을 입으면 아들이 올림픽 선수 후보가 될 거라 생각했겠죠."

6

와토는 속으로 '그렇구나' 하고 고개를 끄덕였다.

데루미는 네가 아들을 죽였다며 미야기를 몰아붙였지만, 그녀 생각에는 그게 진실이었다. 총알이 미야기에게 맞았다면 아들은 죽지 않았을 테니까.

데루미는 마침내 모든 것을 포기했는지 천천히 이야기를 털어놓았다.

그녀는 아들을 올림픽 선수 후보로 만들기 위해 미야기를 살해하기로 했다. 힘이 약한 여자도 다룰 수 있는 흉기로 평소 손에 익은 라이플을 선택했다. 자신이 원래 가지고 있던 총을 쓰면 강선흔(총알이 발사될 때 강선腔線에 의해 남는 자국)을 통해 소유주가 특정될 위험이 있으니 연줄을 써서 폭력단을 통해 라이플을 구입했다.

범행 현장은 미야기가 현재 집을 짓고 있는 건축 현장으로 정했다. 부지에는 미야기의 집 외에 다른 공사 현장이 없으니 휴일 이른 아침이면 목격될 위험이 거의 없다고 봤다. 게다가 아들은 휴일에는 보통 오후 늦게까지 잤으니 아들에게 들킬 염려도 없었다.

오늘 아침 6시 30분, 데루미는 손수건으로 입을 틀어막은 채 미야기에게 전화를 걸어 "네가 짓고 있는 집이 엉망이 됐으니 확인하는 게 좋을 거다."라는 거짓말을 해 미야기를 건축 현장으로 불렀다. 나중에 통화기록을 통해 전화한 사람의 신원이 밝혀지지 않도록 선불폰을 사용했다.

데루미는 눈에 남은 발자국으로 여자라는 게 밝혀지지 않도록 일부러 사이즈가 큰 신발을 준비했다. 건축 현장에서 떨어진 갓길에 차를 세우고 넓은 건축 부지 주변에 있는 숲 외곽, 즉 도로 건너에서 건축 현장을 멀리서 조망할 수 있는 곳에 몸을 숨겼다.

　잠시 후 미야기가 차를 타고 현장에 나타났다. 데루미는 차에서 내려 걸어가는 미야기에게 총을 겨누고 발사했다. 그러나 미야기는 쓰러지지 않았다. 총알이 빗나간 것이다. 그 직후 파란 시트 너머에서 남자의 비명이 들렸다. 귀에 익은 목소리. 아들의 비명이었다. 데루미는 무슨 일이 일어났는지 도무지 알 수 없었다. 집에서 자고 있을 아들의 목소리가 왜? 사가와가 미야기를 골탕 먹이기 위해 낙서하러 온 걸 데루미가 알 리 없었다. 지금 당장 모습을 보이면 미야기의 의심을 살 수 있으니, 데루미는 시트 너머로 가 확인하고 싶은 마음을 간신히 억누르며 숲 외곽에서 가만히 상황을 살폈다. 잠시 후 순찰차를 탄 제복 경찰관이 나타났다. 데루미는 무슨 일이 벌어진 건지 몰라 안절부절못했다. 그때 데루미의 휴대폰으로 미야기가 전화를 걸어 와 "사가와가 죽었습니다."라고 알렸다. 데루미는 머릿속이 새하얘졌다. 간신히 대답한 그녀는 떨어진 곳에 세워둔 차로 돌아가 집에서 급히 달려온 척하며 형사들 앞에 모습을 드러냈다.

　자기 손으로 아들을 죽인 걸 처음 알게 됐을 때의 절망과 슬픔이 오죽했을까. 와토는 데루미에게 동정을 금할 수 없었다.

✛ ✛ ✛

와토는 마침 현장에 도착한 수사 1과 형사들에게 데루미를 데려갔다. 데루미의 자백을 듣고 수사 1과 형사들이 건축 현장 남쪽 시트 주변에 쌓인 눈을 모두 치우자 눈에 감춰져 있던 총알의 관통 자국이 발견됐다.

수사 1과 형사들은 어째선지 와토가 데루미에게 자백을 받아냈다고 생각해 와토에게 아낌없는 찬사를 보냈다. 우리 과에 올 생각이 없느냐, 꼭 추천해주겠다는 말까지 했다.

와토도 바라 마지않던 제안이었다. 그렇게 와토는 사상 최연소 수사 1과 형사로 부임하게 되었다.

인터루드 II

와토는 눈을 떴다. 오쿠타마 파출소에서 근무했을 때 겪은 불가능 범죄의 꿈을 꾼 듯했다. 그 사건을 계기로 와토는 꿈에 바라던 수사 1과로 옮기게 되었다.

　창문이 없고 손목시계도 빼앗긴 상태라 지금이 며칠이고 몇 시인지 알 도리가 없었다. 1월 20일 오후 8시가 지나서 납치됐고 그 후 두 번 눈을 떴으니 22일 같지만 확신하진 못했다.

　와토는 잠들기 전 납치범의 정체에 대해 추리한 결론을 떠올렸다.

　납치범의 목적은 왓슨력의 영향을 받아 추리력을 향상시켜 어떤 작업에 도전하는 것이다.

　납치범은 클로즈드 서클에서 일어난 사건 관계자 또는 오쿠타마 파출소에서 겪은 불가능 범죄 관계자 중에 있을 가능성이 크다.

그렇다면 그는 대체 누구일까. 와토는 사건 관계자들의 얼굴을 하나하나 떠올렸다. 그러다 문득 의문에 휩싸였다.

납치범은 왓슨력의 영향을 받으면 자신이 올바르게 추리할 수 있다고 생각하는 걸까.

왓슨력은 추리력을 높여줄 뿐이지 결과의 옳고 그름까지 보장해주지는 않는다. 높아진 추리력으로 잘못된 결론을 낼 수도 있다. 실제로 클로즈드 서클에서 일어난 사건 관계자들은 잘못된 추리를 연이어 선보였다.

그런데도 납치범은 왓슨력의 영향을 받은 자신이 올바르게 추리할 수 있다고 어떻게 확신하는 걸까. 경찰관을 납치해 감금하는 대담한 행동은 올바르게 추리할 거라는 확신 없이는 할 수 없었을 것이다.

순간 와토는 가슴이 철렁했다.

왓슨력의 영향을 받으면 올바르게 추리할 수 있다고 확신하는 건, 그가 예전에 사건을 올바르게 추리해 진실을 밝혀낸 경험이 있어서가 아닐까. 그러니 이번에도 올바르게 추리할 수 있다고 믿은 것이다. 즉 납치범은 마지막 추리를 선보여 사건을 해결한 인물이다.

와토는 자신이 내린 결론에 흥분해 좁은 방 안을 이리저리 돌아다니기 시작했다. 지금까지 항상 다른 사람에게 추리를 맡겼던 자신이 지금은 스스로 추리하고 있다. 그런 사실에 감동에 가까운 벅찬 느낌을 받았다.

그렇다면 납치범은 어떤 사건에서 마지막 추리를 선보인 사람일까. 와토는 일곱 가지 사건에서 각각 마지막에 추리를 들려준 인물들을 떠올렸다. 모두 훌륭한 추리를 선보여 수수께끼를 푼 사람들이다. 그들 중 대체 누가 납치범일까.

5화 - 구름 위의 죽음

흰 구름이 창문 아래를 유유히 흐른다.

와토 소지는 좁은 이코노미 좌석에서 안절부절못하며 몸을 뒤척였다. 9월 19일 오전 0시 5분에 하네다공항을 출발한 뒤 여덟 시간이 흘렀다. 조금 전까지는 잠들어 있느라 몸을 움직이지 않았다.

이스트스카이항공의 로스앤젤레스 국제공항행 810편. 보잉 777기라 기내는 널찍했다. 이코노미석은 한 줄에 총 열 자리가 있는데 오른쪽에 세 자리, 통로를 사이에 두고 가운데에 네 자리, 또 통로를 사이에 두고 왼쪽에 세 자리가 배치돼 있다. 와토가 있는 곳은 오른쪽 세 자리 중 창가였다.

다행히 와토 왼쪽 두 자리, 그리고 통로를 사이에 두고 가운데 네 자리에는 승객이 없었다. 와토는 눈치 보지 않고 팔다리를 쭉 뻗었다.

와토에게는 첫 번째 해외여행이었다. 오랜만에 휴가를 길게 써서 오래전부터 가 보고 싶었던 로스앤젤레스로 떠나기로 했다.

잠시 몸을 풀려고 일어섰을 때였다.

"혹시 어디 안 좋으신가요?"

등 뒤에 있는 자리에서 승무원의 목소리가 들렸다. 와토가 엉거주춤 돌아보자 창가 자리에 일본인처럼 보이는 남자 승객이 가만히 눈을 감고 있었다. 둥근 얼굴의 승무원이 걱정하는 얼굴로 그를 내려다보고 있다. 남자 승객의 왼쪽 두 자리는 비어 있었다.

남자 승객은 언뜻 보면 잠든 듯했지만 그런 것치고는 안색이 몹시 안 좋았다. 승무원도 그의 얼굴을 보고 말을 걸었을 터였다. 잠시 망설이던 승무원은 이내 결심한 듯 남자 승객의 손 위에 자신의 손을 얹었다. 순간 얼굴에 놀란 기색이 떠올랐다. 승무원은 다음으로 남자 승객의 맥박을 짚더니 숨을 집어삼켰다.

승무원이 그대로 발길을 돌려 빠른 걸음으로 사라졌다.

손목에 손을 대고 맥박을 짚은 후 깜짝 놀라 빠른 걸음으로 사라진다. 그런 행동이 의미하는 건 하나밖에 없다. 남자 승객은 사망한 것이다.

잠시 후 기내에 안내방송이 나왔다.

"승객 여러분께 잠시 양해 말씀 드립니다. 현재 기내에 의사의 응급처치가 필요한 승객이 계십니다. 승객분들 중에 의사나 간호사 또는 의료 관계자분이 계시면 대단히 송구하지만 가까운 곳에 있는 승무원에게 말씀 부탁드립니다. 모쪼록 협력 부탁드립니다."

좌석 이곳저곳에서 "무슨 일이지?" 하고 술렁거리는 소리가 들렸다.

잠시 후 여자 한 명이 일등석과 비즈니스석이 있는 기내 앞쪽에서 조금 전에 본 승무원과 함께 다가왔다. 기내 방송을 듣고 자원한 의사인 듯했다. 나이는 마흔 전후일까. 호리호리한 몸에 쇼트커트 헤어스타일을 했다. 반듯한 얼굴은 갑작스러운 닥터 콜 때문에 약간 긴장한 것처럼 보였다.

"이분입니다."

와토의 등 뒤에 멈춰 선 승무원이 나직이 말했다. 와토는 살며시 뒤를 살폈다.

의사는 우선 남자 승객의 맥박을 짚었다. 다음으로 입쪽에 귀를 갖다 댔다. 마지막으로 눈꺼풀을 열어 동공을 확인했다. 죽음의 세 가지 징후인 심박 정지, 호흡 정지, 동공 확대를 확인하는 것이다.

뒤이어 의사는 남자 승객의 몸 이곳저곳을 만지기 시작했다. 외상 유무를 확인하기 위해서다. 남자 승객의 입을 열어 안을 들여다보고 손가락을 넣어 안쪽을 살핀다. 별로 기분 좋은 일이 아닐 텐데 안색 하나 바뀌지 않았다. 휴일에도 자기 일에 철저한 모습에 와토는 감동을 받았다.

그렇게 의사가 남자 승객을 확인하고 있을 때 서른 전후로 보이는 양복 차림의 남자가 다가왔다. 건장한 체구에 머리를 짧게 깎았고 눈빛이 예사롭지 않았다. 그는 의사 옆에 서서 넌지시 주변을 살피며 말없이 서 있었다. 승무원도 그에게 말을 걸지 않고 눈인사만 했다.

와토는 양복 차림 남자의 정체를 깨달았다. 스카이 마셜, 즉 항공 사복경찰이다. 항공기 납치를 막기 위해 배치되는 무장 경비원으로, 2001년 9·11 동시다발 테러 사건 이후 미국을 비롯한 각국에서 스카이 마셜 제도가 본격적으로 도입됐다. 일본에서도 경찰청이 2004년부터 스카이 마셜 제도를 도입해 기동대원 중 선발된 사람이 사복 차림으로 비행기에 탑승한다. 와토와는 부서가 달라 자세한 사정은 모르지만, 기내 사용을 상정한 특수 총탄이 든 권총을 휴대한다고 들었다.

남자 승객의 상태를 확인한 의사가 말했다.

"확인 결과 외상은 없습니다. 입과 목에 이물질이 없는 걸 보면 음식물이 기도를 막아 질식사했을 가능성도 없고, 심장 질환을 앓았던 것처럼 보이지도 않습니다."

"그럼 왜 사망하신 거죠?"

"한 가지 떠오르는 가능성으로 독극물이 있습니다."

"……독극물?"

승무원이 소스라치게 놀랐다.

이렇게 된 이상 자신도 나설 수밖에 없다고 생각했다. 와토는 둥근 얼굴의 승무원을 향해 입을 열었다.

"죄송합니다. 전 경시청 수사 1과 형사입니다."

"네? 경시청 수사 1과요?"

승무원이 반신반의하는 얼굴로 되물었다. 그전까지 한마디도 하지 않던 스카이 마셜이 처음으로 입을 열었다.

"실례지만 성함이?"

"와토 소지라고 합니다. 수사 1과 제2강력범죄수사팀 3계에 속해 있습니다."

"신원을 증명할 뭔가를 갖고 계시나요?"

한마디로 와토의 외모가 별로 형사 같지 않으니 의심하는 거였다.

"비번이라 경찰수첩은 없습니다. 이 비행기에서는 인터넷 서비스가 되죠? 제 얼굴을 휴대폰으로 촬영한 뒤 경시청에 메일을 보내 신원을 확인하시면 됩니다."

"잠깐만요. 기장님과 상의해보겠습니다."

둥근 얼굴의 승무원이 동료를 불러서 조용히 상황을 설명했다. 동료는 고개를 끄덕이고 어디론가 갔다가 곧 다시 돌아왔다.

"기장님의 허락을 받았으니 사진을 찍겠습니다."

둥근 얼굴의 승무원은 휴대폰을 들어 와토의 사진을 찍었다.

15분 정도 지나자 확인됐다는 답신이 왔다. 스카이 마셜이 고개를 숙였다.

"실례했습니다. 전 모리모토 히로키 순사부장입니다."

"정말로 수사 1과 형사님이셨네요. 형사 드라마 마니아인가 했는데."

의사가 사람은 역시 외모로 판단할 수 없다는 듯 와토를 봤다. 와토는 쓴웃음을 지었다. 평소에도 어려 보이는 얼굴 때문에 형사처럼 보이지 않는다고 친구들에게 자주 놀림을 들었다.

"소개가 늦었네요. 전 다니야마 도모에라고 해요. 주오의과대학 부속병원에서 내과의로 근무하고 있습니다."

"잘 부탁드립니다. 일단 시신을 다른 곳으로 옮길 수 있을까요?"

와토가 승무원에게 물었다. 남자 승객 주변은 빈자리였

지만 기내에 있는 다른 승객들이 무슨 일인지 궁금해하며 이쪽을 쳐다보고 있었다. 개중에는 휴대폰으로 사진을 찍는 사람도 있었다.

"일등석 천장 위, 그러니까 조종석 뒤편에 조종사를 위한 휴게실이 있습니다. 기장님이 그곳으로 시신을 옮기라고 하셨습니다."

"이코노미석 위에도 승무원용 휴게실이 있다고 들었는데, 그쪽이 더 가깝지 않나요?"

"네. 하지만 승무원용 휴게실로 옮기면 승무원들이 휴식을 취할 수 없다며 기장님이 말리시더군요. 조종사용 휴게실을 내주고 둘 중 한 분이 비어 있는 객석에서 쉬면 된다고 생각하신 것 같아요."

그러자 다니야마 도모에가 감탄했다.

"무척 자상하고 합리적인 기장님이네요. 분명 승무원분들께 인기가 많겠죠."

승무원이 응급환자용 들것을 가져왔다. 와토와 모리모토가 시신을 실은 들것을 옮겼고 승무원이 사망자의 짐인 검은 손가방을 들었다. 승무원이 앞장서서 통로를 걸었고, 비즈니스석과 일등석을 지나 기체 앞부분의 객실 문 앞까지 갔다. 벽에 가려진 문을 열자 나선계단이 위로 뻗어 있었다. 들것을 들고 올라갈 수는 없어서 와토와 모리

모토는 시신을 내린 후 시신의 팔과 다리를 들고 나선계
단을 올랐다.

계단을 다 오른 곳에 조종사용 휴게실이 있었다. 비즈
니스석 수준의 좌석이 두 개 있고 뒤쪽에 침대가 두 개 있
다. 와토와 모리모토는 시신을 침대에 눕혔다.

"사망 추정 시각이 언제쯤인지 알아내셨나요?"

와토는 뒤따라온 다니야마 도모에에게 물었다.

"전 내과 전문의라 확실하진 않지만 대략 두세 시간 전
인 것 같아요."

두세 시간 전이라면 기내 소등 시간이었다. 승객들은 대
부분 잠들어 있었을 테니 목격 증언을 기대하기는 어려워
보였다.

"그리고 왼쪽 손목에 주사 자국이 있더군요. 어쩌면 그
곳에 독극물을 주사했을 수도 있겠네요."

와토는 시신의 왼쪽 손목을 확인했다. 분명 주사를 놓
은 듯한 자국이 있었다.

왼쪽 손목에 찬 전자시계도 눈에 들어왔다. 시간은 오
후 4시 30분. 날짜는 9월 18일, 즉 어제로 돼 있었다. 태평
양 표준시(미국 서부 시간)에 맞춘 것이다.

뒤이어 와토는 고인의 가방을 열었다. 여권이 나왔다.
이름은 Michael Okazaki, 나이는 45세, 국적은 미국. 일

본계 미국인인 듯했다. 출입국 기록을 보니 미국과 일본을 자주 오갔다.

"그렇다면 주사기가 좌석 옆에 떨어져 있을 수 있으니 찾아보겠습니다."

"저도 같이 갈게요."

둥근 얼굴의 승무원도 함께 나섰다.

두 사람은 고인의 좌석으로 돌아갔다. 다른 승객들이 호기심 어린 눈빛으로 두 사람을 봤다. 바닥으로 허리를 숙이자 카펫 위에 떨어진 주사기가 눈에 들어왔다. 와토는 지문이 묻지 않게 손수건으로 주사기를 살짝 감싸 집어 들었다. 빈 주사기 안에 투명한 액체가 아주 조금 남아 있었다. 고인의 왼쪽 손목에 주사한 도구가 맞는 듯했다. 이 투명한 액체는 아마도 모종의 독극물일 터였다.

"주변 승객들에게 혹시 뭔가 보고 들은 게 없는지 확인하고 싶은데 부탁드려도 될까요?"

와토가 둥근 얼굴의 승무원에게 묻자 승무원은 긴장한 얼굴로 고개를 끄덕였다.

고인이 사망한 시간대는 기내 조명이 꺼져 있던 시간대다. 또 그가 앉아 있었던 곳은 오른쪽 창가 자리다. 왼쪽 두 자리는 공석, 통로를 사이에 두고 가운데 네 자리도 비어 있었으니 목격 증언은 거의 기대할 수 없어 보였다. 심지어 고인 바로 앞에 앉아 있던 와토도 잠들어 있느라 아무것도 눈치채지 못했다.

예상대로 승객들에게서 수확은 없었다. 그들은 소등 시간이라 모두 잠들어 있었다고 말했다.

2

와토는 둥근 얼굴의 승무원과 함께 조종사용 휴게실로 돌아갔다. 의사인 다니야마 도모에는 아직 자리로 돌아가지 않고 시신을 지키고 있었다. 로스앤젤레스에 도착하기 전까지 함께 있을 생각인 듯했다.

이코노미석을 담당하는 승무원들을 불러 물어봤지만 수상한 광경을 목격하지는 않았다고 했다. 이코노미석은 워낙 자리가 많아서 모든 좌석을 스물네 시간 지켜볼 수도 없었을 것이다.

"우선 확실히 해야 하는 건 이분이 스스로 목숨을 끊으셨는지, 아니면 누군가의 손에 살해됐는지입니다만……."

와토가 운을 뗐다.

"전 자살이라고 생각해요."

승무원이 말했다.

"왜죠?"

"타살이라면 범인은 독극물이 든 주사기를 미리 준비했을 테니 계획적인 범행이라는 뜻이에요. 하지만 기내에서 범행을 저지른다면 범인이 기내에 있는 사람으로 한정될 뿐만 아니라 공항에 도착한 뒤 현지 경찰이 여권 등을 조사하면 금세 신원이 밝혀지게 돼 있어요. 정말 계획적인 범행이라면 사전에 준비할 시간이 충분했을 텐데 굳이 그런 위험을 무릅쓸까요? 다른 곳에서 범행을 저지르는 게 훨씬 안전할 텐데요. 범인은 그렇게 자기 목을 조를 행동은 하지 않을 거예요. 그러니 자살이 확실해요."

"그럼 왜 하필 비행기 안에서 스스로 목숨을 끊었을까요?"

"고도 1만 미터 안팎을 비행하는 비행기 내부는 우주 비행사처럼 특수한 직업을 가진 사람을 제외하면 평범한 사람이 도달할 수 있는 하늘과 가장 가까운 곳이에요. 이분은 하늘과 가장 가까운 곳에서 죽음을 맞이하고 싶었던 것 아닐까요? 기내 소등 시간이 되어 다른 승객들이 잠들자 스스로 자기 팔에 독극물을 주사하고 주사기를 바닥에 떨어뜨렸겠죠."

그러자 다니야마 도모에가 코웃음을 쳤다.

"아주 낭만적인 발상이네요. 유감이지만 전 자살이라고

생각하지 않아요."

그녀의 말을 듣고 승무원이 놀란 듯 눈을 깜빡였다.

"이분의 손목시계를 보면 현재 오후 5시 5분을 가리키고 있고 날짜는 9월 18일, 즉 어제로 돼 있어요. 미국 서부시간에 맞춘 거예요. 기내에서 스스로 목숨을 끊을 생각이었다면 그런 행동을 할 리 없지 않나요? 이분은 로스앤젤레스까지 무사히 살아서 도착할 계획이었던 거예요.

게다가 비행기 안이 하늘과 가장 가깝다는 낭만적인 이유로 스스로 목숨을 끊으려 했다면, 마지막 자리는 일등석이나 적어도 비즈니스석으로 예약하지 않았을까요? 이분이 정말 스스로 목숨을 끊었다면 독극물이 든 주사기를 직접 기내에 반입했다는 말이 돼요. 그렇게까지 비행기 안에서 목숨을 끊는 일에 집착했다면 마지막 자리에도 집착했을 게 분명해요. 그런데도 그 좁은 이코노미석을 골랐다고요? 아무리 비행기 안이 하늘과 가깝다고 해도 이코노미석에서는 느낌이 영 살지 않아요. 그런 점들만 놓고봐도 자살설은 납득하기 어려워요."

굳이 이코노미석을 깎아내릴 필요가 있을까. 이코노미석에 자리 잡은 와토는 왠지 겸연쩍었다.

승무원이 반론을 제시했다.

"그럼 범인은 왜 하필 용의자가 한정되는 이 비행기 안에서 살인을 저질렀을까요?"

그러자 다니야마 도모에는 여유롭게 미소 지었다.

"비행기 안에서 범행을 저지르면 그런 단점이 있을 수 있겠죠. 하지만 반대로 장점도 있어요."

"어떤 장점 말인가요?"

"소등 시간이 되어 승객들이 대부분 잠들면 범인은 잠들어서 무방비해진 피해자에게 쉽게 접근할 수 있죠. 평상시라면 어지간히 친한 사이가 아닌 이상 잠든 사람 곁에 다가가기 어렵지만, 기내에서 사람들은 생면부지의 타인 앞에서도 아무렇지 않게 잠든 모습을 보여요. 그러니 범행을 저지르기에 아주 좋은 환경이라 할 수 있죠. 범인은 용의자가 한정된다는 단점과 무방비한 피해자에게 다가가기 쉽다는 장점을 저울질한 뒤, 장점이 단점을 넘어선다고 판단한 거예요."

와토는 속으로 맞장구를 쳤다. 의사라 그런지 역시 똑똑해 보였다.

둥근 얼굴의 승무원도 다니야마 도모에의 의견에 수긍한 듯했다.

"……그렇다면 오카자키 씨는 잠들어 있을 때 누군가에게 독극물 주사를 맞아 살해됐다는 말이네요. 그러고 보면 오카자키 씨의 왼쪽 두 자리와 통로를 사이에 둔 가운데 네 자리가 비어 있었는데, 그건 우연일까요? 혹시 다른 사람들이 범행을 목격하지 못하도록 범인이 이 여섯 자리도 미리 예약해 아무도 못 앉게 한 건 아닐까요?"

그러자 다니야마 도모에도 "그럴 수도 있겠네요." 하고 고개를 끄덕였다.

"하지만 아무리 이코노미석이어도 여섯 자리나 예약하려면 돈이 많이 들어요. 범인은 왜 그렇게까지 해서 비행기 안에서 범행을 벌였을까요? 무방비한 피해자에게 쉽게 다가갈 수 있다는 장점 외에도 다른 장점이 더 있는 것 같긴 한데 그게 뭔지 도통 모르겠어요."

와토는 승무원과 의사의 대화를 옆에서 들으며 아무래도 왓슨력이 영향을 미치고 있는 것 같다고 느꼈다. 비행기 안에서 살해된 남자의 수수께끼 같은 죽음을 목격하고 무의식중에 와토에게서 왓슨력이 발동되기 시작한 것이다.

3

"다니야마 선생님은 범인에 대해 뭔가 짚이시는 게 있습니까?"

와토는 의사에게 과감히 물었다.

"솔직히 말씀드리면 전 범인이 승무원 중에 있다고 생각해요."

"……승무원요?"

"네."

"왜죠?"

"조금 전 범인은 왜 용의자가 한정되는 비행기 안에서 범행을 저질렀느냐는 의문에 대한 해답으로 무방비한 상태의 피해자에게 쉽게 다가갈 수 있다는 장점을 꼽았잖아요. 범인이 기내에서 범행을 저지른 이유는 그게 맞겠지만 전 그뿐만 아니라 다른 이유도 있다고 생각합니다."

"다른 이유요?"

"오카자키 씨는 일본계 미국인이죠. 여권 출입국 기록을 보면 미국과 일본을 자주 오간 걸로 보여요. 아마 무역 같은 일을 하셨겠죠.

자, 그럼 범인이 오카자키 씨처럼 평소 미국과 일본을 자주 오가는 사람이라면 어떨까요? 오카자키 씨가 일본에 와 있을 때는 범인이 미국에 있고, 오카자키 씨가 미국에 돌아갔을 때에는 범인이 일본에 있는 등 서로 엇갈리는 경우가 생길 수 있겠죠? 그런 상황에서는 범인이 아무리 용을 써도 오카자키 씨를 죽일 수 없어요.

그러다 어느 날 일본에 온 오카자키 씨가 갑자기 어떤

병에 걸려 며칠 동안 병원 신세를 지게 됐다고 가정해보죠. 그 덕에 항상 엇갈리던 범인과 오카자키 씨의 동선이 겹치게 됐어요. 이번 기회를 놓치면 동선이 또다시 엇갈릴 테고, 언제 다시 겹칠지는 알 수 없어요. 범인은 그렇게 생각해 기내에서 범행을 저지른 거예요.

그리고 미국과 일본을 자주 오가는 사람이라면 가장 먼저 떠오르는 직종이 미국과 일본을 연결하는 국제선 승무원 아닌가요?"

다니야마 도모에는 승무원을 쳐다봤다.

"승무원이라면 승객들을 확인하려고 자주 기내를 돌아다니니, 피해자 옆에 깨어 있는 승객이 있는지 확인하며 범행을 저지르기에 가장 좋은 기회를 살필 수 있겠죠. 또 독극물을 주사할 때도 피해자가 덮은 담요의 위치를 바로잡는 척하면서 자연스럽게 주사할 수 있으니 들키기가 쉽지 않고요. 게다가 승객에 비해 주사기를 기내에 반입하기도 쉽죠. 기내는 승무원이 범행을 저지르기에 안성맞춤인 장소라는 뜻이에요."

"그런데 수상한 걸로 치면 의사 선생님도 수상하지 않나요?"

둥근 얼굴의 승무원이 다니야마 도모에를 째려보며 말했다.

"응? 내가 왜요?"

"기내에서 몸 상태가 좋지 않은 사람이 나오면 기내 방송으로 닥터 콜을 해서 승객 중에 의사가 있는지 찾아요. 이번처럼 승객분이 아예 사망했을 경우에는 왜 사망했는지를 의사 선생님이 대략 확인해주시죠. 하지만 만약 그 의사 선생님이 범인이라면 사망한 사람을 조사할 때 어떤 공작을 벌일 수도 있지 않을까요? 승객분들 중에 의사가 더 있을 수는 있지만, 닥터 콜이 나와도 대부분 엮이기가 귀찮아 나서지 않잖아요. 그러니 닥터 콜이 나왔을 때 곧장 손을 들면 사망할 사람을 확인하는 임무를 거의 100퍼센트 부여받을 수 있어요. 평범한 범행 현장에서는 의사라고 나서서 시신에 손을 대면 곧장 의심받겠지만, 비행기 안에서는 의심은커녕 오히려 환영을 받죠. 자신이 죽인 피해자를 직접 확인하는 건 범인에게 엄청난 메리트예요. 기내에서 범행을 저지른 이유도 바로 그 때문 아닐까요?"

그러자 다니야마 도모에는 한숨을 푹 내쉬었다.

"선량한 의도로 닥터 콜에 응한 사람을 그런 이유로 범인 취급하다니, 해도 너무하네요. 그리고 내 손으로 살해한 피해자를 확인해서 좋을 게 대체 뭐가 있죠?"

"우선 사인이나 사망 추정 시각을 날조할 수 있겠죠."

"그런 짓을 해봐야 로스앤젤레스에 도착해 정식 검시가 이뤄지면 그 즉시 들통나니 소용없어요. 그러니 굳이 기내에서 범행을 저지를 이유가 없죠."

"보통 때라면 그럴 수도 있겠죠. 하지만 로스앤젤레스에서 검시를 담당할 부검의가 공범이라면 어떨까요?"

"……부검의가 공범?"

생각지도 못한 가설을 듣고 와토도 어안이 벙벙했다. 다니야마 도모에 역시 놀란 듯 승무원을 빤히 바라봤다.

"네. 로스앤젤레스에 있는 부검의가 공범이라면 기내 실행범인 의사 선생님이 피해자의 사인과 사망 추정 시각을 날조해도 들킬 염려가 없겠죠."

"로스앤젤레스에 있는 부검의가 공범이면 무서울 게 뭐 있겠어요? 범인인 의사가 애초에 앞에 나서서 거짓말을 할 필요조차 없을 텐데요."

"아뇨. 혹시라도 기내에 의사가 더 있을 경우, 그 의사의 견해와 로스앤젤레스에서 이뤄진 부검 결과가 판이하면 부검 결과를 의심받을 수도 있으니까요. 그래서 기내 실행범인 의사가 닥터 콜에 재빨리 응해 시신을 확인하며 다른 의사가 개입하지 못하게 한 거예요."

다니야마 도모에는 실소를 터뜨렸다.

"기내에 있을 다른 의사를 신경 썼다면 처음부터 기내

에서 범행을 저지르지 않겠죠. 로스앤젤레스의 어딘가에서 범행을 저지르면 시신도 곧장 부검의에게 넘겨질 테니, 다른 의사가 개입해 사인이나 사망 추정 시각을 날조한 걸 들킬 우려도 없어요. 지금 본인이 제시하는 가설이 얼마나 엉망진창인지 알고 있나요? 로스앤젤레스의 부검의가 공범이라는 가설을 꺼내든 시점부터 논의 자체가 무의미해진 거예요."

그러자 승무원은 분한 것처럼 입술을 꾹 다물었다.

"……그렇군요. 그 말씀이 맞네요."

4

"저, 죄송합니다만 저도 한 말씀 드려도 될까요?"

그때 스카이 마셜인 모리모토 순사부장이 조심스럽게 입을 열었다. 왓슨력이 그에게도 영향을 미친 듯하다. 와토는 "그러시죠." 하고 대답했다.

"현재 범인은 왜 용의자가 한정되는 기내에서 범행을 저질렀는가가 핵심 논점이죠? 저도 한번 생각해봤는데, 기내에서 범행을 저지르는 경우 장점이 하나 더 있습니다. 정확히 말하면 일본에서 미국으로 향하는 기내에서 범행을 저지르는 경우라고 해야겠지만요."

"그게 무슨 뜻인가요?"

"일본에서 미국에 갈 때는 날짜변경선을 넘어가니 날짜가 하루 지나게 됩니다. 즉 날짜변경선을 넘어간 후에 피해자를 죽이면 피해자는 어제 자로 죽은 게 됩니다. 범인은 그런 방법을 통해 피해자를 어제 날짜로 죽이고 싶었던 것 아닐까요?"

"어제 날짜로 죽이고 싶었다고요? 왜요?"

다니야마 도모에가 물었다.

"엉뚱하다고 생각하실 수도 있지만, 범인이 실은 점쟁이고 피해자가 9월 18일에 죽을 거라 예언했다고 해봅시다. 하지만 그 예언은 빗나가 다음 날이 되고 말았죠. 그러자 점쟁이는 급히 피해자를 미국행 비행기에 태워 날짜변경선을 넘어간 후에 살해하기로 합니다. 그럼 피해자는 9월 18일에 죽은 게 되니까요. 기내 승객 중에 점쟁이가 있는지 찾아보는 건 어떨까요?"

그러자 다니야마 도모에가 한숨을 푹 내쉬었다.

"모리모토 씨가 수사 1과 형사님이 아니어서 다행이네요. 그런 허점투성이 가설이 어디 있어요. 예언이 빗나가 다음 날이 됐다는 건 범인이 범행을 결심한 시점이 9월 19일 이후라는 뜻이잖아요. 하지만 이 비행기는 9월 19일 오전

0시 5분 출발 비행기예요. 범행을 결심한 시점에 이미 탑승까지 끝났다고요."

"역시 무리일까요……."

모리모토가 어깨를 축 늘어뜨렸다. 왓슨력의 영향을 받아 추리력이 향상됐어도 추리의 완성도까지 높아진다는 보장은 없다.

"저, 죄송해요. 가설이 하나 더 떠올랐는데 말씀드려도 될까요?"

둥근 얼굴의 승무원이 다시 입을 열었다.

"조금 전 저는 기내에서 사망자가 나오면 닥터 콜을 한다는 걸 기반으로 추리했는데, 곰곰이 생각하면 그럴 때 꼭 의사 선생님만 부르는 건 아니에요. 스카이 마셜도 함께 부르죠."

"그 말씀은…… 이번에는 제가 범인이라고 하시려는 겁니까?"

모리모토가 불안해하는 얼굴로 말했다.

"전 스카이 마셜이니 의사 선생님과 달리 시신에 손을 대지도 않았습니다만."

"아뇨. 모리모토 형사님이 범인이라는 게 아니에요. 범인은 살인을 저질러서 기내에 있는 스카이 마셜이 누군지 알아내고 싶었던 거예요."

"……스카이 마셜이 누군지 알아내고 싶었다?"

"범인은 기내에서 인질극을 벌여 이 비행기를 납치할 계획을 세웠어요. 하지만 인질을 붙잡아도 스카이 마셜에게 제압당할 수 있죠. 그런 상황이 일어나지 않게 하려면 누가 스카이 마셜인지 파악해둬야 해요. 그런데 스카이 마셜은 사복 차림이라 다른 승객과 구분하기 어려워요. 범인은 그래서 오카자키 씨를 살해한 거예요. 누군가 죽으면 스카이 마셜이 호출되니, 누가 스카이 마셜인지 알 수 있으니까요. 스카이 마셜이 누군지 알아내서 하이재킹을 수월하게 하려고 살인을 저지른 거죠. 범인은 그런 과정을 통해 모리모토 씨가 스카이 마셜인 걸 깨달았어요. 또 현재 스카이 마셜이 객석을 벗어나 있다는 사실도 알고 있겠죠. 지금 당장 하이재킹이 일어나도 이상하지 않은 상황이라는 말이에요."

"예? 그거 큰일이군요! 얼른 좌석으로 돌아가야……."

모리모토 순사부장이 부랴부랴 휴게실에서 나가려고 했다.

다니야마 도모에가 또다시 한숨을 내쉬었다.

"잠깐만요. 그런 말도 안 되는 이야기가 어디 있어요. 사람을 죽이면 승무원은 물론 승객들도 경계하기 마련이에요. 그런 와중에 조금이라도 수상한 행동을 하면 곧장 눈에 띌 거라고요. 정말로 하이재킹을 벌일 거라면 오히려 그전까지는 최대한 조용히 있는 게 상책 아닌가요?"

와토는 속으로 그 말에 동의했다. 그러나 모리모토는 걱정돼 못 견디겠는지 "역시 저는 자리로 돌아가겠습니다." 하고 종종걸음으로 휴게실에서 나갔다.

"이런, 이런. 정말 가 버릴 줄이야."

다니야마 도모에가 어이없다는 듯 말했다.

"다니야마 선생님은 혹시 다른 좋은 생각 없으신가요?"

와토가 물었다.

"조금 전부터 쏟아지고 있는 이상한 추리도 괜찮다면 하나 있기는 해요."

"어떤 건가요?"

"결론부터 말하자면 지금 이 비행기의 기장님이 바로 범인이에요."

다니야마 도모에는 벽 너머 조종석을 향해 턱을 치켜들었다.

"······기장님이 범인? 그건 너무 나간 거 아닐까요? 일단 기장님은 지금껏 조종석에서 한 발짝도 나오지 않으셨잖아요. 만약 나오셨다고 해도 부기장이 기억할 테니 나중에 뻔히 의심을 살 텐데요."

"그러니까 조종석에서 나오지 않고 피해자를 죽인 거

죠."

"어떻게 말입니까?"

"저희는 지금까지 범인이 피해자에게 독극물을 주사했다고 생각했어요. 하지만 꼭 그렇다고 단정할 수 있을까요? 이 승무원분이 제일 처음 주장한 자살설처럼 피해자 스스로 독극물을 주사했을 수도 있어요."

"선생님은 자살설에 동의하지 않은 것으로 기억합니다만."

"물론 지금도 동의하지는 않아요. 제가 하고 싶은 말은 범인이 피해자를 속여서 스스로 독극물을 주사하도록 만든 건 아닐까 하는 거예요."

"……스스로 독극물을 주사하도록 만든다? 어떻게 말입니까?"

"범인은 아마 피해자에게 가짜 하이재킹 계획을 들려줬을 거예요. 기내에 유독 가스를 살포해 승객들을 혼수상태에 빠뜨리거나 사망하게 하고 비행기를 불시착시킨다. 그런 다음 승객들에게서 보석, 귀금속, 현금, 여행자수표, 신용카드 등을 빼앗는다. 신용카드는 비행기 실종 사실이 알려지고 승객 사망설이 나오기 전에 현금지급기를 통해 돈을 인출한다. 하지만 기내에 있는 공범까지 혼수상태에 빠지거나 죽어서는 안 되니 유독 가스 살포 전에 공범은 미리 해독제를 주사해둬야 한다……

황당무계한 계획이지만 기장님이 입에 담았다면 이야기가 달라지죠. 기장님이라면 정말로 비행기를 불시착시킬 수 있으니까요. 기장님은 피해자에게 그런 가짜 계획을 제시해 기내에서 그가 스스로 주사를 놓도록 했어요. 하지만 그건 해독제가 아니라 독극물이었죠. 피해자는 그렇게 사망하게 됐어요. 또 범인이 기내를 범행 현장으로 택한 건 피해자가 스스로 독약을 주사하게 하려면 비행기에 탑승해 있는 상황이 필요했기 때문이에요."

기내에서 범행을 저질러야 하는 이유가 이토록 다양하게 나올 줄이야. 와토는 내심 감탄했다.

"흥미로운 가설이지만 아무리 기장님이 말씀하셨다 해도 그 가짜 하이재킹 계획은 너무 황당무계하지 않을까요? 아무도 믿지 않을 것 같은데."

다니야마 도모에가 어깨를 으쓱했다.

"뭐, 이런 황당무계한 추리라면 얼마든지 떠올릴 수 있다는 예시예요. 실제로 이런 일이 벌어졌다고 진심으로 믿는 건 아니고요."

5

그때 승무원이 들고 있는 무전기가 지직거리기 시작했다. 승무원은 무전으로 몇 마디를 주고받더니 불현듯 "앗!" 하고 소리쳤다.

"무슨 일입니까?"

와토가 묻자 승무원이 넋이 나간 얼굴로 대답했다.

"아, 죄송해요. 기장님께서 갑자기 범인이 누군지 알아냈다며 추리해보겠다고 하셔서……."

와토는 말문이 막혔다. 왓슨력은 지금 이곳 조종사용 휴게실과 조종석 사이 벽을 넘어 기장에게까지 전해지고 있는 듯하다.

"그간의 경위를 기장님도 전부 알고 계시나요?"

"네. 이 비행기의 최고 책임자시니 지금까지 일어난 일들을 순차적으로 전달해드렸어요."

"그렇군요. 하지만 조종에 전념하시는 편이 나을 것 같은데……."

"지금은 자동조종으로 비행하는 구간이고, 옆에는 우수한 부기장도 있으니 괜찮다고 하시더라고요."

조금도 괜찮지 않다.

"설마 조종석을 떠나 여기로 오시겠다는 겁니까?"

"아뇨. 무전기를 통해 이야기하겠다고 하셨어요."

"그렇군요……."

"그럼 기장님의 추리를 들려드리겠습니다."

승무원이 무전기를 위로 치켜들었다. 흡사 TV 드라마 〈미토코몬〉*에서 인롱**을 치켜든 가쿠 씨(미토코몬의 가신) 같다. 다니야마 도모에는 어안이 벙벙한 얼굴로 그 모습을 쳐다봤다.

"와토 형사님, 다니야마 선생님. 안녕하십니까. 오늘 이 비행기에 탑승해주셔서 진심으로 감사드립니다. 전 기장인 가가와라고 합니다."

와토는 "안녕하세요." 하고 무심코 고개를 꾸벅 숙였다.

"범인은 왜 용의자가 한정되는 이 비행기 안에서 범행을 저질렀느냐. 그게 이번 사건의 가장 큰 핵심인 건 분명합니다.

자, 그럼 결론부터 말씀드리겠습니다. 범인은 비행기 안에서 뭔가를 훔쳐 그걸 오카자키 님의 몸 안에 숨겼습니다. 로스앤젤레스에 있는 검시관이 공범이고 그가 시신을 부검할 때 훔친 물건을 다시 꺼내려 했겠죠. 오카자키 님

● 도쿠가와 막부의 번주인 미토 미쓰쿠니를 주인공으로 한 시대극 드라마.
●● 막부의 문장이 새겨진 약초 보관함.

을 기내에서 살해한 건 시신을 기내에서 훔친 물건을 숨겨 뒀다가 비행기 밖으로 몰래 반출하는 수단으로 활용하기 위해서입니다. 미국에 입국할 때 세관에서는 승객들은 엄격히 조사하지만 시신은 조사하지 않아요. 그래서 범인은 시신을 물건 운반 수단으로 삼은 겁니다.

자, 그럼 여기서 의사 선생님 범인설이 다시 부활합니다. 시신에 뭔가를 숨긴다고 해도 기내에서 의사가 시신을 확인하면 들통날 우려가 있죠. 그래서 범인인 의사 자신이 직접 시신을 확인하는 역할을 맡아 그 가능성을 없앤 겁니다."

그때 갑자기 다른 승무원이 휴게실 문을 두드리더니 고개를 들이밀었다.

"죄송합니다. 기내에서 또 다른 사건이 일어난 듯해 와토 형사님께서 확인해주셨으면 합니다만······."

"또 다른 사건이요?"

"네. 비즈니스석에 있던 승객분이 시가 10억 엔 상당의 보석을 잃어버렸다고 하셔서요. 잠들어 있다가 조금 전 눈을 뜨셨는데 가방이 찢겨 있고, 안에 있던 보석이 사라졌다고······."

그때였다. 다니야마 도모에가 오카자키의 시신 쪽으로 급히 다가갔다. 하지만 그녀는 도착하기 전에 비명을 지르며 넘어지고 말았다. 승무원이 순간적으로 다니야마 도모에의 다리를 건 것이다. 그 틈을 타 와토는 시신 앞으로 달려가 시신의 입안을 들여다봤다. 목구멍 깊숙한 곳에 들어 있는 하얀 비닐봉지가 보였다.

"……목구멍 안쪽에 뭔가를 숨겨뒀군요."

그러자 다니야마 도모에는 마침내 모든 것을 체념한 듯 고개를 툭 떨구었다.

결국 다니야마 도모에가 실행범, 로스앤젤레스의 부검의가 공범이라는 승무원의 가설이 정답이었던 셈이다. 하지만 승무원은 범인이 기내에서 범행을 저지른 이유가 다른 의사의 개입을 막고 직접 시신을 확인해 사인과 사망 추정 시각을 날조하기 위해서라고 하는 바람에 가설을 반박당하고 말았다.

무전기에서 기장의 목소리가 흘러나왔다.

"다니야마 선생님은 비즈니스석 승객이 시가 10억 엔 상당의 보석을 들고 이 비행기에 탑승할 거라는 소식을 접한 후 공범과 계획을 세워 비행기에 타셨을 겁니다. 그리고 보석을 훔친 뒤 기내 소등 시간에 오카자키 님을 살해하고 그의 입안에 보석을 숨겼죠. 발견하기 어렵게 하려면 목구멍 안쪽까지 보석을 밀어 넣어야 하지만, 손가락을 입안 깊숙이 집어넣다가 다른 사람에게 들키면 모든 계획이 물거품이 됩니다. 그래서 우선 입안에 숨겨두기만 하고, 목구멍 안쪽까지 밀어 넣는 건 오카자키 님이 시신으로 발견된 후 닥터 콜이 들어와 시신을 직접 확인할 때까지 미뤄두기로 했습니다. 그리고 시신 확인을 하는 것처럼 하며 입안에 손가락을 집어넣어 보석을 목구멍 깊숙한 곳까지 쑤셔 넣은 겁니다."

와토는 오카자키의 입을 벌려 안을 들여다보고 손가락을 집어넣어 입안을 살피던 다니야마 도모에의 모습을 떠올렸다. 그때는 열의 넘치는 모습에 감동했지만, 그 행위는 음식물 따위가 기도를 막고 있는지 확인하는 게 아니라 오카자키의 입안에 숨긴 보석을 목구멍 깊숙이 밀어 넣는 동작이었다. 와토의 눈앞에서 범행의 최종 작업이 이뤄진 것이다.

"훔친 보석을 숨기는 게 목적이었으니 피해자는 누가 되든 상관없었을 겁니다. 오카자키 님이 피해자로 선택된 건 그가 창가 자리에 있었고 같은 열의 다른 자리에 승객들이 없었기 때문이겠죠. 범행을 저지르기에 가장 적합한 승객이었던 겁니다."

그런 거였나. 둥근 얼굴의 승무원은 오카자키의 왼쪽 두 자리와 통로를 사이에 두고 가운데 네 자리까지 모두 빈 것을 보고 범인이 좌석을 점거해 다른 사람이 범행을 보지 못하도록 한 게 아니냐고 추리했지만, 반대로 그저 옆자리가 빈자리였기 때문에 오카자키가 피해자로 선택된 거였다.

와토는 문득 오싹했다. 자신도 창가 자리에 앉았고 왼쪽 두 자리와 통로를 사이에 두고 가운데 네 자리가 모두 빈자리였다. 즉 오카자키와 같은 조건이었으니 어쩌면 오카자키 대신 자신이 살해됐을 수도 있었다. 와토는 다니야마 도모에가 자신을 선택하지 않은 것에 대해 위대한 존 허버트 왓슨 의사에게 감사했다.

무전기에서 기장의 목소리가 흘러나왔다.

"지금까지 제 이야기를 들어주셔서 감사합니다. 본 여객기는 잠시 후 로스앤젤레스 국제공항에 착륙을 시작합니다. 현재 로스앤젤레스의 시간은 17시 35분, 기온은 24도, 날씨는 쾌청하고……."

6화 - 탐정 대본

I

　역에서 나와 집으로 향하던 와토 소지가 언덕 외곽에 있는 낡은 단독주택 앞을 지날 때였다.

　한밤의 어둠 속에서 집 창문이 기이한 붉은 빛을 내뿜고 있었다. 뭔가 이상하다 싶어 다가가자 안에서 불길이 일렁이는 게 보였다. 화재다. 다다미 위에는 심지어 쓰러져 있는 사람도 보였다.

　와토는 휴대폰을 꺼내 119에 신고했다. 이대로 소방차가 도착할 때까지 잠자코 기다릴까 생각했지만 경찰관의 직무 의식이 그런 마음을 앞섰다. 지금이라면 집 안에 있는 사람을 구할 수 있을지도 모른다.

　현관으로 돌진해 문을 열자 집 안에 뿌옇게 연기가 들어차 있었다. 복도가 안쪽으로 이어졌고, 불길이 치솟는 방은 복도 오른편에 있는 듯했다. 문틈에서 연기가 새어 나오고 있다. 와토가 있는 힘껏 방문을 연 순간, 엄청난 열기가 단숨에 온몸을 덮쳤다.

3평 남짓한 방에서 이불이 활활 불타고 있었다. 바로 옆에 화재의 원인으로 보이는 전기난로가 있었다. 이불과 옷가지처럼 잘 타는 물건이 전기난로에 맞닿아 있다가 불이 나는 사례가 난로 화재 사고 중 가장 많다고 들었다.

이불 옆에 남자가 쓰러져 있다. 이불에 불이 옮겨 붙자 도망치려 했지만 도중에 연기를 너무 많이 마셔서 의식을 잃은 것으로 보였다.

와토는 복도에서 숨을 크게 들이마신 뒤 방 안으로 뛰어들었다. 축 늘어진 남자의 양 겨드랑이를 붙잡고 복도로 질질 끌고 나왔다. 불길이 더 번지지 않도록 방문을 닫았다. 참고 있던 숨을 내쉬었을 때 연기를 들이마시는 바람에 콜록콜록 기침을 했다.

간신히 기침이 잦아들자 다시 남자의 양 겨드랑이를 붙잡고 복도에서 현관으로 끌고 갔다. 현관 밖까지 남자를 옮긴 뒤에는 와토도 힘을 전부 소진해 그 자리에 주저앉고 말았다.

그때 남자가 손에 쥐고 있는 뭔가가 보였다. A4 용지 다발이다. 와토는 종이를 집어 들었다. 불똥이 튀어 여기저기가 검게 그을려 있다. 첫 장 첫 번째 줄에는 검은 만년필로 쓴 '외딴섬 살인 사건', 두 번째 줄에는 '가스가 소스케'라는 글씨가 적혀 있다. 세 번째 줄에는 등장인물표가 있고 그다음 장부터 대사가 있었다. 드라마나 연극 대본일까.

그때 멀리서 사이렌 소리가 들리더니 이윽고 소방차와 구급차가 와토의 눈앞에 멈춰 섰다. 와토가 상황을 설명하자 소방대원들이 서둘러 화재 진압에 나섰고, 구급대원들은 의식 없는 남자를 들것에 싣고 구급차로 옮겼다.

그들의 모습을 멍하니 바라보던 와토는 자신이 종이 다발을 그대로 들고 있다는 사실을 깨달았다. 남자가 손에 꼭 쥐고 있었던 걸 보면 중요한 문서일지도 모른다. 의식을 회복했을 때 종이가 사라진 걸 알아채고 당황하지는 않을까. 그렇게 생각한 와토는 충동적으로 "저도 함께 가겠습니다." 하고 구급대원에게 부탁했다. 구급대원은 잠시 망설였지만 와토가 경찰이라고 하자 마지못한 듯 동행을 허락했다.

✛ ✛ ✛

병원에 도착한 후 남자는 급히 중환자실로 옮겨졌다. 와토는 종이 다발을 그대로 들고 인기척 없는 병원 로비의 의자에 앉아 속으로 '난 지금 대체 뭘 하는 걸까' 하고 생각했다.

남자의 가족에게 연락하는 게 좋을 것 같았다. 인쇄용지 첫 장에 적힌 '가스가 소스케'가 남자의 이름인 듯했다. 스마트폰으로 그 이름을 검색하자 '바람 무대'라는 어느 극단 사이트가 검색됐다. 남자는 그곳의 전속 각본가였다. 그렇다면 손에 든 종이 다발은 얼마 전 완성한 신작 같은 걸까. 와토는 사이트에 적힌 전화번호로 전화를 걸었다.

"……네. 오가와입니다."

남자가 낮은 목소리로 전화를 받았다.

와토가 화재 때문에 가스가 소스케가 병원에 실려 왔다고 하자 상대는 놀란 듯 되묻더니 곧장 동료들과 함께 병원으로 오겠다고 했다.

30분 정도 지나서 로비에 남녀 다섯 명이 달려왔다.

"조금 전에 전화 받았던 사람입니다. 극단장 오가와 후미오라고 합니다."

나이가 서른 좀 넘어 보이는 곰 같은 남자가 고개를 숙였다. 와토가 자세한 상황을 설명하자 극단원들은 입을 모아 와토에게 감사를 표하고 자기소개를 했다.

20대 후반의 호리호리하고 지적인 느낌의 남자가 이토 고이치.

서른 전후의 약간 기가 세 보이는 여자가 우에노 아키코.

마찬가지로 서른 전후로 몸집이 작고 왠지 궁상맞아 보이는 남자가 에모토 다이고.

20대 초반의 청순한 느낌의 여자가 아키야마 미호.

"가스가 씨는 이걸 손에 꼭 쥐고 있었습니다. 신작 대본일까요?"

와토가 종이 다발을 오가와에게 건넸다.

"맞습니다. 가스가는 이번에 추리극을 쓰겠다고 했죠. 아무래도 완성한 작품을 인쇄한 후 그대로 잠들어버린 것 같네요. 집에 불이 난 걸 깨닫고 황급히 대본을 다시 집어 들었지만 결국 의식을 잃어버린 걸까요."

오가와는 "잠시 실례하겠습니다." 하더니 대본을 읽기 시작했다. 하지만 잠시 후 "……응? 이야기가 중간에 끊겨 있네요. 뒷부분이 없어요."라고 말했다.

"어? 정말?"

우에노 아키코가 물었다.

"그래. 살인이 일어나고 뭔가 본격적으로 시작되려는 찰나에 끝나 버렸어."

"죄송합니다." 와토가 부랴부랴 입을 열었다. "가스가 씨 방에 나머지 대본이 떨어져 있을 수도 있겠네요. 제가 미처 못 보고……."

그러자 오가와는 손사래를 쳤다.

"아뇨. 신경 안 쓰셔도 됩니다. 가스가를 구해주신 것만으로도 감사한데요, 뭘."

옆에서 우에노 아키코가 "나도 읽어볼래."라고 해서 오가와는 그녀에게 종이 다발을 건넸다. 이후 극단원들은 돌아가면서 대본을 읽었다.

"괜찮으시다면 한번 읽어보시겠습니까?"

모든 이가 대본을 다 읽고 나서 오가와가 와토에게 대본을 내밀었다.

"괜찮을까요?"

"네."

와토는 대본을 받아 들었다.

제목은 「외딴섬 살인 사건」. 등장인물표에는 각 등장인물 이름 뒤에 연기자 이름이 괄호로 묶여 있다. 등장인물과 연기자 이름의 첫 글자가 같은 걸 보면 담당 연기자를 본떠서 등장인물을 만든 듯했다.

아키타 유카 (※아키야마 미호) 메이오대학. ■■■ 1년
이바 히로시 (※이토 고이치) 호지대학. ■■■ 2년
우에무라 가오루 (※우에노 아키코) 유라쿠대학. ■■■ 3년
에키마에 히데키 (※에모토 다이고) 도자이대학. ■■■ 4년
오가타 유 (※오가와 후미오) 난보쿠대학. ■■■ 5년

길게 늘어진 그을린 자국 때문에 대학 이름 뒤에 있는 학부명 같은 세 글자는 보이지 않았다. 와토는 페이지를 넘겨 첫 장을 읽기 시작했다.

2

제1장

아무런 소품도 놓여 있지 않은 텅 빈 무대. 배우는 나타나지 않고 목소리와 효과음만 들린다.

정체불명의 목소리 (음성변조기로 변조한 톤 높은 목소리. 성별 구분 불가) 고등학교 3학년 때였다. 여름방학에 부모님과 함께 홋카이도를 여행했다. 공항에서 렌터카를 빌려 아버지가 운전석, 어머니는 조수석, 나는 뒷좌석에 앉았다. 지평선 너머로 뻗은 2차선 도로 주변에는 온통 초원이 펼쳐져 있었다. 그 밖에는 아무것도 보이지 않고, 옆을 지나가는 차도 거의 없었다. 그대로 30분 정도 달렸을까. 앞에서 차 한 대가 다가왔다. 그 차는 우리 옆을 지나칠 무렵 갑자기 중앙선을 침범해 반대편 차선으로 넘어왔다. 아버지가 황급히 핸들을 왼쪽으로 꺾었지만, 너무 급하게 방향을 튼 나머지 차는 옆으로 나뒹굴고 말았다.

급브레이크와 비명, 유리가 깨지는 소리. 뒤이어 정적. 잠시 후 두 사람의 발소리가 들린다.

젊은 남자 목소리 이거 큰일이군⋯⋯.

나이 든 여자 목소리 (조심스럽게) 네가 떨어뜨린 휴대폰을 굳이 주우려고 해서 이렇게 됐잖니. 운전에 집중해야지. 아무튼 휴대폰으로 얼른 구급차를 부르자.

젊은 남자 목소리 안 돼, 엄마.

나이 든 여자 목소리 (놀라며) 안 된다고? 왜?

젊은 남자 목소리 119에 신고하면 신고자가 쓰는 휴대폰의 계약자 주소와 이름이 자동으로 소방 본부에 통보되게 돼 있어. 집 전화뿐만 아니라 휴대폰으로 걸어도 마찬가지야. 올해부터 새롭게 도입된 시스템이라고 신문에서 봤어.

나이 든 여자 목소리 그런데?

젊은 남자 목소리 내 휴대폰으로 신고하면 내 이름이 소방 본부에 통보돼. 그럼 곤란한 거 알잖아. 왜냐하면⋯⋯.

정체불명의 목소리 '왜냐하면' 뒤로 무슨 말이 더 이어졌던 것 같다. 그러나 도무지 기억나지 않는다. 그 후 의식을 잃었기 때문이다. 의식을 회복했을 때는 병원 침대에 누워 있었고, 아버지와 어머니가 세상을 떠났다는 이야기를 들었다. 안전벨트 미착용 경고가 없는 오래된 차라 두 분 모두 안전벨트를 하지 않았던 탓에 차 앞유리에 머리를 세게 부딪혔다고 한다. 사고를 신고한 사람은 얼마 뒤 옆을 지나가던 차의 운전자였다. 사고가 나게 만든 차의 두 사람은 결국 신고하지 않고 도망쳤다. 이들이 바로 신고했더라면 아버지와 어머니도 더 일찍 병원으로 옮겨져 목숨을 구했을 수도 있다. 그걸 떠나 애당초 그 젊은 남자가 운전을 제대로 했다면 사고가 일어나지도 않았을 것이다. 아버지와 어머니를 죽인 건 그 젊은 남자다. 그는 대체 누구일까. 그리고 그가 '왜냐하면' 뒤에 했던 말은 뭘까.

제2장

세토 내해에 있는 작은 섬. 남자 대학생 세 명, 여자 대학생 두 명이 배를 타고 섬에 상륙해 별장으로 들어간다.

에키마에 히데키 자, 어서 오세요.

우에무라 가오루 우와, 멋지다……. (주변을 두리번거리며) 여기가 거실이에요?

에키마에 그렇습니다.

아키타 유카 이런 곳에서 묵을 수 있다니 꿈만 같아.

에키마에 제가 있는 대학에는 추리소설 연구회가 없어서 비슷한 세대의 미스터리 마니아분들과 만나지 못하는 게 늘 아쉬웠어요. 그래서 간사이 지역에 있는 각 대학 추리소설 연구회에서 한 분씩을 이 별장에 초청한 겁니다. 여러분, 초대에 흔쾌히 응해주셔서 감사합니다.

이바 히로시 아뇨. 저희야말로 감사하죠. 평소에 이 별장은 누가 관리하시나요?

에키마에 평소에는 관리인이 합니다. 이번에는 여러분이 외딴섬의 분위기를 만끽하셨으면 해서 사흘 동안 다른 곳에 보냈어요. 식사는 미리 만들어 냉장고와 냉동실에 넣어뒀으니 데워서 드시면 됩니다.

오가타 유 배가 모레 오는 것 맞나요?

에키마에 네. 그럼 다시 한 번 자기소개를 할까요? 여기 있는 동안에는 모두 마음 편히 계셨으면 하니 학년은 언급하지 않기로 하죠. 전 에키마에 히데키입니다. 도자이 대학 법학부에 재학 중입니다.

오가타 전 오가타 유라고 합니다. 난보쿠대학 문학부에 다니고 있습니다.

이바 전 이바 히로시. 호지대학 상학부입니다.

우에무라 전 우에무라 가오루. 유라쿠대학 이학부예요.

아키타 아키타 유카라고 합니다. 메이오대학 경제학부에 다니고 있어요.

에키마에 자, 그럼 방을 안내해드리죠. 지금 저희가 있는 곳이 바로 거실입니다. 오른쪽에는 식당과 주방, 왼쪽에는 도서실과 연주실, 그리고 당주의 서재와 침실이 있습니다. 당주의 서재와 침실은 현재 제가 사용 중이에요. 2층은 모두 객실이니, 다섯 개의 객실 중 원하는 곳을 쓰시면 됩니다.

아키타 연주실은 뭔가요?

에키마에 다른 방을 신경 쓰지 않고 악기를 연주할 수 있게 방음 설비를 갖춘 곳입니다. 전 바이올린 연주가 취미라 여기 있는 동안에도 연습하려고 바이올린을 가져왔습니다. 연주실에서 연습할 테니 여러분께 방해되지는 않을 겁니다.

아키타 바이올린을 연주하신다고요? 멋져요!

에키마에 바이올린은 두뇌 개발에 효과적입니다. 전 바이올린 덕분에 집중력을 길러서 대학도 한 번에 붙었죠.

오가타 (짜증 섞어 작은 소리로) 흥, 부르주아 녀석이네. 난 장학 혜택을 받으려고 유급도 못 하고 있는데…….

에키마에 혹시 저한테 뭐라고 하셨나요?

오가타 (당황하며) 아뇨, 아무것도 아닙니다.

우에무라 그건 그렇고, 에키마에라는 성은 좀 희귀한 것 같아요. 지금까지 같은 성인 분을 만난 적 있나요?

에키마에 아뇨, 없습니다. 조사해보니 전국에서 저희 집안뿐인 듯하더군요. 아버지는 제가 중학생 때, 그리고 어머니는 올해 돌아가셨으니 이 성을 가진 사람은 이제 일본에 저뿐입니다.

우에무라 우와, 뭔가 책임이 막중해 보여요.

에키마에 워낙 희귀한 성이라 가끔 놀림 받을 때도 있지만, 전 이 성에 자부심을 가지고 있습니다. 앞으로도 절대 대가 끊이지 않게 할 거예요.

이바 (스마트폰을 꺼내 들며) 응? 여긴 통화권 이탈 지역인가요?

에키마에 네. 이 섬에서는 휴대폰 전파가 터지지 않습니다. 지금이 무려 2024년인데도 말이죠. 그러니 전화를 걸 일이 있으면 제 서재와 거실에 있는 유선전화기를 사용해주십시오.

(중략)

제3장

다음 날 아침. 식당에서 우에무라, 오가타, 이바 세 사람이
식탁 앞에 앉아 있다.

우에무라 어제 저녁 맛있었죠? 데우기만 했는데도 제가 만
든 것보다 훨씬 맛있던데요.

오가타 아침은 어떤 메뉴일지 기대되는걸.

아키타 (식당에 들어오며) 좋은 아침입니다. 응? 에키마에
씨는 아직 안 오셨어요?

이바 네, 아직입니다. 슬슬 깨우러 가는 게 좋을까요?

네 사람은 에키마에의 침실, 뒤이어 서재로 갔지만 그의 모
습은 보이지 않는다. 연주실에 들어가자 에키마에가 바닥
에 쓰러져 있다.

네 사람 모두 (일제히) 에키마에 씨!

네 사람이 에키마에 앞으로 달려간다. 옆에는 바이올린이

떨어져 있다.

아키타 어디 아프시기라도 한 걸까요……?

오가타 아니에요. 머리에 피가 흐르고 있어요!

이바 (바이올린을 가리키며) 아무래도 이걸로 머리를 얻어맞은 것 같은데.

오가타 그 말씀은…… 에키마에 씨가 바이올린을 연습하고 있을 때 범인이 여기 들어온 걸까요? 연습을 잠시 멈추고 바이올린을 내려놓자 범인이 바이올린을 들어 에키마에 씨의 머리를 내려쳤다……?

우에무라 어쨌든 경찰 신고가 먼저예요. (스마트폰을 꺼내다가 깜짝 놀란 것처럼) 아, 여긴 휴대폰이 안 터지죠!

아키타 그럼 유선전화기로 신고하죠. 에키마에 씨가 거실과 서재에 전화기가 있다고 했죠?

네 사람은 거실로 향한다. 하지만 도중에 우뚝 멈춰 선다.

우에무라 (망연자실한 얼굴로) 코드가 잘려 있어…….

오가타 대체 누가 이런 짓을?

이바 에키마에 씨를 죽인 범인이겠죠. 경찰이 도착할 시간을 최대한 늦추려고 그런 것 아닐까요?

아키타 그럼 서재 쪽도…….

네 사람이 서재로 향한다. 예상대로 그곳에 있는 유선전화기도 코드가 잘려 있다.

이바 (한숨을 내쉬고) 이런 상황에서는 배가 오는 내일까지 잠자코 기다릴 수밖에 없겠네요.

(중략)

제4장

이바 참, 그러고 보니 악기를 연습하는 분들은 연주의 완성도를 확인하려고 스마트폰으로 자신의 연주를 녹음해서 듣기도 한다고 들었어요. 어쩌면 에키마에 씨도 그랬을지 몰라요. 그렇다면 그 안에 범인과 나눈 대화가 녹음돼 있을 수도 있어요.

아키타 오, 일리가 있네요.

이바 한번 찾아보죠. (에키마에의 가슴 주머니에서 스마트폰을 꺼내며) 확인해볼까요?

우에무라 잠깐만요. 멋대로 만지지 말아줬으면 하는데요.

이바 씨가 범인이고 녹음된 음성을 몰래 지울 수도 있
잖아요.

이바 그럼 둘이 함께 확인해보죠.

우에무라 ……응? 녹음이 지금도 계속되고 있잖아. 범인이
와서 연습을 잠시 멈췄을 때 에키마에 씨가 깜빡하고
녹음 정지 버튼을 누르지 않은 것 같아요.

이바 녹음을 멈추고 재생해보죠.

바이올린을 연주하는 소리. 불현듯 바이올린 소리가 멈춘
다. 누군가가 들어오는 발소리.

에키마에 오, 어서 와요. 내 제안은 좀 고려해봤어요?

상대는 대답하지 않는다.

에키마에 나랑 그런 관계가 되기 싫어요? 성이 바뀌기는 하
겠지만 당신에게 딱히 손해가 될 제안은 아닌 것 같은데.

그때 누군가가 빠르게 움직이는 소리가 들리더니 에키마에
의 비명이 들린다. 뒤이어 쿵 하고 뭔가가 쓰러지는 소리, 범
인이 서둘러 방에서 나가는 소리가 들린다. 그 뒤로는 적막

이 이어진다.

우에무라 이럴 수가…….

이바 범행 순간을 정확히 포착했네요. 근데 범인이 한마디도 하지 않은 게 아쉽습니다.

아키타 에키마에 씨가 조금 전 이상한 말을 했죠? '나랑 그런 관계가 되기 싫어요?'라고.

오가타 에키마에 씨는 전에 범인에게 자신과 어떤 관계를 맺는 것을 제안했고 범인은 대답을 미뤘다……. 그래서 범인이 연주실에 들어왔을 때 대답을 요구한 걸까요?

아키타 '그런 관계'가 대체 어떤 관계일까요?

이바 '성이 바뀌기는 하겠지만'이라고 한 걸 보면 혼인 관계 아닐까요? 즉 에키마에 씨는 범인에게 청혼을 했다고 추측해볼 수 있겠네요.

3

거기서부터 뒷부분의 대본은 없었다. 와토는 종이 다발을 오가와에게 다시 돌려줬다.

"네 명의 미스터리 마니아 대학생을 외딴섬에 초대한 부자 대학생. 그날 밤 부자 대학생이 살해되고 외딴섬은 순식간에 클로즈드 서클의 무대가 된다……. 그야말로 정석같은 설정이네요."

아키야마 미호가 감탄했다.

"가스가는 추리극을 쓰는 건 처음이니까. 우선 정석적인 설정으로 써보려 했겠지."

오가와 후미오가 가스가의 입장을 대변했다.

"그런데 등장인물을 왜 간사이 지역 대학생으로 설정했을까요?"

"가스가가 간사이 지역 대학 출신이라서 아닐까? 이런설정은 간사이 쪽이 어울리기도 하고."

오가와가 대답했지만 와토는 무슨 뜻인지 잘 와 닿지않았다.

"아, 좋은 생각이 났어요."

우에노 아키코가 갑자기 눈을 반짝였다.

"기왕 이렇게 된 김에 다 함께 추리해서 범인을 맞혀보는 게 어때요? 가스가는 늘 자신만만하고 잘난 체를 했으니 의식을 되찾으면 범인의 이름을 들려주고 코를 납작하게 해주는 거예요."

"오, 그거 좋네요. 해보죠."

이토 고이치가 은테 안경을 손가락으로 올리고 고개를

끄덕였다. 두뇌 싸움에는 자신이 있어 보인다.

"저, 실은 범인 맞히는 데 선수예요. 추리소설을 읽으면 항상 초반에 범인을 맞혀요."

아키야마 미호가 승리 포즈를 취하며 말했다.

"가스가와 가장 오래 알고 지낸 내게 이런 건 식은 죽 먹기지."

오가와 후미오가 팔짱을 꼈다. 완력으로 수수께끼를 무너뜨릴 기세다.

"가스가가 의식을 회복하기 전까지 시간을 때울 수 있 겠군요."

에모토가 조심성 없이 말했다.

해결편이 없는 추리극을 접하게 되자 아무래도 와토의 왓슨력이 발동되기 시작한 듯했다.

우에노 아키코가 가장 먼저 포문을 열었다.

"제4장 마지막에서 이바 히로시가 이렇게 말했죠? "성이 바뀌기는 하겠지만'이라고 한 걸 보면 혼인 관계 아닐까 요? 즉 에키마에 씨는 범인에게 청혼을 했다고 추측해볼 수 있겠네요.'라고요. 에키마에 히데키가 청혼을 했다는 건 범인은 여자라는 뜻이죠. 즉, 범인은 우에무라 가오루 또는 아키타 유카라는 말이 돼요."

우에노 아키코는 왠지 기뻐 보였다. 추리극에서 스포트

라이트를 받는 건 주로 탐정과 범인 역할이기 때문이다. 아키야마 미호도 싱글벙글 웃고 있다. 반면 이토 고이치와 오가와 후미오는 불만스러워 보였다.

"문제는 우에무라 가오루와 아키타 유카 중 누가 범인이냐인데."

우에노 아키코가 그렇게 말한 뒤 아키야마 미호를 쓱 쳐다봤다. 두 여자 사이에서 보이지 않는 불꽃이 튀는 듯하다.

"둘 중에 누가 그를 죽였나……. 재밌네요. 제가 범인이라는 걸 증명해볼게요."

아키야마 미호가 선언했다. 역할에 몰두했는지 '아키타 유카가'가 아니라 '제가'라고 말하고 있다.

"범인은 에키마에 씨가 청혼한 여자. 그렇다면 다른 한 명의 여자보다 당연히 매력적이겠지?"

우에노 아키코가 자신만만하게 말하자 아키야마 미호가 "저도 매력이라면 지지 않아요." 하고 되받아쳤다. 두 사람 사이에서 긴장감이 더욱 고조됐다.

"저, 에키마에 씨의 청혼이 암시하는 건 어디까지나 에키마에 씨의 눈에 매력적이었다는 뜻이지 객관적으로 더 매력이 있다는 건 아닐 테고, 그걸 떠나 애초에 이건 각본이니……."

에키마에 히데키 역할을 맡은 에모토 다이고가 우에노 아키코와 아키야마 미호 사이에 흐르는 팽팽한 긴장감을 못 견디겠는지 조심스레 끼어들었지만 길가에 떨어진 돌멩이처럼 무시당했다.

그때였다. 옆에서 두 여자의 대화를 가만히 듣고 있던 오가와 후미오가 말을 보탰다.

"우에노, 넌 여자가 아키타 유카 또는 우에무라 가오루라는 전제로 말하는데, 어떻게 그렇게 단언하지?"

"응? 그게 무슨 뜻이야?"

"내가 연기할 오가타 유 캐릭터도 남자가 아니라 여자일 수 있어."

"뭐?"

우에노 아키코가 서쪽에서 뜨는 해라도 본 것처럼 의아한 표정을 지었다.

"오가타 유가 남자라고는 한마디도 적혀 있지 않잖아. 유라는 이름 역시 남녀 공용으로 쓸 수 있으니 유가 여자여도 이상하지 않아."

"아니, 이상해. 제2장 첫머리에 '남자 대학생 세 명, 여자 대학생 두 명'이라고 적혀 있거든. 오가타 유가 여자였다면 여자 세 명이라고 써야지."

오가와 후미오가 단장이라고 하지만 우에노 아키코가

반말로 따지는 걸 보니 입장은 서로 동등한 듯했다.

"아니, 여자는 세 명이 될 수 없어."

"왜?"

"우에무라 가오루가 남자니까. 가오루라는 이름은 남자든 여자든 쓸 수 있잖아."

그러자 우에노 아키코의 눈에서 분노의 불길이 치솟았다.

"……내가 남자라고? 그게 무슨 헛소리야! 내가 왜 남자야?"

"네가 남자라는 게 아니야. 네가 연기하는 우에무라 가오루가 남자라고."

"우에무라 가오루가 남자라니, 그럴 리 없잖아!"

"범인이 여자로 한정돼 우에무라 가오루와 아키타 유카 중 한 명이 범인이라면 추리소설의 결말로는 너무 시시하지 않아? 심지어 오가타 유나 이바 히로시 같은 등장인물은 존재 이유조차 없잖아. 그런데 남자라 생각했던 등장인물 중 누군가가 실은 여자였고 바로 그가 범인이라면 어떨까? 의외의 범인이 등장하는 셈이니 보는 사람들에게도 재미를 줄 수 있어. 그리고 오가타 유와 이바 히로시라는 이름 중에 여자 이름으로 쓸 수 있는 건 오가타 유 하나야. 즉 오가타 유가 범인이라는 뜻이지."

"그렇게까지 해서 범인이 되고 싶어?"

우에노 아키코가 경멸에 찬 얼굴로 말했다.

"아니, 난 단지 이래야 추리소설로서의 재미가 있겠다는 거야."

"단장은 그런 우락부락한 얼굴로 여자이기를 바라는 거야? 단장이 연기하는 인물이 사실 여자였다고 밝혀지면 관객들이 전부 비웃을걸? 아니, 비웃는 수준이면 다행이고 티켓 값을 환불해달라며 화내는 사람도 나올 거야. 게다가 이름들을 살펴보면 가스가는 실제 우리의 캐릭터를 본떠서 등장인물을 만들었어. 이토처럼 비리비리한 남자면 모를까 단장처럼 곰 같은 남자가 실은 여자였다니, 아무리 무대 위라고 해도 전혀 설득력이 없잖아."

"맞아. 설득력이 없어요."

옆에서 아키야마 미호도 거들고 나섰다. 조금 전까지만 해도 서로 으르렁거렸으면서 어느새 우에노 아키코 편에 선 것이다.

"단장님이 여자를 연기한다면 곰 세계를 무대로 한 연극의 암컷 곰 역할 정도겠죠."

청순가련한 얼굴로 우에노 아키코보다 더 상처가 될 듯한 말을 아무렇지 않게 하는 걸 보고 와토는 흠칫 놀랐다.

"저기, 이토는 어떻게 생각해? 오가타 유가 사실 여자였다니, 이상하지?"

우에노 아키코가 비리비리해 보이는 남자 단원에게 동의를 구하듯 물었다.

4

"네. 그건 분명 좀 이상하네요."

이토 고이치가 미소 지으며 고개를 끄덕였다.

"그렇지? 이상하지?"

"전 애초에 '성이 바뀌기는 하겠지만'이라는 대사 때문에 에키마에 히데키가 범인에게 청혼했다고 결론짓는 것부터 이상하다고 생각해요. 뭐, 그렇게 결론지은 사람은 극중의 저, 아니, 이바 히로시지만."

"그게 무슨 뜻이야?"

"결혼 후 남편이 아내 성을 따르는 경우도 있으니까요. 물론 여자가 성을 바꾸는 사례가 더 많기는 하지만 법률로 그렇게 정해진 건 아니죠. 어디까지나 사회적 관습이라 그렇게 하는 사람이 많을 뿐."

"하지만 청혼이 아니라면 뭐가 더 있다는 거야?"

"양자결연이요."

"……양자결연?"

"에키마에는 범인에게 자기 양자로 들어오지 않겠냐고 제안했을 거예요. 민법 제810조에는 '양자는 양부모의 성을 따른다'라고 적혀 있죠. 양자로 들어간다면 성은 반드시 양부모의 성으로 바꿔야 한다는 거예요. 결혼은 한다고 해도 반드시 성이 바뀌는 건 아니지만, 양자가 된다면 반드시 바꿔야 해요. 그러니 에키마에는 '성이 바뀌기는 하겠지만'이라고 한 거고요."

"하지만 에키마에와 거기 온 다른 학생들은 나이 차가 얼마 안 나잖아. 양자결연 같은 걸 맺을 수 있어?"

"맺을 수 있어요. 상대가 자기보다 하루라도 늦게 태어나면 양자로 들일 수 있다더라고요."

"오, 그렇구나. 잘 아네."

"얼마 전 변호사 역할을 맡았을 때 육법전서를 달달 외웠거든요."

"배역을 위해 육법전서를 달달 외웠다고? 그럼 지금 당장 사법시험을 보는 게 어때? 삼류 연기자 따위보다 변호사가 훨씬 나을 것 같은데."

우에노 아키코가 거침없이 말했다.

"그럼 에키마에 씨가 양자를 맺으려고 한 이유는 뭔가요?"

아키야마 미호가 상황을 수습하듯이 끼어들었다.

"에키마에 본인이 확실히 말했잖아요. '이 성을 가진 사람은 이제 일본에 저뿐입니다.', '전 이 성에 자부심을 가지고 있습니다.', '절대 대가 끊이지 않게 할 거예요.'라고요. 즉, 양자를 들여서 에키마에라는 성을 가진 사람을 늘리고자 한 거죠. 섬에 초대한 학생 중에 마음에 든 사람이 있었을 테고요."

"에키마에라는 성을 가진 사람을 늘리고 싶었다? 그건 좀 억지스러운 발상 아닐까요?"

"일본에서 그 성을 가진 사람이 단 한 명뿐이라면 그런 발상도 할만하지 않나요? 가스가 선배가 에키마에라는 희귀한 성을 가진 캐릭터를 만든 이유는 그것밖에 떠오르지 않네요."

이토 고이치는 은테 안경을 위로 올렸다.

"그리고 이건 제1장에 나오는 정체불명 목소리의 이야기와도 이어져요. 정체불명 목소리의 주인공은 에키마에가 몇 년 전 사고를 일으키는 바람에 부모님을 잃은 사람이겠죠. 동시에 그는 에키마에가 자신의 희귀한 성을 남기고자 양자로 들이려고 한 사람이었어요. 그는 에키마에에게 양자결연 제안을 들은 순간 사고 직후 젊은 남자가 중얼거린 말을 떠올린 겁니다.

'내 휴대폰으로 신고하면 내 이름이 소방 본부에 통보

돼. 그럼 곤란한 거 알잖아. 왜냐하면……'

이 '왜냐하면……' 뒤에 이어진 말은 아마 '내 성은 희귀하니 한 번만 들어도 기억할 테니까.'라는 말이었을 거예요. 그는 그날 사고를 일으킨 사람이 에키마에라는 걸 깨달았죠. 그래서 에키마에에게 살의를 품은 겁니다."

단원들은 모두 집중해서 이토 고이치의 추리를 들었다. 다소 억지스러운 부분도 있지만, 이토의 추리는 에키마에라는 희귀한 성이 쓰인 이유나 수수께끼 같은 제1장의 비밀까지 설명할 수 있어서 지금까지 나온 가설 중 가장 그럴싸했다.

이토 고이치가 말을 이었다.

"에키마에가 범인에게 양자결연을 제안했다면 **범인은 에키마에보다 나이가 어렸다**는 말이 돼요. 그리고 4학년인 에키마에보다 나이가 어린 캐릭터는 1학년인 아키타 유카, 2학년인 이바 히로시, 3학년인 우에무라 가오루까지 총 세 사람이죠. 이 세 사람 중에 범인이 있어요."

와토는 '그렇구나' 하고 내심 감탄했다. 이토 고이치는 에키마에가 범인에게 청혼한 게 아니라 양자결연을 제안했다는 가설을 제시하며 자신의 캐릭터를 용의자 후보에 넣는 데 성공했다.

오가와 후미오가 반박했다.

"에키마에 히데키는 처음 별장에 왔을 때 '여기 있는 동안에는 모두 마음 편하게 계셨으면 하니 학년은 언급하지 않기로 하죠.'라고 했어. 만약 나이가 범인을 특정할 조건이라면 작가인 가스가는 오히려 학년을 더 강조하지 않았을까? 지금 상태로는 학년에 대해 아는 사람은 관객뿐이고, 극중 등장인물들은 서로 학년을 알 수가 없잖아. 그럼 등장인물이 범인을 지목하지도 못하겠지."

"현재 대본은 중간에 끊겨 있잖아요? 아마 이다음에 등장인물들이 저마다 학년을 언급하는 부분이 나올 거예요."

"납득하기 어렵군."

오가와 후미오가 마치 눈앞에 있는 꿀을 놓쳐버린 곰처럼 불만스러운 얼굴로 말했다. 그가 연기하는 오가타 유는 5학년이라는 설정이라 에키마에보다 나이가 많으니 양자가 될 수 없다. 즉 범인이 될 수 없다는 뜻이니 납득하지 못할 만도 하다.

"난 꽤 날카로운 추리 같은데?"

우에노 아키코가 만족스럽게 말했다.

"이토 선배, 머리 좋으시네요."

아키야마 미호가 미소 지으며 거들었다.

이토 고이치는 고개를 꾸벅 숙여 보이고는 다시 추리를 이어 갔다.

"그럼 세 사람 중에 누가 범인일까요. 에키마에 히데키가 양자결연을 하려 한 목적이 자신의 희귀한 성을 남기기 위해서라면, 양자를 맺을 상대는 남자였을 거예요."

"……왜?"

우에노 아키코가 대번에 경계하듯 물었다.

"현재 일본 사회에서는 결혼할 경우 여자가 성을 바꾸는 사례가 압도적으로 많아요. 즉, 여자를 양자로 들일 경우에는 에키마에라는 희귀한 성이 결혼 후 또다시 다른 성으로 바뀔 가능성이 높다는 거죠. 그렇다면 남자를 양자로 들이는 게 낫겠죠. 결국 양자 후보 세 사람 중에 에키마에가 양자로 들이려 한 사람은 바로 저, 아니 이바 히로시라고 볼 수 있어요. 즉 이바가 범인이에요."

"이 성차별주의자! 극우 꼴통!"

우에노 아키코가 펄쩍 뛰며 버럭 소리쳤다.

"이토 선배. 제가 사람을 잘못 봤네요!"

아키야마 미호도 덩달아 외쳤다.

두 사람 다 조금 전까지만 해도 이토를 잔뜩 치켜세운 주제에. 와토는 어이가 없었다.

그때 오가와 후미오가 불현듯 눈빛을 번뜩이며 말했다.

"저기, 방금 깨달은 건데. 오가타 유는 5학년이니 에키마에보다 학년이 높긴 하지만 나이도 더 많으리라는 보장은 없지 않나?"

"……그게 무슨 뜻이죠?"

이번에는 이바 히로시가 경계하듯 물었다.

"오가타 유는 한 번에 대학에 들어갔지만 에키마에는 삼수를 했다면 어떨까? 그럼 에키마에가 한 살 많은 게 되잖아. 오가타 유는 남자이니 희귀한 성을 남기기 위해 남자를 양자로 들인다는 조건도 충족하고."

"하지만 에키마에는 한 번에 대학에 붙었다고 대본에 적혀 있어요."

"그럼 오가타 유가 2년을 월반했나 보네."

"월반요? 그럼 거기에 대한 복선이 있어야죠. 그런 복선이 있었나요?"

"뭐야. 그 복선 타령은."

"지금 우리는 범인을 맞히려 하고 있잖아요. 마지막에 나올 진실에는 확실한 복선이 있어야 해요."

다른 단원들도 오가타 유가 2년을 월반했다는 설정은 무리라는 의견에 동의했다.

"그래, 그래. 범인은 너희 중에 있다고 치자."

오가와 후미오가 결국 포기한 듯 못마땅하게 말했다.

ㄅ

"저를 죽인 범인을 알아냈습니다."

마치 유령이 내뱉은 듯한 말에 와토는 깜짝 놀랐다.

에모토 다이고다. 그는 피해자인 에키마에 히데키를 연기하기 때문에 범인이 될 수 없으니 지금까지 추리 대결에 끼지 않고 줄곧 침묵하고 있었던 모양이다. '저를 죽인'이라고 한 걸 보면 그도 다른 단원들처럼 자신의 배역에 몰입한 것처럼 보였다.

에모토 다이고가 다시 입을 열었다.

"이 대본에는 지금까지 언급되지 않은 기묘한 점이 세 가지 있습니다."

"……세 가지나?"

우에노 아키코가 미심쩍은 듯이 되물었다.

"첫째. 등장인물표에 'ㅇ년'이라고 적힌 게 이상해요. 학년이라면 보통 'ㅇ년'이 아니라 'ㅇ학년'이라고 적지 않았을까요?"

"그, 그런가?"

에모토는 "네." 하고 고개를 끄덕였다.

"둘째. 현재 등장인물표의 프로필 일부가 그을리는 바람에 인물마다 각각 세 글자씩은 읽을 수 없는 상태예요.

우리는 지금껏 그 세 글자가 학부명이라고만 생각했습니다. 하지만 대본과 대조해보면 뭔가 이상하다는 걸 알 수 있어요. 제2장에 나오는 자기소개 부분을 떠올려보세요. 아키타 유카는 '경제학부에 다니고 있어요.'라고 했죠. 경제학부는 네 글자이니 세 글자 안에는 들어가지 않아요."

"오, 정말 그러네."

"셋째. 우리는 지금껏 오가타 유가 5학년이라고 생각했습니다. 하지만 그는 문학부에 다니고 있어요. 6년제인 의학부나 약학부가 아니에요. 또 에키마에를 보며 몰래 '난장학 혜택을 받으려고 유급도 못 하고 있는데.'라고 비난한 데서 알 수 있듯 유급도 하지 않았습니다. 그런데도 5학년이라는 건 이상하죠."

에모토가 대본의 사소한 부분까지 콕 집어 지적하는 것을 듣고 와토는 감탄했다.

"이 같은 사실로부터 도출되는 결론은 등장인물표에서 불에 그을리는 바람에 사라진 세 글자는 학부명이 아니라는 겁니다. '███'는 '200'이었어요. 즉, '███5년'이라는 건 'ㅇ학부 5학년'이 아니라 '2005년'처럼 태어난 해를 나타낸 거예요.

이렇게 생각하면 등장인물표에 'ㅇ학년'이 아니라 'ㅇ년'이라 적힌 첫 번째 수수께끼가 해결돼요. 또 아키타 유카의 소속 학부가 네 글자라는 두 번째 수수께끼도 해결되고, 마지막으로 오가타 유가 5학년인 건 이상하다는 세 번째 수수께끼까지 해결됩니다. 거기에 하나 더 덧붙이자면 2005년생인 사람이 대학생이 되는 건 2024년 무렵인데, 이는 대본에서 에키마에가 '이 섬에서는 휴대폰 전파가 터지지 않습니다. 지금이 무려 2024년인데도 말이죠.'라고 한 대본 속 시간 설정과도 맞게 됩니다."

"아, 그렇군요!"

"결국 불에 그을리지 않은 원래 등장인물표는 이랬을 겁니다."

에모토는 로비 창구에 있는 볼펜을 집어 들고 등장인물표에 글자를 적어 모두에게 보여줬다.

아키타 유카 (※아키야마 미호) 메이오대학. 2001년

이바 히로시 (※이토 고이치) 호지대학. 2002년

우에무라 가오루 (※우에노 아키코) 유라쿠대학. 2003년

에키마에 히데키 (※에모토 다이고) 도자이대학. 2004년

오가타 유 (※오가와 후미오) 난보쿠대학. 2005년

"저희는 지금껏 5학년인 오가타 유가 가장 나이가 많고 1학년인 아키타 유카가 가장 어리다고 생각했지만, 실은

정반대였습니다. 2005년생인 오가타 유가 가장 나이가 어리고, 2001년생인 아키타 유카가 가장 나이가 많았던 겁니다. 피해자인 에키마에 히데키는 2004년생이니 그보다 나이가 어린 사람은 2005년에 태어난 오가타 유 한 명뿐입니다. 즉, 그가 범인입니다."

그때 심야의 병원 로비에서 느닷없이 박수 소리가 터졌다. 단원들이 모두 그에게 박수갈채를 보냈다.

"대단해요, 에모토 선배. 지금까지 있는 줄도 몰랐는데 마지막에 그렇게 존재감을 드러내실 줄은."

아키야마 미호가 환하게 웃으며 말했다.

에모토는 "'있는 줄도 몰랐는데'는 굳이 안 붙여도 되잖아." 하고 쓴웃음을 짓더니 다시 말을 이었다.

"결국 이 대본을 쓴 가스가가 의도한 건 에키마에 히데키가 범인에게 양자결연을 제안했다는 점에서 범인을 에키마에보다 연하로 한정해 오직 한 사람, 즉 오가타 유에게 초점을 맞추는 로직이었습니다. 하지만 등장인물표에 그을음 자국이 생기는 바람에 우리는 등장인물의 나이 상하 관계를 반대로 생각하고 말았죠. 그 결과 나이를 통해 범인을 한 명으로 좁히지 못하게 됐고, 범인 맞히기는 가스가가 의도한 것보다 훨씬 어려워졌던 겁니다.

등장인물들의 소속 대학이 같다면 상급생은 하급생에

게 주로 반말을 쓰니 둘 중 누가 나이가 많은지 쉽게 드러나겠지만, 각자 소속 대학이 달라 나이 차가 있어도 모두 존댓말을 쓰는 탓에 대사를 통해서는 누가 나이가 많은지 알 수 없게 됐죠. 소속 대학을 다르게 한 건 등장인물들이 서로를 잘 모르는 상황을 연출하기 위해서겠지만, 결과적으로 그 점이 나이의 상하 관계를 착각하게 만드는 요인이 됐습니다.”

“고마워. 날 범인으로 만들어줘서!”

오가와 후미오가 에모토 다이고를 얼싸안았다.

“무슨 짓이야. 그만해.”

에모토가 곰 같은 남자의 품에 안긴 채 비명을 질렀다.

그때 와토와 극단원들 곁으로 간호사가 다가왔다. 시끄러워서 주의를 주려고 하는 줄 알고 와토는 내심 걱정했다.

“혹시 가스가 소스케 씨의 지인분들이신가요?”

단원들이 “네!” 하고 고개를 끄덕였다. 무슨 말을 들을지 몰라 불안해하는 얼굴이다.

간호사가 싱긋 웃고 나서 입을 열었다.

“가스가 씨가 의식을 회복하셨답니다.”

단원들은 모두 환호성을 질렀다.

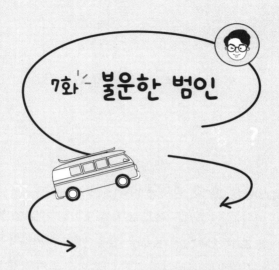

I

버스 안에 있는 모든 창문의 커튼이 쳐져 있다.

차 안에 있는 승객은 와토 소지를 포함해 여섯 명이다.

12월 29일 오후 9시가 조금 넘은 시간. 오미야역 서쪽 출구에서 출발해 도바까지 가는 고속버스 안이다. 출발한 지 이제 30분쯤 지났다.

버스 좌석은 3열 독립 시트로 널찍하게 배치돼 있다. 시트에는 발, 다리, 머리 받침대가 있어 몹시 안락하다. 통로와 좌석을 구분 짓는 커튼 덕분에 모든 좌석의 독립성도 보장됐다.

커튼 사이로 보이는 바깥은 캄캄했다. 단조로운 흔들림 때문에 잠이 쏟아진다. 다음 정류장인 이케부쿠로역 동쪽 출구를 지나면 차내 조명도 꺼질 터였다.

그때 버스 제일 뒤쪽에 있는 화장실 문이 여닫히는 소리가 여러 번 들렸다.

와토 바로 뒤에 있는 승객이 일어서는 기척이 느껴졌다. 와토 옆을 지나 앞을 향해 걸어간다. 점퍼와 청바지 차림의 서른 전후쯤 되어 보이는 남자로, 야구 모자를 썼고 얼굴에는 마스크를 꼈다. 화장실은 차량 제일 뒤쪽에 있는데 왜 앞을 향해 가는 걸까. 와토는 남자의 뒷모습을 멍하니 쳐다봤다.

남자는 점퍼 주머니에 오른손을 집어넣더니 그 안에서 뭔가를 꺼냈다. 손보다 약간 큰 검은 물체다.

다음 순간 와토는 하마터면 심장이 멎을 뻔했다. 그 검은 물체는 바로 권총이었다.

남자는 버스 기사 왼쪽 옆에 서더니˚ 기사의 머리에 권총을 들이밀었다.

"이 버스는 지금부터 내가 접수한다."

기사가 헛기침을 했다.

"……손님. 장난하시면 안 됩니다. 주행 중에 급정거를 하는 경우도 있으니, 화장실에 가실 때를 제외하면 자리에서 일어서시지 않도록 주의 부탁드립니다."

"장난이 아니야. 진짜 권총이라고."

˚ 일본의 자동차는 운전석이 오른쪽에 있다.

남자는 권총을 하늘로 향하더니 방아쇠를 당겼다.

순간 펑 하고 귀를 덮치는 굉음이 울려 퍼지고 비명이 터졌다. 커튼이 걷히는 소리가 연이어 들린다.

"뭐야, 방금 소리?", "뭐, 뭔가요?", "무슨 일이에요?"

와토가 고개를 돌리자 중년의 회사원 같은 여자, 스물 전후의 마른 남자, 체구가 작은 고령의 남자가 보였다.

"지금부터 이 버스는 내가 접수한다. 이 권총이 진짜인 걸 증명하려고 방금 천장에 대고 한 발 쐈지. 미리 말해두는데 이건 소리만 나는 장난감이 아니야. 저기 천장에 뚫린 구멍 보이지?"

"지금은 운전 중이라 볼 수 없습니다."

기사가 침착하게 대답했다.

납치범은 가장 가까운 곳에 있는 와토에게 손짓했다.

"이봐, 당신. 여기 와서 천장에 뚫린 구멍을 확인해봐."

와토는 몸을 일으켜 납치범에게 다가갔다. 그를 덮쳐서 제압할까 하는 생각도 잠시 해봤지만 현실은 액션 영화와 다르다. 천장을 올려다봤다.

"……구멍이 뚫렸네요."

납치범이 기사를 향해 말했다.

"들었지? 이 총은 진짜야. 죽고 싶지 않으면 내가 시키는 대로 해."

"……무슨 목적으로 이런 행동을 하시죠?"

"목적 따위 없어. 그냥 실패뿐인 내 삶이 지긋지긋해졌을 뿐이야. 그래서 권총을 구해 세상을 뒤집어보고 싶었어. 어이, 행선지 표시기 스위치에서 손 떼는 게 좋을 거야."

납치범이 기사를 향해 권총을 흔들어 보였다.

"TV에서 본 적 있거든. 버스 납치 사건이 발생할 경우 그 스위치를 누르면 행선지 표시창에 '이상 사태 발생'이라는 글자가 뜨게 돼 있다지? 내가 그러도록 내버려둘 것 같아? 자, 이 테이프를 행선지 표시기 스위치에 붙여."

납치범이 점퍼 주머니에서 박스테이프를 꺼내 기사 옆에 내려놓았다. 기사는 잠시 망설였지만 순간적으로 핸들에서 두 손을 떼고 테이프를 집어 스위치에 붙였다.

"이제 곧 이케부쿠로역 동쪽 출구 정류장에 도착합니다만……."

"세우지 마. 그대로 달려."

"어디로 가면 되죠?"

"원래 경로대로 수도고속도로로 진입해. 거기에서 도메이 고속도로가 아니라 히가시칸토 자동차도로로 들어가. 이후에는 조시까지 달리고."

"조시요? 왜 조시까지?"

"이누보사키에서 아침 해를 보고 싶으니까."

버스는 납치범의 요구대로 이케부쿠로역 동쪽 출구에서 멈추지 않고 그대로 정류장을 통과했다. 정류장에 서 있던 중년 남자가 놀란 듯 입을 떡 벌리고 버스를 쳐다보는 모습이 보였다.

"모두 오른쪽 좌석으로 자리를 옮겨. 뒤에서부터 한 명씩 앉는 거야."

와토를 포함한 네 명의 승객은 납치범이 시키는 대로 했다.

"영감은 사람들이 가진 휴대폰을 전부 걷어서 나한테 가져와."

고령의 남자가 몸을 일으켜 우선 자신의 휴대폰을 꺼냈다. 뒤이어 마른 남자, 회사원풍의 여자, 와토의 휴대폰을 받아 들어 납치범에게 가져갔다.

"지금 이 버스에 총 몇 명이 타고 있지?"

납치범이 기사에게 물었다.

"당신을 제외하면 다섯 명입니다."

"다섯 명? 내 눈에는 네 명만 보이는데. 한 명이 더 있나?"

납치범이 버스 뒤쪽을 쳐다봤다.

"……뭐야. 저놈은 왜 그대로 앉아 있어? 내 말이 안 들리나?"

와토가 왼쪽을 보니 검은색 롱코트를 입은 중년의 마른 남자가 왼쪽 창가 뒤에서 세 번째 좌석에 앉아 있었다. 칸막이 커튼을 치지 않아 온몸이 훤히 보인다. 헤드폰을 끼고 고개를 앞으로 숙인 채 눈을 감고 있다.

납치범이 버럭 소리쳤다.

"야, 인마! 내 말 안 들려?"

그러나 그 승객은 반응하지 않았다.

"잠든 게 아닐까요?"

와토가 말했다.

"네가 가서 깨우고 와."

와토는 승객에게 다가갔다. 남자는 여전히 꼼짝하지 않고 있다. 헤드폰에서 요란한 음악 소리가 희미하게 들린다. 남자의 어깨에 손을 얹었다. 그러자 그의 몸이 스르르 기울더니 그대로 옆으로 쓰러졌다.

2

와토는 화들짝 놀라 남자의 맥박을 짚었다. 뛰지 않는다. 입 앞에 손을 갖다 댄다. 숨을 쉬지 않는다. 마지막으로 눈을 확인했다. 동공이 풀린 채 반응이 없다. 남자는 사망한 상태였다.

그때 카디건을 입은 시신의 오른쪽 가슴에 소형 접이식 나이프가 꽂혀 있는 게 눈에 들어왔다. 코트에 반쯤 가려져 있어 바로 눈치채지 못한 것이다.

"사망했습니다."

와토는 운전석 왼쪽 옆에 선 납치범을 향해 말했다.

"뭐? 죽었다고? 그게 정말이야?"

납치범이 당황한 듯 물었다. 와토 쪽으로 다가와 직접 확인하고 싶은 것 같지만, 기사 옆을 떠나서는 안 된다고 판단했는지 움직이지 않는다.

"오른쪽 가슴에 접이식 나이프가 꽂혀 있습니다."

"지금 날 골탕 먹이려는 건 아니겠지?"

"아뇨, 정말 돌아가셨습니다."

와토는 "전 의사라 확실합니다." 하고 거짓말로 덧붙였다.

"칼에 찔렸다면 살해된 건가?"

"자살 가능성은 아주 낮아 보입니다. 자살할 때는 보통 주저흔이라는 게 남는데, 그런 게 전혀 보이지 않거든요. 또 칼을 써서 자살할 경우 자기 가슴을 찌르는 일은 거의 없습니다. 살해된 게 틀림없어 보입니다."

그렇게 말하고 와토는 속으로 '너무 냉정했나' 하고 생각했다. 타살 시체를 앞에 두고 이토록 침착하게 굴면 수사 1과 형사인 게 들통날 수도 있다. 경찰인 게 밝혀지면 납치범을 쓸데없이 자극할 테니 피해야 했다.

다행히 납치범은 와토의 냉정한 모습에는 의문을 품지 않은 듯했다.

"살해됐다고……? 누구한테? 너희 중 누군가의 짓인가?"

와토를 비롯한 네 명의 승객은 모두 "아뇨, 전 아닙니다."라고 대답했다.

와토가 다시 입을 열었다.

"이분의 자리는 뒤에서 세 번째입니다. 그리고 버스 제일 뒤쪽에는 화장실이 있죠. 범인은 화장실에 가는 척하면서 이리로 다가와 이분을 찌른 걸로 보입니다. 그리고 버스가 종점에 도착하기 전 어느 정류장이든 슬그머니 내려서 사라지려고 했겠죠. 하지만 그전에 당신이 버스를 납치하는 바람에 결국 내리지 못하게 된 거고요."

"그야말로 불운한 범인이군."

고령의 남자가 말했다.

납치범이 그의 말을 듣고 이맛살을 찌푸렸다.

"그런데 아까부터 계속 뭔가 시끄러운 소리가 들리는데 뭐지?"

"이분이 낀 헤드폰에서 음악이 나오고 있습니다."

"당장 꺼."

와토는 시키는 대로 했다.

"저, 기왕 이렇게 된 김에 다 함께 자기소개라도 할까요?"

회사원 느낌의 여자가 불쑥 입을 열었다.

"……자기소개?"

납치범이 입을 떡 벌렸다.

"네. 앞으로 이것저것 할 얘기가 많을 텐데 서로 이름 정도는 알아두는 게 좋지 않을까 싶어서요."

"그거 괜찮네요."

마른 남자가 고개를 끄덕였다. 고령의 남자와 와토도 찬성했다.

"그럼 말을 꺼낸 저부터. 전 고비나타 레이코라고 해요."

"난 다카노 고조라고 하네." 고령의 남자가 말했다.

"전 마치다 신스케입니다." 젊은 남자가 자신을 소개했다.

와토도 "안녕하세요. 와토 소지입니다."라고 했다.

"당신 이름은요?"

고비나타 레이코가 겁도 없이 납치범에게 물었다.

"말하고 싶지 않아."

"말하고 싶지 않다니, 저희는 전부 소개했는데 너무하

잖아요."

"이봐, 너. 지금 네가 어떤 처지인지 이해가 안 돼?"

"이름을 알려주지 않을 거면 뭐라고 부르면 되나요? 잭
이라고 부르면 돼요?"

"잭?"

"버스재킹범이니 잭이요."

납치범이 노골적으로 불쾌한 표정을 지었다.

"……어쩔 수 없군. 내 이름은 나카야마다. 나카야마 고
이치로."

"어머, 멋진 이름이네요."

여자가 칭찬하자 납치범의 얼굴이 벌게졌다.

"이 버스, 이누보사키로 가는 거 맞죠?"

마치다 신스케가 나카야마에게 물었다.

"그래."

"거기까지 가려면 시간이 꽤 걸릴 텐데 그전에 저희끼리
범인을 찾아보는 게 어떨까요?"

"……범인을 찾아보자고?"

나카야마가 놀랐는지 눈을 휘둥그레 떴다.

"네. 이런 상황에서 잠이 올 리 없잖아요. 또 밤이라 창
밖 풍경도 단조롭고요. 할 수 있는 거라곤 범인 찾기밖에
없어요."

"범인 찾기, 그거 좋네요!"

고비나타 레이코가 꼭 프레젠테이션에서 나온 아이디어를 칭찬하듯 말했다.

"나도 찬성일세."

다카노 고조도 거들었다.

"이봐, 당신들 말이야. 지금 무슨 상황인지 이해가 안 돼?"

나카야마가 험악한 얼굴로 으름장을 놨다.

"어머, 범인을 찾아보자는 데 뭐 문제라도 있나요?"

"그래. 당신이 하는 일에 딱히 지장을 주는 것도 아니잖나."

"범인 찾기를 하면 안 되는 이유를 100자 이내로 설명해주시죠."

그러자 나카야마도 말문이 막힌 듯했다.

"……그래. 마음대로 해."

나카야마는 자신이 왜 동의하는지 모르겠다는 듯이 말했다.

와토는 아무래도 왓슨력이 작용하기 시작한 것 같다고 느꼈다.

"그럼, 제가 먼저 추리해볼게요."

가장 먼저 마치다 신스케가 입을 열었다.

"제 추리는 간단해요. 시신이 발견되면 버스에 함께 타 있었던 승객들에게 의혹이 쏠릴 거예요. 그러니 범인이 종점까지 버스를 타고 갈 리는 없어요. 그 전에 어느 정류장에서든 반드시 내리겠죠. 즉, 그는 종점 전에 있는 정류장까지 가는 승차권을 가지고 있는 사람입니다. 자, 말이 나왔으니 여러분의 승차권을 확인해볼까요?"

마치다 신스케가 티켓 검사원처럼 말했다.

승객들이 모두 승차권을 꺼내 들었다. 그중 종점인 도바 버스 센터 이전인 이세시역 앞 정류장까지 가는 승차권을 들고 있는 사람이 한 명 있었다. 고비나타 레이코다.

"당신이 범인이었군요."

마치다 신스케가 고비나타 레이코를 지목했다.

3

고비나타 레이코는 "말도 안 돼." 하고 비웃으며 말했다.

"그런 추리라고 부르기도 어려운 추리로 사람에게 범인 낙인을 찍다니. 애초에 버스 안에서 계획적인 살인을 저질렀을 거라는 발상 자체가 문제예요."

"왜죠?"

"버스 안에는 방범 카메라가 설치돼 있잖아요. 피해자에게 다가간 사람이 누군지 카메라 영상만 보면 한눈에 알 수 있죠. 종점 도착 전에 내리는 잔꾀를 부린다 해도 영상이 남아 있으면 아무 소용없어요."

"범인이 방범 카메라의 존재를 몰랐을 수도 있죠."

"버스 안에서 살인을 저지를 계획을 세웠다면 사전에 치밀하게 조사하지 않았을까요? 버스 안에 카메라가 있다는 것 정도는 금세 알 수 있었을걸요."

"……."

"그런 사실로부터 추론할 수 있는 건 범행이 계획적으로가 아니라 충동적이고 우발적으로 이뤄졌다는 거예요."

"네? 그건 이상하지 않나요? 우발적인 범행이라면 범인은 항상 접이식 나이프를 들고 다니는 사람이라는 말이 돼요. 저 나이프는 범인이 평소에 애용하는 물건이란 거죠. 하지만 그렇다면 시신을 찌른 후 다시 뽑아 갔을 거예요. 애착도 있겠지만 평소 자주 쓰던 물건이니 어디에 지문이 묻어 있을지 모르니까요. 그런데도 시신에 그대로 꽂아뒀다는 건 오직 이번 범행만을 위해 저 나이프를 준비했다는 말이에요. 그리고 사전에 나이프를 준비했다면 계획 범행이죠."

"맞아요. 접이식 나이프를 사전에 준비했다는 건 계획

적인 범행임을 암시해요. 하지만 이는 방범 카메라가 있는 버스 안에서 범행을 저질렀다는 점에서 엿보이는 충동성이나 우발성과는 모순되죠. 이런 모순에서 도출되는 해답은 하나밖에 없어요."

고비나타 레이코는 다른 승객들을 둘러보며 입을 열었다.

"범인은 애초에 접이식 나이프를 다른 범행을 위해 준비했어요. 그런데 버스 안에서 생긴 어떤 일 때문에 그만 그 나이프로 피해자를 살해하고 만 거예요."

"다른 범행? 그게 뭐죠? 카메라가 있으니 버스 안에서 범행을 저지르진 않을 거라면서요?"

"그러니까 이 다른 범행은 오직 버스 안에서만 저지를 수 있는 범행이에요."

"……버스 안에서만 저지를 수 있는 범행?"

"버스재킹이요."

와토를 비롯한 다른 승객들이 무심코 나카야마를 쳐다봤다. 버스재킹범인 당사자는 얼굴을 잔뜩 찌푸렸다.

"뭐야. 지금 무슨 소리를 하는 거야?"

"흉기로 쓰인 나이프는 당신이 원래 버스 납치 때 쓰려고 가져온 거였죠?"

"나이프 같은 게 왜 필요해. 나한테는 이게 있는데."

나카야마는 권총을 흔들어 보였다.

"네. 당신에게는 그 권총이 있으니 나이프는 필요 없었겠죠."

"무슨 잠꼬대 같은 소리야? 조금 전에는 내가 버스재킹을 위해 나이프를 준비했다고 했으면서."

"당신은 나이프가 필요 없었겠지만, 권총이 없는 공범에게는 나이프가 필요했겠죠. 일본에서 권총을 여러 정 구하기는 어려우니 공범에게는 나이프를 쥐여 줘야 했던 거예요."

"……공범?"

"버스재킹에는 공범이 있었어요."

"그, 그게 누구죠?"

마치다 신스케가 다급히 물었다.

"살해된 사람."

고비나타 레이코는 피해자가 있는 좌석을 턱으로 가리켰다.

"왜 그렇게 생각하시는 건가요?"

"만약 공범이 피해자가 아닌 다른 사람이라면, 나이프가 시신 가슴에 그대로 꽂혀 있으니 지금은 무기를 가지고 있지 않다는 말이 돼요. 하지만 공범이 무기를 내팽개칠 리는 없죠. 원래 계획대로라면 나이프를 반드시 회수했을 거예요. 그런데 공범은 그러지 않았어요. 이미 죽었으니할 수 없었던 거죠. 즉, 피해자가 바로 공범이에요."

"그렇다면 공범이 왜 피해자가 된 거죠?"

"동료 사이의 불화 때문이겠죠. 피해자는 버스재킹 공범이었지만 막상 범행을 눈앞에 두고 겁을 먹었어요. 그대로뒀다가는 거치적거리는 걸 넘어 버스재킹 자체에도 방해가될 수 있는 상황이 벌어졌죠. 그래서 범인은 공범이 갖고있던 접이식 나이프로 당사자를 찔러 죽인 거예요."

"지금 내가 저 사람을 죽였다는 거야?"

나카야마가 고비나타 레이코를 노려보며 소리쳤다.

"네, 맞아요. 나카야마 씨가 저희에게 자리를 옮기라고했을 때, 피해자가 말을 따르지 않자 나카야마 씨는 '내말 안 들려?', '가서 깨우고 와.'라고 했죠. 그것도 본인이그를 죽였다는 걸 감추기 위한 연기였어요."

"내가 안 죽였어!"

버스 납치범은 얼굴을 붉히며 부인했다.

"살인범들은 처음엔 다 그렇게 말하죠."

"정말 안 죽였다니까! 정 못 믿겠으면 가서 저놈의 소지품을 뒤져봐. 정말 버스재킹의 공범이라면 범행용 도구 같은 게 나오겠지."

승객들이 서로 얼굴을 마주봤다. 죽은 사람의 몸을 뒤

지는 건 역시 꺼림칙한 일이기 때문이다.

와토는 "제가 하겠습니다." 하고 앞으로 나섰다. 수사 1과 형사인 그에게는 이미 익숙한 작업이니, 다른 사람이 하는 것보다는 나을 테고 그편이 마음도 편하다.

"뭐가 나왔는지 하나하나 소리 내 말하도록 해. 여기 있는 내 귀에도 들리도록."

"알겠습니다."

가장 먼저 피해자의 보스턴백을 뒤졌지만 안에 든 거라곤 옷가지와 평범한 여행용 물품뿐이었다. 버스재킹에 쓰일만한 도구는 없었다.

"거봐. 저 녀석은 버스재킹 공범 따위가 아니야. 난 저 녀석을 죽이지 않았어."

나카야마가 말했다.

와토는 피해자가 카디건 아래에 입은 긴소매 셔츠의 가슴 주머니에서 피해자의 승차권을 발견했다. 내리는 곳은 종점인 도바 버스 센터다. 승차권 뒷면에 피가 약간 묻어 있다. 칼에 찔린 후 승차권에 손을 갖다 댄 것으로 보인다.

피해자는 스마트폰을 갖고 있었지만 잠금 상태라 안을 볼 수는 없었다. 잠금 화면에는 3층 건물 입구를 등지고 선 피해자와 어떤 여자의 사진이 있었다. 건물 입구 위에 '노사 종합병원'이라고 적혀 있다. 굳이 병원을 배경 삼아 찍은 걸 보면, 피해자는 이 병원 경영자의 가족일 수도 있다.

와토는 그런 세세한 사안들까지 하나하나 큰 소리로 보고했다. 추리 대결에서 단서로 쓰일 수도 있기 때문이다.

4

"아무래도 버스 납치 소식이 아직 알려지지 않은 것 같군." 나카야마가 스마트폰을 보며 중얼거렸다. "뉴스가 전혀 안 나오고 있어."

그러자 마치다 신스케가 고개를 흔들었다.

"경찰이 이미 상황을 파악했지만 언론에 보도 자제를 요청했을 수도 있습니다. 그도 그럴 게, 이케부쿠로역 동쪽 출구 정류장을 그냥 지나치면서 승객을 한 명도 태우지 않았잖아요. 그 승객이 버스 회사에 항의했다면 버스가 기존 경로를 벗어났다는 걸 금세 알아차릴 거예요."

"경로를 벗어난 걸 알아차린다 해도 지금 어디를 달리고 있는지는 모를걸."

"버스가 N 시스템(차량번호 자동 판독 장치)의 카메라에 잡히고 있다면 바로 소재가 파악될걸요."

"내 알 바 아니야. 난 이누보사키에서 아침 해만 보면 되니까. 오, 이런."

나카야마는 갑자기 스마트폰 화면을 보며 킥킥 웃었다.

"도메이 고속도로의 에비나 휴게소에서 정차 중이던 버스에 휘발유를 뿌리다가 붙잡힌 놈이 있다는군. 무라시타 센이치라는 이름의 투자 펀드 회사 사장이라고 해. 세상에는 참 정신 나간 놈들이 많다니까."

그 사람도 버스 납치범에게 '정신 나간 놈'이란 평가를 듣고 싶지는 않을 것이다.

"저, 실례지만 저도 추리를 하나 떠올렸는데 들려드려도 괜찮겠습니까?"

그때 버스를 운전하던 기사가 느닷없이 물어서 와토는 깜짝 놀랐다. 나카야마는 얼굴을 찌푸렸다.

"설마 또 내가 범인이라고 하려는 건 아니겠지?"

"아닙니다. 제가 범인으로 지목하려는 분은 다른 분입니다."

"오, 그럼 괜찮아. 한번 들려줘봐. 다만 운전에는 계속 신경 쓰고."

"물론입니다. 저희 회사 사훈이 안전제일이니까요."

왓슨력이 급기야 버스 기사에게도 미치기 시작한 듯하다. 와토는 그가 운전에 전념해줬으면 해서 왓슨력의 영향을 받지 않기를 바랐지만, 이 힘은 와토가 원하는 대로 제어할 수 있는 게 아니다.

"승객 여러분의 말씀을 들어보니 지금 사건 현장에는 두 가지 기묘한 점이 있다는 사실을 깨달았습니다."

"두 가지나?"

"네. 먼저 돌아가신 분의 좌석 커튼이 열려 있었다는 점입니다. 아마 범인이 범행 후 자리를 벗어나면서 다시 치지 않아서겠지만, 그렇다면 범인은 왜 커튼을 치지 않았을까요? 범인은 시신이 발견되는 시간을 최대한 늦추고 싶었을 겁니다. 이케부쿠로역 동쪽 출구 정류장을 지나면 차 안의 조명이 꺼질 테니 눈치채기 어려워지긴 하겠지만, 커튼이 그대로 열려 있으면 화장실에 가려고 일어선 다른 승객분이 시신을 발견하실 수도 있죠.

게다가 범인은 돌아가신 분이 헤드폰으로 듣고 있던 음악을 끄지도 않았습니다. 헤드폰에서는 제법 큰 소리로 음악이 새어 나오고 있었죠. 버스 안에서 새벽 2, 3시에 그 정도의 소리가 들리면 다른 승객분이 소리를 낮춰달라고 하러 갔다가 그분이 사망하신 걸 눈치채실 수도 있습니다.

물론 범행 직후에는 당황하는 바람에 떠올리지 못했을 수도 있지만, 자기 자리로 돌아간 뒤 마음이 가라앉으면 커튼을 치고 음악을 끄는 게 낫다는 사실을 깨닫겠죠.

그러나 범인은 그러지 않았습니다. 거기서 떠올릴 수 있는 가능성은 하나뿐입니다. 범인은 범행 후 돌아가신 분의 자리에 갈 수 없었던 사람인 겁니다."

"범행 후 피해자의 자리에 갈 수 없었던 사람? 그게 누구죠?"

마치다 신스케가 질문했다.

"설마 무서워서 못 간 걸까요?"

고비나타 레이코도 물었다.

"나카야마 님을 대하는 여러분의 태도를 보면, 이런 말씀을 드려도 괜찮을지 모르겠지만 여기 계신 분들은 모두 배짱이 두둑한 분들이라는 생각이 듭니다. 그러니 무서워서 돌아가신 분의 자리에 못 갔다고 생각되지는 않습니다."

승객들이 쓴웃음을 지었다.

"그럼 범인은 범행 후 어째서 피해자의 자리에 다시 가지 못한 거예요?"

"버스를 운전하고 있었기 때문입니다."

"……네? 그게 무슨 뜻이죠?"

"제가 바로 범인입니다."

그러자 승객들은 입을 모아 "네?" 하고 소리쳤다.

"돌아가신 분은 승객분들 중 가장 먼저 이 버스에 탑승하셨습니다. 전 돌아가신 분이 자리에 앉았을 때 그를 살해했습니다. 그 직후 다음 승객분이 탑승하시려는 게 보여서 서둘러 버스 문 앞에 가서 섰죠. 그때 서두르느라 미처 커튼을 치고 음악을 끄는 걸 떠올리지 못했습니다. 버스를 출발시킨 뒤에야 깨달았지만 이미 늦은 상태였죠. 휴게소에 정차하면 다른 분들이 눈치채지 못하게 몰래 가서 커튼을 치고 음악도 끄려고 했지만, 그전에 나카야마 님께서 버스를 납치하시는 바람에 그러지 못하게 된 겁니다."

"그런데 당신이 정말 범인이라면 왜 처음부터 내가 했다고 나서지 않고 굳이 자신을 범인으로 지목하는 추리를 들려준 거야?"

"왜인지는 잘 모르겠지만 저도 괜스레 추리를 해보고 싶어지더군요."

와토는 왓슨력의 힘을 새삼 깨닫고 어안이 벙벙해졌다. 지금껏 클로즈드 서클 상황에서 마주친 사건에서는 왓슨력의 영향을 받아 추리력이 향상된 사건 관계자가 범인을 추리해냈다. 그러나 이번 사건에서는 추리력이 향상된 범인이 자백을 넘어 무려 추리로 자신이 범인임을 입증했다. 범인에게까지 왓슨력이 작용할 줄이야. 실로 왓슨력의 진수다.

"피해자를 왜 죽였나?"

다카노 고조가 물었다.

"돌아가신 분은 제 여동생과의 약혼을 파기해 여동생을 자살로 내몬 장본인입니다. 승차권을 보여줬을 때 누군지 알아챘죠. 하지만 저분은 제가 예전 약혼자의 오빠라는 걸 전혀 눈치채지 못하더군요. 순간 분노가 치밀어 버스 안에 깜빡하고 내버려두고 있던 접이식 나이프를 가져가 자리에 앉은 저분의 가슴을 찌른 겁니다."

"어이, 버스에서 내리면 당장 자수해. 자수하면 죄가 가벼워지니까."

나카야마가 왠지 동정 섞인 목소리로 말했다.

"아뇨. 자수할 생각은 없습니다. 사람을 죽인 이상 저도 죽음으로 속죄하려고 합니다."

"……뭐?"

"이 버스를 중앙분리대에 충돌시킬 겁니다. 그럼 죽을 수 있겠죠. 이번 일에 휘말린 승객 여러분들께는 면목 없습니다만 그냥 운이 나빴다고 생각하고 포기해주십시오."

"이, 이봐. 지금 무슨 소리를 하는 거야?"

나카야마가 부랴부랴 기사를 달래기 시작했다.

"하나밖에 없는 목숨을 그렇게 내팽개치다니! 섣부른 짓이야! 죄를 갚을 거면 죽지 말고 살아서 갚아!"

나카야마는 그렇게 타이르더니 이번에는 와토를 비롯한 승객들을 향해 말했다.

"이봐. 당신들도 이리 와서 뭐라고 한마디 좀 해!"

와토를 비롯한 승객들이 자리에서 일어나 운전석 옆으로 갔다.

나카야마는 다카노 고조를 쳐다봤다.

"이봐, 영감탱이. 당신은 인생 경험이 많잖아. 죽으려는 사람을 말릴 말 한두 마디 정도는 할 수 있지 않아? 좀 해봐."

"우리 마누라는 항상 나더러 당신 말은 종잇장처럼 얄팍해서 설득력이 떨어진다고 하더군."

"뭐? 그럼 거기 있는 회사원 여자. 당신이 뭐라고 좀 해봐."

"프레젠테이션 형식으로 말하고 싶으니 컴퓨터랑 프로젝트, 스크린을 준비해주시겠어요?"

"그런 건 없어!" 나카야마는 이번엔 애원하는 눈빛으로 와토를 봤다. "그럼 거기 의사 양반, 당신이 뭔가 한마디 해봐."

"그렇다면 일본인의 3대 사인死因에 대해……."

"그딴 건 됐어! 이봐, 꼬맹이. 넌 아직 젊으니 삶이 희망으로 가득 차 있겠지? 그 희망을 조금 나눠주지그래?"

"전 어제 2년 동안 사귄 여자 친구에게 차여서 아무런 희망이 없어요."

나카야마는 급기야 권총을 맨 앞줄 자리에 내려놓고 야구 모자를 벗더니 손으로 머리카락을 쥐어뜯었다.

"하나같이 쓸모라곤 없는 녀석들이군!"

"지금이야! 덮칩시다!"

와토가 그렇게 외치고 나카야마의 허리 쪽으로 돌진했다. 납치범이 순간 균형을 잃고 통로에 엉덩방아를 찧었다. 그보다 한 박자 늦게 다카노 고조와 마치다 신스케가 나카야마의 몸 위에 올라탔다. 고비나타 레이코는 들고 있던 핸드백으로 나카야마의 얼굴을 여러 번 내려쳤다.

"아! 아야! 그만해!"

나카야마가 비명을 질렀다. 눈이 뻘겋게 충혈돼 있다. 이제는 완전히 전의를 상실한 듯했다.

"기사님, 자수해주실 거죠?"

마치다 신스케가 물었다.

"아뇨. 자수할 생각은 없습니다."

"네? 그럼 정말 죽을 거예요?"

"죽을 생각도 없습니다. 절 범인으로 지목한 조금 전의 추리는 나카야마 님을 놀라게 해 빈틈을 만들어 제압하기 위한 거짓말이었습니다."

"……거짓말이라고요?"

기사는 "네." 하고 웃는 얼굴로 고개를 끄덕였다.

"전 다섯 형제 중 막내라 여동생이 없어요."

5

기사의 지시로 버스 비품인 밧줄을 꺼내 나카야마의 몸을 꽁꽁 묶었다. 이후 무선으로 버스 회사와 경찰에 버스가 납치당했다고 신고했다. 버스 회사 직원은 가장 가까운 휴게소로 버스를 돌리라고 했다.

"어이. 나도 추리 하나 해도 될까?"

그때 느닷없이 나카야마가 입을 열어 와토는 깜짝 놀랐다. 온몸이 묶여 이제는 기가 팍 죽은 모습이다.

"하시죠. 추리는 만인에게 주어진 정당한 권리니까요."

와토가 말했다.

"고마워. 어쩐지 나도 추리를 하고 싶어져서 말이야. 살면서 지금처럼 머릿속이 맑았던 적이 없는 것 같아."

아무래도 나카야마에게까지 왓슨력이 미친 듯하다.

"우선 범인의 이름부터 말할게. 범인은 무라시타 센이치야."

"……네?"

낯선 인물의 이름을 듣고 와토는 순간 아연실색했다. 다른 승객들과 기사도 수상쩍은 얼굴로 나카야마를 봤다.

"무라시타 센이치가 누구죠?"

"아까 인터넷 뉴스에 나왔잖아. 도메이 고속도로의 에비나 휴게소에 세워져 있던 버스에 휘발유를 뿌려서 붙잡혔다는 남자."

"그 사람이 범인인 걸 어떻게 아셨죠? 혹시 아는 사이예요?"

"아니, 그런 건 아니야. 그냥 휴게소에서 버스에 휘발유를 뿌렸다는 걸 보고 그 남자가 범인이라고 깨달았어."

나카야마는 수수께끼 같은 말을 꺼냈다. 왓슨력의 영향인지 눈빛에서 지적인 느낌이 든다.

"내 추리는 조금 전 기사 양반의 추리를 바탕으로 했어."

"그게 무슨 뜻이죠?"

"범인은 범행 후 커튼을 치고 음악을 끄기 위해 다시 한 번 피해자의 자리로 가야 했지만 그러지 않았잖아. 승객이라면 화장실에 가는 척하면서 피해자 옆에 갈 수 있었을 거야. 그러지 않았다는 건 범인이 피해자 옆에 갈 수 없었던 사람이라는 걸 의미해. 기사 양반은 그런 근거로 자신이 범인이라는 추리를 선보였지. 하지만 그 추리는 무너지고 말았어.

　난 범인이 피해자 옆에 갈 수 없었던 사람이라는 결론 자체는 옳다고 봐. 그걸 전제로 곰곰이 생각해보니 피해자 옆에 가지 못했던 사람이 그 밖에 또 있다는 걸 깨달았어."

"그런 사람이 있었나요?"

"버스에 타지 않은 사람."

"……버스에 타지 않은 사람? 그게 무슨 말이죠?"

"피해자는 이미 칼에 찔린 상태로 버스에 탄 거야."

"네?"

"칼에 찔린 후 칼을 뽑지 않으면 칼이 마개 역할을 해서 피가 흐르지 않아. 그러니 칼에 찔린 후에도 잠시 동안은 걸을 수도 있다고 들은 적이 있어. 피해자는 버스에 타기 전에 이미 칼에 찔렸고, 어떤 이유로 버스에 올라탔어. 그리고 자기 자리에 앉은 직후 숨이 끊어진 거야. 그래서 커튼을 치거나 음악을 끄지도 못했지."

　승객들은 갑자기 논리적으로 추리를 들려주는 나카야마를 어이없이 쳐다봤다.

"버스에 타기 전에 칼에 찔렸다는 걸 암시하는 단서는 그것 말고도 있어. 피해자의 승차권 뒷면에 피가 묻어 있었다고 했잖아. 그 피는 언제 묻었을까? 버스에 탄 후에는 승차권을 만질 필요가 없어. 다시 말해 칼에 찔린 후 피 묻은 손으로 승차권을 만질 이유가 없다는 거야."

와토는 깜짝 놀랐다. 그 말이 맞았다.

"승차권은 버스에 타기 전에 기사에게 보여줘야 해. 그러니 그때 피해자의 피가 승차권에 묻었다고 볼 수 있지. 즉 그 시점에 피해자는 이미 칼에 찔려 있었어. 아마 찔린 부위에 손을 갖다 댔다가 피가 묻지 않았을까?"

"돌아가신 분은 그때 이미 칼에 찔려 있었던 건가요……."

기사가 망연자실해하며 말했다.

"그래. 하지만 피해자가 입은 롱코트 때문에 당신 눈에는 가슴에 꽂힌 칼이 안 보였던 거야. 하물며 피해자가 승차권을 내밀었을 때 피는 승차권 뒷면에 묻어 있었으니 앞면만 본 당신은 눈치채지 못했지."

마치다 신스케가 고개를 갸웃했다.

"그런데 피해자는 왜 버스에 탔죠? 칼에 찔리면 그 즉시 병원에 가는 게 상식 아닌가요? 왜 그러지 않고 그대로 버스에 탄 거예요?"

"병원에 가지 못할, 뭔가 떳떳하지 못한 사정이 있었던 거야."

"떳떳하지 못한 사정?"

"피해자는 접이식 나이프로 범인을 찔러 죽이려고 했어."

"……네?"

"피해자는 오미야역 서쪽 출구 부근에서 범인을 살해한 후 곧장 고속버스를 타고 도바로 도망치려고 했을 거야. 하지만 반격을 당하는 바람에 오히려 자기가 칼에 찔리고 말았어. 병원에 가면 왜 칼에 찔렸는지 물을 테고, 그에 대답하자면 자신이 살인을 계획했다는 이야기도 경찰에게 털어놔야 해. 사건성이 있으니 경찰이 올 테니까. 거짓말할 수도 있겠지만, 칼에 찔린 그럴듯한 이유를 갑자기 만들어내기는 어려워. 또 급조한 거짓말을 하면 말이나 행동에 허점이 생겨 의심을 살 위험이 크지. 그래서 어쩔 수 없이 예정대로 고속버스에 올라탄 거야.

피해자의 스마트폰 잠금화면에 병원 입구 앞에 선 피해자와 여자의 모습이 찍혀 있었다고 했지? 그렇다면 피해자는 그 병원을 경영하는 사람의 가족일 가능성이 높아. 그 병원은 아마 도바에 있겠지. 가족이 경영하는 병원이라면 경찰에게 질문당할 일 없이 칼에 찔린 상처를 치료할 수 있어. 그래서 피해자는 그곳으로 향하려 한 거야.

자, 그럼 그를 찌른 범인의 입장에서 이번 사건을 생각해보자고. 범인은 피해자에게 습격당했지만 그 칼을 빼앗아 피해자를 찔렀어. 그건 우발적인 행위였으니 당연히 지문이 묻는 걸 막기 위한 장갑 같은 것도 끼지 않았겠지. 그러니 칼에는 범인의 지문이 그대로 남았을 거야. 그런 상황에서 범인은 무슨 생각을 했을까?"

"지문을 없애려고 했을까요?"

"그래. 하지만 피해자는 이미 버스에 올라탔고, 버스는 범인이 그를 뒤쫓아 타기도 전에 출발하고 말았어. 그래서 칼에 묻은 지문을 지울 수 없게 됐지."

그때 고비나타 레이코가 "잠깐만요." 하고 끼어들었다.

"범인이 버스에 타기 전에 버스가 출발했다고 했는데, 어떻게 그렇게 단언해요? 범인이 버스에 탔을 수도 있지 않아요? 그럼 우리 중 누군가가 범인이겠죠."

"그럴 리는 없어."

"왜죠?"

"우리는 지금껏 피해자가 버스 안에서 칼에 찔렸다고 믿었어. 즉, 승객 중 누군가가 범인이라고 생각하고 있었지. 만약 범인이 승객으로 이 버스에 탔다면 피해자가 버스에 타기 전 칼에 찔렸다는 가설을 반드시 제시했을걸. 그러지 않으면 버스 안에 있는 자신이 의심받을 수도 있으니까. 한편, 피해자가 버스에 타기 전 칼에 찔렸다면 용의자는 불특정 다수가 되니 버스 승객만 의심받을 리는 없어. 그런데도 승객 중 어느 누구도 피해자가 버스에 타기 전 칼에 찔렸다는 가설을 제시하지 않았지. 그렇다면 범인이 승객으로 이 버스에 탔을 가능성은 없다는 거야."

"듣고 보니 그러네요……. 그런데 당신, 대단한데요. 갑자기 왜 그렇게 똑똑해졌어요? 눈빛부터 달라요. 나중에 죄를 갚으면 내 밑으로 와서 일해볼래요?"

"이유는 나도 잘 모르겠지만 이상하게 머릿속이 아주 맑아."

나카야마는 쑥스러운 듯이 말했다.

"자, 그럼 이야기를 되돌려서 범인은 칼에 묻은 지문을 없애고자 했어. 하지만 피해자는 버스에 올라탔고, 버스는 범인이 그를 뒤쫓아 타기 전에 출발하고 말았지. 칼에 남은 지문을 없애지 못하게 된 거야.

이대로 피해자가 사망하고 경찰이 칼에 묻은 지문을 조사하면 범인이 누군지는 단숨에 밝혀져. 범인은 얼른 칼에 묻은 지문을 지워야 한다고 노심초사했어. 물론 범인의 행위는 기껏해야 과잉방위 정도이니 중죄를 물을 수는 없겠지만, 범인은 그것만으로도 사회적 지위를 잃을만한 높은 위치에 있는 사람이겠지.

범인은 칼에 남은 자기 지문을 없애기 위해 다음 정류장인 이케부쿠로역 동쪽 출구에서 버스에 타려고 했어. 아마 오토바이 같은 걸 타고 달려갔겠지. 오미야역 서쪽 출구에서 이케부쿠로역 동쪽 출구까지 버스로는 40분 정도 걸리지만, 오토바이를 타면 차 사이를 누비며 달릴 수 있으니 버스보다 먼저 도착할 수 있어. 범인은 이케부쿠로역 동쪽 출구에 먼저 도착해 버스 회사 판매소에서 승차권을 샀을 거야. 이 버스에는 승객이 나를 포함해 여섯 명밖에 없으니 출발 시각 직전이어도 승차권은 충분히 살 수 있었겠지.

그런데 내가 이 버스를 납치하는 바람에 버스는 이케부쿠로역 동쪽 출구에서 멈춰 서지 않고 그대로 정류장을 지나쳐버렸어. 범인은 그걸 보고 무척 놀랐을 거야."

와토는 버스가 이케부쿠로역 동쪽 출구 정류장을 통과하던 때를 떠올려봤다. 버스가 멈춰 서지 않자 정류장에 서 있던 중년 남자가 망연자실한 얼굴로 버스를 바라봤었다. 그가 바로 범인이었던 걸까.

지금껏 버스 납치범 때문에 범인이 현장에서 빠져나가지 못했다고 생각했지만, 오히려 반대로 **버스 납치범 때문에 범인은 (피해자가 있는) 현장에 가지 못했던 것이다.**

"버스가 왜 정류장에 멈춰 서지 않았는지 범인은 이해할 수 없었을 거야. 하지만 굳이 판매소에 찾아가 묻지는 않았겠지. 자칫하다가는 직원이 자기 얼굴을 기억할 수도 있으니까.

그 대신 범인은 버스를 다시 뒤쫓기로 했어. 버스의 경로를 알고 있으니 다음에 정차할 휴게소에 먼저 가 있기로 한 거야. 다만 정류장과 달리 휴게소에서는 버스에 타고 있던 승객들이 휴식하려고 내리기만 할 뿐, 새로운 승객이 버스에 탈 수는 없어. 그러니 버스에 올라타서 지문을 없앨 수는 없는 거야. 그렇다면 범인은 거기서 어떤 생각을 했을까? 그때 난 인터넷 뉴스에서 본, 도메이 고속도로 에비나 휴게소에서 버스에 휘발유를 뿌렸다가 붙잡혔다는 무라시타 센이치라는 남자가 떠올랐어. 버스에 휘발유를 뿌린다⋯⋯. 그 녀석은 아마 버스를 불태우려고 한 게 아닐까?"

"⋯⋯버스를 불태운다고요?"

"그래. 버스를 불태우면 칼에 묻은 지문도 불길에 휩싸여 사라질 테니까. 만약 불에 타서 사라지지 않더라도 소화기 거품과 함께 사라질 거라고 생각했겠지. 무라시타 센이치라는 남자가 했다는 행동이 이번 사건의 범인이 할 만한 행동으로 딱 들어맞지 않아? 그것도 모자라 그 녀석은 투자 펀드 회사의 사장이라고 해. 과잉방위라고는 해도 사람을 죽였다는 사실이 알려지는 것만으로 사회적 지위를 잃을만한 위치에 있는 사람이지. 이 역시 범인의 조건에 부합해. 그래서 그 녀석이 범인이라고 확신했어. 덧붙이

자면 이게 무라시타 센이치의 얼굴이야. 다들 본 적 있지?"

나카야마는 스마트폰을 몇 번 두드려 화면을 모두에게 보여줬다. 그곳에 비친 중년 남자의 얼굴을 보고 승객들은 모두 "앗!" 하고 소리쳤다. 그는 이케부쿠로역 동쪽 출구 정류장에 버스가 멈춰 서지 않자 입을 떡 벌린 채 버스를 멍하니 바라보던 남자였다.

"하지만 무라시타의 예상과 달리 버스는 에비나 휴게소에도 정차하지 않았어. 내가 버스의 목적지를 조시로 바꿨으니까. 버스 납치 소식이 뉴스로 보도되지 않은 탓에 무라시타는 그걸 알지 못한 채 오토바이를 타고 고속도로를 달려가 에비나 휴게소에 도착했고, 이후 버스에 휘발유를 뿌렸지. 하지만 그 버스는 이 버스와 차종만 같은 다른 버스였어. 휴게소에는 보통 고속버스가 여러 대 세워져 있고, 늦은 밤에는 외형만으로 버스를 구분하기가 어려우니 착각했어도 이상하지는 않아. 버스를 불태우는 건 황당무계한 방법이지만, 피해자를 놓친 데다 증거인멸에도 실패했으니 무라시타는 그때 아마 정상적인 심리 상태가 아니었을 거야."

무라시타도 자포자기해서 버스 납치를 시도한 사람에게 '정상적인 심리 상태가 아니었다.'라는 말을 듣고 싶지는 않을 것이다. 와토는 그렇게 생각했지만 입을 다물었다.

"애초에 피해자가 무라시타라는 남자를 살해하려고 한 이유는 뭔가요?"

"무라시타는 투자 펀드 회사의 사장이야. 한편 피해자는 '노사 종합병원'을 경영하는 사람의 가족이지. 어쩌면 무라시타의 투자 펀드 회사와 '노사 종합병원' 경영자 가족 사이에 병원 매수를 둘러싼 법정 다툼 같은 거라도 있지 않았을까? 피해자는 그래서 무라시타에게 앙심을 품었던 거야. 이건 뭐 무라시타에게 직접 물어보면 금세 밝혀지겠지만."

범인은 갑작스럽게 공격을 받아 반격했지만 피해자는 그대로 도망쳤고, 다시 그를 쫓아 한겨울 늦은 밤에 오토바이를 타고 장시간을 달렸다. 그러나 결국 증거인멸에 실패하고 방화죄로 체포된 걸로도 모자라, 심지어 증거인멸 실패 원인을 제공한 버스 납치범에게 범인으로 지목되기까지 했다. 이보다 더 운 나쁜 범인이 있을까. 와토는 내심 그를 동정했다.

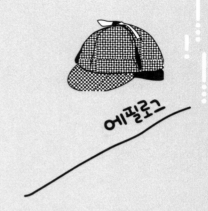

에필로그

와토는 일곱 가지 사건의 회상을 마쳤다.

각각의 사건에서 마지막 추리를 선보인 일곱 명 중에 이번 납치범이 있다. 그게 대체 누굴까.

눈 내리는 펜션에서 일어난 이중 사살 사건에서 추리를 선보인 경시청 SAT 대원 가타세 쓰구미.

캄캄한 갤러리 안에서 일어난 조형물 가격 살인 사건을 추리한 화가 오마에 후미유키.

폭풍우가 몰아치는 섬에서 일어난 독살 사건을 추리한 사사모리가의 집사 히라야마.

눈 쌓인 건축 현장에서 일어난 불가능 범죄를 추리한 사격 동호회 회원 미야기 도키오.

로스앤젤레스 국제공항으로 향하는 여객기 안에서 일어난 독살 사건을 추리한 이스트스카이항공 국제선 기장

가가와.

해답편이 없는 추리극을 둘러싼 토론에서 마지막 추리를 선보인 극단원 에모토 다이고.

납치된 버스에서 일어난 살인 사건을 추리한 버스 납치범 나카야마 고이치로.

이들 일곱 명 중에 납치범이 있다. 아니, 나카야마는 현재 재판 중이라 구치소에 있으니 그를 제외한 여섯 명 중에 납치범이 있을 것이다.

모습을 보이지 않고 자신을 기절시킨 후 이곳까지 데려온 수법을 생각하면 SAT 대원인 가타세 쓰구미가 납치범일 확률이 있다.

이곳은 핵 방공호로 보이는데, 평범한 집에는 없을 이런 공간을 마련했다는 점에서 재력가인 사사모리가의 집사 히라야마가 납치범일 수도 있다.

여섯 명 중에서는 이 두 사람이 가장 수상하다. 그러나 다른 네 사람이 범인이어도 이상하지는 않다.

와토는 골머리가 아파서 눈앞에 있는 벽을 잠시 멍하니 바라봤다.

그때 문득 납치범이 어떤 사건에서 마지막 추리를 한 사람인지 밝힐 단서를 떠올렸다.

벽. 그렇다. 벽이다.

왜 지금껏 눈치채지 못했을까. 아니, 오히려 지나치게 뻔해서 눈치채지 못한 것이다. 이 단서만 알면 여섯 명 중 오직 한 명으로 후보를 좁힐 수 있다. 납치범은 그일 수밖에 없다.

와토는 납치범의 정체를 혼자 힘으로 밝혀냈다는 사실에 흥분했다.

하지만 납치범을 알아냈다고 해도 앞으로 자신이 뭘 할수 있을까.

정체를 밝혀낸 걸 납치범에게 들켜서는 안 된다. 만약범인이 알게 되면 자신의 입을 막으려들 것이다. 납치범은지금은 와토를 살려둘 생각인 것 같지만, 본인의 정체가밝혀지면 방침을 바꿀 가능성도 있다.

당신의 정체를 알아냈다고 납치범 앞에서 대놓고 말해서는 안 된다. 그렇다면 이대로 아무것도 하지 않고 잠자코 있어야 하나. 납치범은 왓슨력으로 본인의 추리력을 높여 소정의 목적을 이룬 후에는 자신을 풀어주지 않을까. 그전까지 얌전히 기다려야 할까.

하지만 납치범이 과연 와토를 순순히 풀어줄지는 불분명하다. 왓슨력의 힘만 받고 마지막에는 입을 틀어막을 계획일 수도 있다.

대체 어떡해야 좋을까?

몇 시간 동안 골똘히 궁리하다가 지쳐서 슬슬 포기하려할 때였다.

갑자기 방 안의 문이 튕겨 나가더니 세 사람이 우르르들어왔다. 남색 진압복 위에 방탄조끼를 입었고, 머리에는바이저가 달린 헬멧을 쓰고 총을 들었다. 경시청 SAT 대원들이다. 방 안을 둘러보더니 한 대원이 화장실로 이어지는 문을 열었다. 다른 대원이 재빨리 그 안에 총을 들이밀었다. 나머지 대원은 식료품과 페트병이 든 상자를 확인했다. 폭발물이 들어 있는지 확인하는 듯했다.

안전하다는 게 밝혀지자 세 사람 중 가장 몸집이 작은대원이 바이저를 올렸다. 드러난 얼굴을 보고 와토는 놀라서 하마터면 펄쩍 뛸 뻔했다.

"오랜만이야."

가타세 쓰구미가 와토를 보며 싱긋 웃었다.

+ + +

와토는 세 사람의 부축을 받아 방에서 나갔다. 문 너머에 위로 올라가는 계단이 있다. 예상한 대로 지금껏 지하에 갇혀 있었던 것이다.

계단을 올라가자 10평 정도 되는 넓은 방이 눈앞에 펼쳐졌다. 다른 SAT 대원들이 호화로운 인테리어로 꾸민 방이곳저곳을 살피고 있다. 납치범은 이미 체포됐는지 보이지 않았다.

왓슨력이 미치는 범위는 반경 20미터 남짓 되는 원 안이다. 더 정확히 말하자면 반경 20미터 정도 되는 구 안이다. 납치범은 아마 이 방 안에서 왓슨력의 영향을 받고 있었을 터였다.

테이블이 있고 그 위에 데스크톱 컴퓨터와 모니터가 보였다. 납치범은 왓슨력 덕분에 높아진 추리력을 활용해 컴퓨터로 어떤 작업을 하고 있었던 듯했다.

현관을 지나 나가자 바깥은 이미 밤이었다. 와토가 "오늘이 며칠이고 지금이 몇 시죠?" 하고 묻자 쓰구미는 "22일 밤 10시."라고 했다. 20일 오후 8시 넘어서 납치됐으니 대략 50시간쯤 지난 셈이다.

집 안 부지 이곳저곳에 투광기가 설치돼 있어 주변을 환하게 비추고 있었다. 와토는 조금 전 자신이 나온 건물을 되돌아봤다. 2층 높이의 고풍스러운 양옥이다.

문을 지나 나갈 때 기둥에 달린 문패가 눈에 들어왔다. 그곳에는 와토가 납치범이라 추리한 사람의 성이 적혀 있었다. 와토는 자신의 추리가 들어맞았다는 사실에 감동했다.

부지 밖 도로에는 SAT 장갑차, 수사 1과 차량, 그리고 구급차가 세워져 있었다. 제복경찰이 곳곳에 서 있고 그 너머에서 이웃 주민들이 긴장한 얼굴로 이쪽을 바라보고 있다.

3계 계장과 동료들이 와토를 보더니 "고생했네!", "다행이야!"라고 말했다. 와토는 그들을 향해 미소 지었다.

몸에는 별 이상이 없는 듯했지만, 그래도 일단 확인은 해야 한다고 해서 와토는 구급차에 올라타 경찰병원으로 향했다. 그곳에서 정밀검사를 받고 이상 없다는 진단을 받았지만 다음 날까지 입원실 신세를 졌다. 윗선에서는 푹 쉬라며 개인실까지 마련해줬다.

다음 날인 23일 아침, 3계 계장과 수사 1과장이 몸소 병실에 찾아와 와토를 격려했다. 그들은 납치범의 이름과 와토가 납치되었던 곳이 다치카와시에 있는 납치범의 자택이었다는 사실을 알려줬다.

와토가 "어떻게 제가 그곳에 감금된 걸 아셨죠?"라고 묻자 수사 1과장은 익명 신고가 들어왔다고 했다. 수상한 두 사람이 그 집에 웬 남자를 데려가고 있었는데, 그중 한 명이 "현직 경찰을 납치하다니." 하고 겁먹은 듯 말했고 다른 한 명은 그를 달래는 것처럼 보였다고 한다.

신고를 받은 수사 1과는 그 즉시 유괴와 인질 사건을

담당하는 특수범수사계, 이른바 SIT를 문제의 집으로 보냈다. 익명 신고가 들어왔다고 집주인에게 알리자 그는 느닷없이 현관문을 쾅 닫고 자물쇠를 잠갔다. 형사가 창 쪽으로 돌아서 가려고 하자 심지어 총까지 쐈다고 한다. 수사관들이 허둥지둥 퇴각하는 사이 그는 집 안에 있는 창문과 덧문을 모두 닫아버렸다.

현직 경찰관이 감금된 사안의 중대성을 고려해 경시총감은 SAT를 투입하기로 결정했다. 현장에 도착한 SAT 대원들은 그에게 투항을 요구했지만 응하지 않자 결국 자택에 침입해 범인을 체포했고, 그의 진술을 받아 지하실에 감금돼 있던 와토를 구출했다.

"자네가 감금돼 있던 곳은 핵 방공호였네. 예전에는 공습을 피하려 만든 지하 공간이었는데 30년 정도 전에 핵 방공호로 개조했다더군. 문은 밖에서 걸어 잠그는 구조고 천장에는 감시 카메라가 달려 있었어. 자네를 감금하려고 최근에 설치한 모양이더군."

"공습을 피하려고 만든 공간이라면 상당히 오래전에 지어진 집인가 보군요."

"범인의 조부 대부터 이어져 내려온 집이라고 해."

그러더니 수사 1과장은 갑자기 와토의 얼굴을 쳐다봤다.

"그런데 한 가지 궁금한 게 있네. 지금 그곳 거실에 있던 컴퓨터를 분석하는 중인데, 자네를 감금해둔 동안 범인은 FX 거래°를 하고 있었다더군."

"……FX요?"

"외환 증거금 거래. 심지어 레버리지를 최대한 높게 설정한 후 단시간에 여러 번 거래를 반복해 거액의 이익을 챙기려 했던 모양이야. 그런데 그것과 자네를 감금한 게 대체 무슨 상관이 있는지가 불분명하네. 그 점에 대해서만큼은 범인도 지금껏 함구하고 있어. 자네는 자네가 왜 감금됐는지 혹시 범인에게 들었나?"

"아뇨. 전혀요. 애당초 전 범인과 일면식도 없습니다."

납치범은 왓슨력을 이용해 본인의 추리력을 높여 FX 거래에 활용, 큰돈을 얻으려 했다. 납치범이 감금 목적을 여태 함구한 이유는 왓슨력에 대해 설명해봐야 형사가 믿어주지 않으리라 판단했기 때문일 것이다.

"아무튼 오늘은 푹 쉬게." 수사 1과장은 그렇게 말하고 3계 계장과 함께 병실을 나갔다.

✤ ✤ ✤

● 외환을 이용한 금융거래 상품의 일종. 개인이 금융업체에 일정한 증거금을 맡기고 이 금액의 수배에서 최고 100배까지 외환을 사고판다. 인터넷으로 24시간 거래가 가능하며, 일본에서는 신종 재테크 수단으로 인기다.

점심때가 되자 손님 한 명이 더 찾아왔다.

"괜찮아 보이네."

의자에 앉은 가타세 쓰구미가 침대에서 상반신을 일으킨 와토를 물끄러미 쳐다봤다. 오늘은 평범한 청재킷에 바지 차림이다. 예전에 눈 내리는 펜션에서 만났을 때처럼 쇼트커트를 하고 있다. 미인이고 스타일도 좋지만 왠지 표범을 연상케 하는 위압감은 여전하다.

"어젯밤에는 구출해주셔서 감사합니다."

와토는 고개를 숙였다. 쓰구미는 무뚝뚝하게 "됐어. 별일도 아닌데." 하고 손사래를 쳤다.

"그런데 한 가지 궁금한 게 있습니다만……."

와토는 구출의 계기가 된 익명 신고에 대해 물어보기로 했다.

"대체 누가 신고한 겁니까? 쓰구미 씨는 뭔가 알고 계시나요?"

쓰구미는 주변에 사람이 없는지 확인하듯 병실을 한 바퀴 둘러보고 나서 말했다.

"실은 그 신고는 내가 다른 사람에게 하라고 시켰어."

"……쓰구미 씨가요?"

와토는 쓰구미를 빤히 쳐다봤다.

"그 말씀은 즉, 쓰구미 씨는 제가 감금된 걸 알고 계셨다는 말인가요? 맙소사. 대체 왜. 설마……."

"설마 범인이냐고? 그럴 리 없잖아."

"그럼 어째서……."

"그걸 설명하기 전에 우선 나부터 당신에게 확인할 게 있어. 당신, 이상한 능력이 있지? 옆에 있는 사람의 추리력을 높여주는 능력 말이야."

와토는 입을 떡 벌렸다. 왓슨력을 어떻게 알고 있는 걸까.

"역시 있나 보네."

"……네. 있습니다."

와토는 '왓슨력'이라는 힘의 이름과 유래를 그녀에게 설명했다. 쓰구미가 빙긋 미소 지었다.

"왓슨력이라, 그거 좋네. 응. 절묘한 이름이야."

"근데 왓슨력에 대해 어떻게 아시는 겁니까? 제가 감금된 곳은 또 어떻게 아셨고요?"

쓰구미는 설명을 시작했다.

그녀는 눈 내리는 펜션에서 일어난 이중 사살 사건을 해결한 걸 계기로 추리에 흥미를 느끼기 시작했다. 그래서 수사 1과로 소속을 옮길까 고려해봤지만, 펜션 안에서는 머릿속이 아주 맑았는데 이후 다시 원래대로 돌아가 버려서 이런 상태로는 소속을 옮겨도 활약할 수 없겠다고 판단해 포기했다. 그러나 그로부터 1년이 지나도 추리를 향한 관심은 식지 않았고, 수사 1과로 옮기고 싶다는 욕망도 사라지지 않았다.

그러다가 그저께 저녁, 일을 마치고 집에 돌아가는 길에 와토와 그 문제를 상의하고자 수사 1과가 있는 본부 청사 6층으로 향했다. 그런데 수사 1과 소속 형사 두 명이 쓰구미를 구석으로 데려가더니 심각한 얼굴로 와토가 현재 행방불명 상태라고 전했다. 쓰구미가 무심코 "와토 씨가 행방불명이라니, 그게 대체 무슨 소리예요?" 하고 따지듯 묻자, 두 형사는 웬일인지 겁먹은 얼굴로(쓰구미가 화난 얼굴로 따지면 남자들은 대부분 겁먹을 것이다) 와토가 오늘 출근하지 않았고 스마트폰과 집 전화를 받지 않는 것은 물론이고 집에도 돌아온 흔적이 없다고 했다. 딱히 가출할 이유도 없으니 와토가 어떤 사건에 휘말렸을 가능성이 있다고 보고 지금부터 수색을 시작할 거라고도 했다.

쓰구미는 깜짝 놀랐지만 혼자 힘으로는 어쩔 도리가 없었다. 결국 와토를 걱정하면서도 그날은 집에 돌아갔다.

다음 날 아침 9시경 쓰구미가 속해 있는 SAT반은 차량에 올라타 훈련지로 향했다. 차가 다치카와시 주택가 옆 교차로에서 신호를 기다릴 때였다. 쓰구미는 불현듯 기이한 느낌에 휩싸였다.

마치 초점이 정확히 맞는 안경을 쓴 것처럼 눈앞에 있는 모든 게 또렷했다. 관련이라고는 없어 보이는 것들이 '의미의 실'로 한데 묶여 있는 듯 보였다. 무질서하게 흩어진 사물들이 일렬로 정렬됐다.

눈 내리는 펜션에서 추리 대결을 펼쳤을 때 느낀 것과 같은 감각이었다. 1년도 더 지나 비슷한 감각이 되살아나자 쓰구미는 몹시 놀랐다. 그러나 신호가 파란불로 바뀌어 차가 달리기 시작하자 그 느낌은 금세 다시 사라져버렸다.

어쩌다 그때의 감각이 되살아났을까. 그리고 왜 갑자기 다시 사라졌을까.

쓰구미는 거기서 어떤 가능성을 떠올렸다. 눈 내리는 펜션에서 머릿속이 맑아졌던 건 그런 효과를 초래하는 뭔가가 옆에 있었던 덕분 아닐까. 그 후 그게 사라지는 바람에 다시 예전 상태로 돌아간 것이다. 이번에 그 감각이 되살아난 이유는 차량이 신호를 기다리던 교차로 바로 옆에 효과를 부르는 그것이 있었기 때문이다. 그래서 차가 다시 출발해 교차로를 벗어나는 순간 그 감각도 사라져버린 것이다.

그렇다면 머릿속이 맑아지는 효과를 일으키는 그것의 정체는 대체 뭘까. 쓰구미는 거기서 문득 와토가 속한 수사 1과 제2강력범죄수사팀 3계가 검거율 100퍼센트라는 경이적인 숫자를 기록 중이라는 사실을 떠올렸다. 한때 수사 1과로 옮길까 하고 고민할 때 수사 1과에 대해 조금 조사한 적이 있어 알고 있었다. 그러한 사실과 눈 내리는 펜션에서 와토가 옆에 있었다는 사실이 머릿속에서 하나로 연결되자 거의 망상에 가까운 발상이 떠올랐다. 머릿속을 맑게 해주는 매개체가 혹시 와토는 아닐까. 그래서 와토가 속한 3계가 경이적인 검거율을 기록하고, 눈 내리는 펜션에서 자신 역시 사건을 해결할 수 있었던 건 아닐까.

그렇다면 머릿속이 맑아지는 그 감각이 되돌아왔다는 사실은 와토가 그 교차로 근처에 있었다는 걸 의미한다. 와토가 제 발로 집을 나갈 일은 없다고 했으니, 교차로 근처에 감금돼 있다는 뜻이다.

다시 한 번 교차로에 돌아가 자세히 조사해보고 싶었지만 훈련을 앞두고 있어서 불가능했다. 쓰구미는 차에 타 있는 내내 초조함에 시달렸다. 훈련지에 도착한 후에도 거의 건성으로 훈련을 소화했고, 저녁이 돼 훈련이 끝나자마자 급히 교차로로 달려갔다.

교차로에서 SAT 차량이 멈춰 있던 위치를 특정해 바로 옆 인도에 올라섰다. 그러자 또다시 그 감각이 되살아났다. 이 감각은 대체 어디에서 오는 걸까.

바로 왼쪽 모퉁이에 돌담으로 둘러싸인 부지가 있었다. 돌담이 교차로 모퉁이에서 각각 두 방향으로 30미터쯤 뻗어 있어 제법 넓어 보였다. 부지 안에는 나무가 무성했고 그 너머 2층짜리 오래된 양옥이 눈에 들어왔다. 주변은 주택가지만 그중에서도 유독 특이한 분위기를 발산하는 집이었다.

'와토가 감금된 곳이 바로 저기다'라는 직감이 들었다. 쓰구미는 확인을 위해 교차로 모퉁이에서 두 방향으로 뻗은 돌담 옆을 따라 걸어봤다. 두 방향 모두 돌담이 끊기는 곳 부근에서 감각이 사라졌다. 뒤이어 교차로의 양옥이 지어진 곳 모퉁이에서 두 방향으로 뻗은 횡단보도를 건너 집 반대편으로 걸어가 봤다. 어느 쪽이든 횡단보도를 절반 정도 건넜을 때 그 감각이 사라졌다.

즉, 저 집에서 멀어지면 감각이 사라지는 것이다. 이는 와토가 감금된 곳이 집 안임을 암시했다.

그렇다면 어떤 구실을 대야 저 집 안에 들어갈 수 있을까. 와토가 그곳에 감금돼 있다고 생각하는 근거는 저 집 근처에 가면 눈 내리는 펜션 때와 마찬가지로 머릿속이 맑아졌기 때문이라는, 언뜻 듣기에 정신 이상자의 헛소리나 마찬가지인 논리다. 이런 논리로는 절대 경찰을 움직일 수 없다. 어쩔 수 없이 쓰구미는 예전에 공수도장을 함께 다닌 후배에게 부탁하기로 했다. 후배는 "쓰구미 선배를 위해서라면 뭐든 하겠습니다." 하고 의기양양하게 경시청에 익명 신고를 해줬다.

"그랬던 건가요……."

와토는 감격했다. 왓슨력이 그런 형태로 자신에게 도움을 줄 줄은 꿈에도 몰랐다. 쓰구미가 그 힘을 깨달아준 건 엄청난 행운이다. 왓슨력이 작용하는 구역은 와토를 중심으로 반경 20미터 남짓 되는 구 안이다. 와토가 감금돼 있던 지하실에서 도로까지의 거리가 20미터 정도 됐고, 도로를 달리던 SAT 차량이 우연히 그 구 안을 지나간 덕에 쓰구미가 왓슨력의 영향을 받아 머릿속이 맑아지는 감각을 받을 수 있었던 것이다. 만약 SAT 차량이 다른 경로로 달렸다면 왓슨력이 미치지 못해 쓰구미 역시 와토의 존재를 깨닫지 못했을 터였다.

"이번에는 내가 묻고 싶은데, 범인은 당신을 왜 감금한 거야? 다른 건 다 솔직히 털어놨는데 정작 중요한 감금 이유에 대해선 입 다물고 있다더라고. 범인은 당신을 감금해 둔 동안 FX 거래라는 걸 했다고 하는데, 그게 감금과 대체 무슨 관련이 있지? 혹시 당신한테는 알려주지 않았어?"

"납치범은 제 앞에 단 한 번도 모습을 드러내지 않은 인물입니다. 감금돼 있는 동안 이것저것 궁리하며 감금 이유에 대해서는 대략 추측할 수 있었죠. 제 왓슨력으로 본인의 추리력을 높여 FX 거래에 활용하려고 했을 겁니다."

"당신의 왓슨력을 활용한다고? 납치범이 어떻게 왓슨력에 대해 알고 있어?"

와토는 쓰구미에게 눈 내리는 펜션에서 일어난 이중 사살 사건 외에도 왓슨력이 사건 관계자에게 영향을 미쳐 해결한 사건이 여섯 건이나 더 있다고 알려줬다(추리극을 둘러싼 토론은 사건이라고 하기 어렵겠지만).

"그렇게나 자주 사건에 휘말렸다고?"

쓰구미가 눈을 휘둥그레 떴다.

"그때 마지막 추리를 선보여 사건을 해결한 분 중 누군가가 어떤 특수한 힘이 관계자들의 추리력을 높여준다는 사실을 깨달았겠죠. 그리고 제가 속한 수사 1과 제2강력범죄수사팀 3계가 검거율 100퍼센트를 자랑한다는 사실도 알게 돼 제게 왓슨력이 있다고 확신했을 거예요."

"당신에게 왓슨력이 있다고 내가 알게 된 것처럼 말이지?"

"네. 그런데 국제선 기장이면 돈을 많이 받지 않나요? 왜 저를 감금하면서까지 한몫 챙기려고 한 걸까요."

"범인이 살던 집은 조부 대부터 물려 내려왔지만 유지비와 고정자산세가 높아서 기장 월급으로도 소화하기 힘들었던 모양이야. 그래서 일확천금을 노려 FX 거래에 도전했다고 해. 국제선 기장이라는 직업 관계상 외국 사정에 밝다는 자신감도 영향을 미쳤을 테고. 덧붙이자면 당신을 납치할 때 쓴 불법 개조 스턴건이나 SIT 수사원이 집으로 찾아갔을 때 발포한 총은 기장 지위를 악용해 몰래 반입한 물건들이라더군."

쓰구미는 대답한 뒤 다시 말을 이었다.

"방금 납치범이 국제선 기장이라고 했는데, 혹시 누구한테 들은 거야?"

"아뇨. 감금돼 있을 때 스스로 떠올린 겁니다."

"추리했다고?"

쓰구미가 놀란 얼굴로 물었다.

"네. 왓슨력이 사건 관계자에게 작용해 해결된 사건에서 마지막 추리를 선보인 사람 중, 납치범이 될 만한 사람은 기장인 가가와 씨뿐이라는 걸 알게 됐죠."

"어떻게?"

"추리의 토대가 된 건 그때 납치범이 저와 다른 공간에 있었다는 사실입니다."

"응? 그게 무슨 말이야?"

"납치범은 왓슨력이 벽을 통과해 작용한다는 것, 그리고 왓슨력의 영향을 받으려면 굳이 저와 대면할 필요가 없다는 걸 알고 있는 사람이라는 뜻이죠."

"그렇구나."

"제가 그동안 맞닥뜨린 사건 중에 눈 내리는 펜션에서 일어난 이중 사살 사건, 캄캄한 갤러리 안에서 일어난 조형물 가격 살인 사건, 폭풍우가 몰아치는 섬에서 일어난 독살 사건, 눈 쌓인 건축 현장에서 일어난 불가능 범죄, 해답편이 없는 추리극을 둘러싼 토론, 납치된 버스에서 일어난 살인 사건까지 이렇게 여섯 가지 사건은 모두 저와 사건 관계자들이 한 공간에 있었고 말을 주고받았습니다. 납치범이 만약 그 관계자 중에 있다면 왓슨력의 영향을 받으려면 저와 같은 공간에 있고 말을 주고받아야 한다고 생각했겠죠.

반면 나머지 하나, 국제선 여객기 안에서 일어난 독살 사건에서 진상을 밝힌 기장은 당시 제가 있던 공간과 벽으로 분리된 조종석에서 왓슨력의 영향을 받았습니다. 다시 말해 그 기장은 벽을 사이에 두고 저와 직접 말을 주고받지 않아도 왓슨력의 영향을 받을 수 있다고 깨달은 겁니다. 따라서 납치범은 기장일 가능성이 크다고 판단했습니다."

"그렇구나. 나도 그 집 옆에서 머릿속이 맑아지는 느낌을 받은 덕에 비로소 당신 힘이 벽을 관통한다는 걸 알게 됐지만, 눈 내리는 펜션에서의 그 경험만 있었다면 당신과 같은 공간에 있어야 힘을 받을 수 있다고 생각했겠지. 당신의 힘이 벽을 통과할 거라 확신할 수 있는 사람은 결국 기장뿐이었네."

쓰구미는 감탄하고서 말을 이었다.

"그건 그렇고, 정말 훌륭한 추리잖아. 당신은 왓슨력을 끼쳐 주변 사람들의 추리력을 높여줄 뿐이지 스스로는 추리력이 없을 거라 생각했는데, 대단해."

"……가, 감사합니다."

쓰구미는 갑자기 앉은 자세를 가다듬었다.

"나 말이지, 추리의 즐거움을 깨닫고 수사 1과로 부서 이동 신청을 해볼까 했지만 역시 관뒀어."

"그건 아쉽네요."

"그도 그럴 게, 내가 이것저것 추리할 수 있었던 건 다 당신 덕분이잖아. 수사 1과로 옮긴다고 해도 당신이 있는 3계에 들어가지 못할 수도 있어. 그럼 추리력이 높아질 일도 없으니 수사 1과에서 못 버티겠지."

와토는 맞장구치지는 못하고 어정쩡하게 미소 지었다.

"그래서 결심했어."

"뭘 말이죠?"

쓰구미가 싱긋 웃었다.

"나와 당신이 힘을 합쳐서 탐정사무소를 차리는 거야.

당신의 왓슨력, 내 신체 능력과 격투 기술이 있으면 제아무리 까다로운 사건이더라도 식은 죽 먹기 아니겠어? 손님들이 사무소 밖까지 줄을 설 거라고. 어때, 내 제안이?"

옮긴이의 말

나와 일정 거리 안에 있는 사람들의 추리력을 비약적으로 높여주는 능력. 그러나 정작 능력을 가진 당사자는 아무런 인정도 주목도 받지 못하고, 오로지 주변 사람들만 빛을 보는 능력. 만약 그런 능력을 선택할 기회가 여러분에게 주어진다면 여러분은 선택하시겠습니까? 일단 제 기억을 조금 더듬어보자면 오래전부터 사람들이 곧잘 순위를 매기곤 했던 '내가 가지고 싶은 능력' 후보에서 '시간이동', '순간이동', '독심술', '투시' 등은 많이 봤지만 '추리력'은 잘 보지 못한 것 같습니다. 거기에 추리력이 높아져도 엉뚱한 가설에 주목해버리면 그 엉뚱한 가설을 결론으로 확립하는 사고 과정과 논리만 치밀해질 뿐, 반드시 정답을 맞힐 수 있는 것도 아닙니다. 차라리 '정답을 맞히는 능력'이면 모를까 영화, 드라마, 만화 등 다양한 매체에서 화려하고 어마어마한 온갖 '초'능력을 뽐내는 슈퍼 히어로들이 판치는 요즘 같은 시대에 이런 걸 능력이라 부를 수나 있겠냐고 따질 분이 계실지도 모르겠습니다. 그걸 떠나 모두가 '내 삶의 주인공은 나'를 추구하는 현대 사회에서 나 자신은 아무런 이득도 보지 못하는 능력을 선뜻 선택하는 건 역시 망설여지지 않을까요. 심지어 '사촌이 땅을 사면 배가 아프다'라는 속담이 존재하는 나라에서 남만 주목을 받게 해주다뇨. 타고나기를 이타심이 남다른 분이라면 모르겠지만, 어쩔 수 없이 잇속을 따지는 평범한 사람들에게는 영 수지타산이 맞지 않는 어려운 선택일 것입니다. 그러나 현실에는 보이지 않는 곳에서 묵묵히 주변 사람들에게 좋은 영향력을 끼치며 그 자신은 주목받지 못하는, 또는 주목받기를 원치 않는 소위 '얼굴 없는 천사' 같은 이들이 엄연히 존재합니다. 이 작품 『왓슨력』에 등장하는 주인공 와토 소지 또한 그런 캐릭터입니다.

나는 새도 떨어뜨린다는 일본 최고의 수사 전문기관인 경시청 수사 1과 소속 형사 와토는 '왓슨력'을 지닌 인물입니다. 그는 어릴 때부터 '네가 옆에 있으면 왠지 일이 잘 풀린다'라는 이유로 주변 사람들에게 인기가 많았지만, 그 자신은 정확한 원인을 몰라 의아해하다가 초등학교 5학년 때 학교에서 열린 퀴즈 대회를 계기로 비로소 자신의 능력을 깨닫게 됩니다. 우연히 들어간 반 꼴찌 조가 당당히 퀴즈 대회 1위를 거머쥐는 걸 보고 자신의 반경 2미터 안에 있는 사람들의 추리력이 비약적으로 높아진다는 사실을 알게 된 겁니다. 와토는 곧장 자신의 능력을 좀 더 자세히 파악하기 위해 서적 등을 뒤져보지만 당연히 이런 능력에 대해 설명된 매체는 없었습니다. 그러다 그는 마침내 현실이 아니라 픽션 세계에서 자신과 비슷한 능력을 가진 것처럼 보이는, 자신을 꼭 빼닮은 캐릭터를 찾게 됩니다. 바로 전설적인 추리소설 '셜록 홈스' 시리즈에 등장하는 왓슨입니다. 소설 속에서 홈스는 사건 현장에 가거나 추리할 때 언제나 친구 왓슨과 동행합니다. 와토는 홈스가 왓슨과 함께하는 이유가 단지 우정이나 왓슨의 상식적인 사고방식 때문이 아니라 왓슨이 가진 특수한 능력 때문일 거라 추측합니다. 홈스 옆에서 홈스의 추리력을 높이며 홈스를 불굴의 명탐정으로 만든 왓슨만의 힘. 그렇게 와토는 자신의 능력에 '왓슨력'이라는 이름을 붙입니다. 참고로 '왓슨'을 일본식으로 읽으면 '와토손'이니, 와토 소지에게 '왓슨력'은 어쩌면 숙명이었을지도 모르겠습니다. 『왓슨력』은 그런 능력을 지닌 와토 소지가 어느 날 의문의 밀실에 갇히고, 그 밀실에서 빠져나가기 위해 그전까지 자신이 맞닥뜨린 일곱 가지 사건을 회상하는 구조의 연작소설집입니다. 기발한 설정뿐만 아니라 2012년 『밀실수집가』로 제13회 본격미스터리대상을 수상한 정통 본격 미스터리의 기수 오야마 세이이치로가 선보이는 논리적이고 치밀한 '다중추리'도 충분히 즐길 수 있는 작품입니다.

저는 이 글에서 와토 소지를 '주인공'으로 지칭했습니다만, 와토는 이야기를 끌고 간다는 의미에서는 주인공이 맞을지 몰라도 주인공의 사전적 의미, 즉 '어떤 일에서 중심이 되거나 주도적인 역할을 하는 사람'에는 부합하지 않을지도 모릅니다. 아마도 작가 오야마 세이이치로는 이 작품 『왓슨력』을 통해 독자들에게 '모두가 주인공'인 이야기를 들려주고 싶었던 것으로 보입니다. 이는 작품 속 와토 소지의 '추리는 만인에게 주어진 권리'라는 대사에서도 잘 드러납니다. 또 작가는 작품 출간 기념으로 내놓은 에세이에서 무엇보다 '다양성'에 중점을 두었다고 했습니다. 클로즈드 서클의 정석인 폭풍우 치는 외딴섬 별장, 교통편이 끊긴 설산 속 펜션을 비롯해 불 꺼진 미술 갤러리, 비행 중인 비행기, 납치된 버스 등에서 보이는 '무대의 다양성', 상상을 초월하는 가설이 연이어 제시되는 '추리의 다양성', 그리고 마지막으로 생각지도 못한 인물이 정답을 맞히는 '탐정의 다양성'입니다. 이렇듯 하나의 작품에서 수많은 가능성을 점치면서 각양각색의 재미를 즐길 수 있는 『왓슨력』을 읽으며 독자 여러분께서도 여러분에게 주어진 권리를 마음껏 행사해보셨으면 좋겠습니다.

2022년 봄
이연승

왓슨력

1판 1쇄 인쇄 2022년 4월 27일
1판 1쇄 발행 2022년 5월 9일

지은이 오야마 세이이치로
옮긴이 이연승
펴낸이 김기옥

문학팀 김세화 | **마케팅** 김주현
경영지원 고광현, 김형식, 임민진

표지디자인 형태와내용사이 | **본문디자인** 고은주
인쇄·제본 (주)민언프린텍

펴낸곳 한스미디어(한즈미디어(주))
주소 (04037) 서울시 마포구 양화로 11길 13(서교동, 강원빌딩 5층)
전화 02-707-0337 | **팩스** 02-707-0198 | **홈페이지** www.hansmedia.com
출판신고번호 제313-2003-227호 | **신고일자** 2003년 6월 25일

ISBN 979-11-6007-789-6 (03830)

한스미디어 소설 카페 http://cafe.naver.com/ragno | 트위터 @hans_media
페이스북 www.facebook.com/hansmediabooks | 인스타그램 @hansmystery

책값은 뒤표지에 있습니다.
잘못 만들어진 책은 구입하신 서점에서 교환해드립니다.